Molly Moon's hypnotische reis door de tijd

Georgia Byng

Molly Moon's hypnotische reis door de tijd

Pimento

Met veel dank aan mijn fijne, enthousiaste agente
Caradoc King, en Sarah Dudman, mijn uitstekende
en oplettende redacteur.

NEDERLANDSE
KINDERJURY
2007

Oorspronkelijke titel *Molly Moon's Hypnotic Time-Travel Adventure*
Tekst © 2005 Georgia Byng
Oorspronkelijke uitgever MacMillan Publishers Ltd
Nederlandse vertaling © 2006 Aimée Warmerdam en Pimento, Amsterdam
Omslag en illustraties © 2006 David Robberts
Kaart © 2005 Fred van Deelen
Opmaak Zetspiegel, Best
www.pimentokinderboeken.nl

ISBN 90 499 2110 8
NUR 283

Pimento is een imprint van Foreign Media Books BV,
onderdeel van Foreign Media Group

Voor Lucas, met je betoverende lach

Hoofdstuk een

De oude tempelpriester bukte en vulde voorzichtig de metalen schalen met melk. Uit de schaduwen kwamen de ratten al aangekropen. In een vorig leven waren ze mensen geweest, geloofde de priester. Hij aaide ze even toen ze voor zijn voeten langs renden en strooide een handvol gekonfijte vruchtjes over de vloer. Toen boog hij zijn hoofd naar het beeld van de godin met de vele armen, raakte de paarse stip op zijn voorhoofd aan en ging op zijn hurken zitten.

Wat een mooi gezicht, dacht hij terwijl hij naar de schalen keek. Elke schaal lijkt wel een witte maan; de donkergrijze ratten die van de melk snoepen zijn net donzige bloemblaadjes, en hun roze staarten lijken op halmen die in de wind heen en weer wuiven.

Hij gluurde tussen de tempelpilaren door naar de zonnige straat buiten. Drie paardenhandelaren stonden te bekvechten over de prijs van een pony en daar vlakbij schaterde een stelletje kinderen het uit terwijl ze naar een paar varkens keken die in de goot liepen te snuffelen. Vrouwen in sari's stonden te roddelen bij de waterput en even verderop kreunde een kameel omdat er een lading spullen op zijn rug werd gebonden. Een bedelaar zat in kleermakerszit op de grond en speelde door zijn neus op een fluit. Een heilige koe stond alles rustig te bekijken en zwiepte ondertussen met haar staart de vliegen weg.

Achter de koe stond een gammel houten kraampje waar *paan* verkocht werd. Voor het kraampje stapte een man van zijn paard. Hij had een spitse rattenkop en een grote snor en hij had een paarse tulband om zijn hoofd.

De man trok zijn zijden mantel recht en tikte ongeduldig met zijn mocassin op de stoffige weg. De paanverkoper strooide wat bruin betelnootpoeder op een groot groen betelnootblad. Hij deed er wat geraspte kokos en anijszaad bij en goot er een rode, plakkerige siroop overheen. Toen rolde hij het blad op, dat bedoeld was als mondverfrisser, en gaf het aan zijn klant. Zonder hem te bedanken, pakte de man met de tulband het aan en stopte het in zijn mond. Hij gooide een paar muntjes voor de voeten van de verkoper en al kauwend stapte hij weer op zijn paard.

En toen, op het moment dat de verkoper zich omdraaide, gebeurde er iets ongelooflijks. Er klonk een BOEM en op dat moment waren paard en ruiter verdwenen.

De verkoper viel doodsbang op zijn knieën.

De priester in de tempel schudde zijn hoofd. Hij knielde voor de ratten, vouwde zijn handen samen en prevelde een gebed.

Hoofdstuk twee

Molly Moon klemde haar knokige armen rond de hoge rug van de groenfluwelen bank en liet haar kin op haar handen rusten. Ze keek uit het hoge raam naar de tuin van Braamburgpark. Een smal pad strekte zich uit tot aan de horizon, waar een paar tamme lama's stonden te grazen. Een groep struiken, die in de vorm van dieren waren gesnoeid, werd langzaam zichtbaar in de ochtendmist. Een kangoeroe, een neushoorn, een beer, een paard en nog een heleboel andere siersnoeidieren stonden of zaten op het gras, dat bedekt was met dauw. Er ging een soort dreiging van de dieren uit, alsof ze wachtten tot iets hen tot leven zou wekken.

Tussen de dieren liep een vrouw heen en weer. Ze had een grijze mantel aan en het leek wel of ze in de nevel iets aan het zoeken was. Ze liep gebogen en zelfs van achteren zag ze er verdrietig uit. Molly zuchtte, want ze wist dat de vrouw inderdaad verdrietig was.

Molly kende haar moeder nog niet zo lang. Tot een maand geleden was Molly weeskind geweest. Ze had altijd gedacht dat

11

haar ouders dood waren. Toen had ze ontdekt dat ze een moeder en een vader had. Je zou denken dat een moeder die na elf jaar haar verloren dochter terugvindt dolgelukkig zou zijn, en dat was dus ook precies wat Molly had verwacht. Maar Molly's moeder was niet gelukkig. In plaats van blij te zijn, kon ze alleen maar aan vroeger denken en aan wat haar allemaal was afgenomen.

Het was waar: er was haar veel afgenomen.

Want Lucy Logan was gehypnotiseerd, in een diepe trance gebracht en had elf jaar lang in de ban van haar eigen tweelingbroer geleefd. Haar broer was de briljante hypnotiseur Cornelius Logan. Cornelius had Lucy Logans dochter, Molly dus, meegenomen en haar in een afschuwelijk weeshuis gestopt.

Molly was degene geweest die Lucy's leven had gered. Molly zelf had haar moeder, Lucy, bevrijd van alle hypnotische bevelen van Cornelius. Want hoewel Molly pas elf was, was ze een meesterhypnotiseur.

Ja, dat is een belangrijk gegeven: Molly was een meesterhypnotiseur.

Ze had niet altijd geweten dat ze een hypnotiseur was. Eigenlijk kwam ze daar pas op haar tiende achter. Maar ze leerde snel. Tot nu toe had ze haar hypnotische gave alleen voor zichzelf gebruikt en tegen mensen die slechte bedoelingen hadden. Nu wilde ze er iets anders mee gaan doen.

Ze keek naar de zijvleugels van het grote gebouw. Braamburgpark was enorm. Molly wilde een deel ervan gebruiken om een hypnotisch ziekenhuis te beginnen – een plek waar mensen met problemen komen om beter te worden. Of ze nu hoogtevrees hadden, bang waren voor spinnen of verslaafd waren aan donuts, in Molly's hypnotische ziekenhuis zouden ze geholpen worden. Molly keek naar Lucy. Ze vond het moeilijk te geloven dat deze vrouw een beroemde hypnotiseur was. Ze leek zo zwak en hulpeloos. Misschien zou ze wel Molly's eerste patiënt zijn.

Molly begreep niets van Lucy. Ze had gedacht dat Lucy zielsgelukkig zou zijn. Ze was namelijk niet alleen met haar dochter verenigd, binnenkort zou ze ook weer samen zijn met haar man, want dat had Molly ook voor elkaar gekregen. Molly was erachter gekomen wie Lucy's echtgenoot – en dus Molly's vader – was. Hij heette Primo Cell. Ook Primo Cell was gehypnotiseerd geweest door Cornelius Logan en ook hij had elf jaar Logans bevelen moeten uitvoeren.

Misschien vraag je je af hoe een meisje, zelfs een meesterhypnotiseur als Molly, erin kan slagen om een volwassen, briljante en volleerde hypnotiseur als Cornelius Logan te slim af te zijn. Nou, meesterhypnotiseurs hebben de gave om de wereld stil te zetten en Molly had deze gave ook. En in een hypnotische alles-staat-stil-strijd had Molly Cornelius overwonnen en hem ervan overtuigd dat hij een lammetje was.

Dat alles was nog maar pasgeleden gebeurd en Molly moest nog aan de nieuwe situatie wennen. Ze keek naar haar moeder, die naast twee struiken in de vorm van bosaapjes stond. Lucy aaide het ene aapje en legde treurig haar hand op het andere, alsof het een grafsteen was van iemand die ze lief had gehad. Molly zuchtte. Haar moeder had zoveel verdriet dat ze nergens anders meer aan kon denken.

Molly pakte een zilveren lijst met een foto van de tafel en

ging op de vloer liggen om ernaar te kijken. De weeskinderen met wie ze was opgegroeid zwaaiden haar vrolijk toe. De foto was met kerst genomen. Molly zelf stond er ook op. Door de wind zaten haar krullen nog wilder dan anders en haar neus was – als altijd – net een aardappel. Haar groene ogen, die dicht bij elkaar stonden, lachten. In het warme Los Angeles, in Amerika, waren de anderen nog steeds samen. Ze deden vast leuke dingen. En Molly was hier, ver bij hen vandaan, in het koude Braamburg in Engeland, met haar verdrietige moeder.

Molly beet op de binnenkant van haar wang. Lucy Logan, die treurig in haar ochtendjas rond het huis slenterde, maakte haar zenuwachtig. Haar moeders sombere stemming hing in de lucht als een besmettelijke griep, op zoek naar nieuwe slachtoffers. En Molly was inderdaad al besmet. Zij vroeg zich nu ook steeds maar af hoe haar leven eruit had gezien zonder die afschuwelijke Cornelius.

En er was nog iets. Molly huiverde. Even raakte ze haar alles-staat-stil-kristal aan dat om haar nek hing. Ze maakte zich zorgen. Ze had het gevoel dat er elk moment iets vreemds kon gebeuren. Maar misschien voelde ze zich alleen maar zo raar door die hele situatie met haar moeder.

Molly floot op haar vingers. Even later hoorde ze de nagels van Petula op de geboende eikenhouten vloer krassen. Haar zwarte mopshondje kwam de kamer binnengesjeesd. Het hondje nam een enorme sprong, belandde op Molly's buik, liet een steen vallen waar ze op had zitten sabbelen en begon Molly in haar nek te likken. Met Petula in de buurt voelde Molly zich nooit alleen. Ze hield zoveel van de hond dat ze wist dat haar niets kon gebeuren zolang Petula maar bij haar was.

'Wil je bij het circus? Waarom maak je de volgende keer geen salto?' Molly drukte Petula tegen zich aan en aaide haar hard over haar rug. 'Och, je bent zo'n braaf meisje. Ja, dat ben je!' Molly knuffelde Petula.

Toen stond ze op en liep met Petula in haar armen naar het raam. Ze wees naar Lucy Logan en fluisterde: 'Kijk haar nou, Petula. Ik heb nog nooit iemand gezien die zo verdrietig was. We zijn hier, in dit prachtige huis, dat nu helemaal van haar is, met weilanden en paarden en alles wat we nodig hebben, en we hebben ons hele leven nog voor ons om van te genieten, en dan doet zij zó. Waarom kan ze niet vergeten wat er gebeurd is? Ik ga me ook steeds verdrietiger voelen. Wat moeten we nou doen?' Petula blafte. 'Soms wil ik haar wel hypnotiseren, Petula, zodat ze vrolijker wordt, maar ik kan mijn eigen moeder toch niet hypnotiseren? Of wel?' Petula likte haar lippen af. Molly klapte in haar handen. 'Je hebt gelijk, Petula! Misschien eet ze niet goed.'

Petula maakte een jammerend geluid, alsof ze wilde laten weten dat dit inderdaad het probleem was, en dus besloot Molly dat haar moeder maar eens goed moest ontbijten. Ze verliet de salon en samen met Petula liep ze door de Bonsaibomenhal. Op sierlijke tafels langs de muur stonden Japanse miniatuurboompjes die zeker vierhonderd jaar oud waren. Samen liepen ze naar de grote stenen Trap des Tijds, waar honderden klokken aan de muur door elkaar heen tikten.

Door het hoge raam in het trappenhuis kroop het januarilicht voorzichtig naar binnen. Molly hield haar hand boven haar ogen en tuurde door het raam naar de oprijlaan. Op het grind stond een witte kruiwagen met op de zijkant:

GROENE VINGERS
De tuinman die je kunt vertrouwen

Een van de mannen met groene vingers was in zijn felgele werkoverall bezig een zak met gereedschap leeg te halen. Omdat Braamburgpark zoveel siersnoeidieren had, die constant gesnoeid en bijgeknipt moesten worden, en zoveel gazons en bloembedden, waren er altijd wel ergens gele mannen bezig, zoals Molly ze noemde. Molly kende de meeste mannen bij naam, maar deze oudere man had ze nooit eerder gezien. Hij was zeker nieuw. Ze keek naar zijn mooie paarse tulband, zijn grote snor en zijn grappige schoenen.

Petula blafte.

'Oké, oké, ik kom al.' Molly ging met haar benen aan één kant op de trapleuning zitten en gleed in één keer naar beneden. Helemaal tot onder aan de trap. En ondertussen probeerde ze de echo uit: 'Pe-tuuuu-la!'

Pe-tuuuu-la. Pe-tuuuu-la... De echo draaide om haar heen.

Haar voorvader, de eerste grote hypnotiseur dr. Cornelius Logan, lachte haar vanaf zijn schilderij toe. Molly raapte drie stenen op die Petula uit de rotstuin had meegenomen, probeerde ermee te jongleren, liet ze vallen en rende toen door de grote hal naar de keuken beneden.

Petula ging niet mee naar de keuken. Ze bleef in de hal staan, stak haar neus omhoog en snoof. Er hingen vreemde geurtjes in de lucht. Exotische geuren. Ze kwamen van de nieuwe tuinman. Ze wist niet zeker of ze hem wel vertrouwde. Onder de geur van peper en kruidnagel rook ze de geur van angst. Ze had al geprobeerd om Molly duidelijk te maken dat ze hem in de gaten moesten houden, maar Molly had het niet begrepen. Molly had haar geblaf en gelik opgevat als een teken dat ze snel wat te eten moest maken.

Petula besloot in haar mand onder de trap te gaan zitten en de voordeur goed in de gaten te houden.

Ze sprong in haar mand, gooide haar speelgoedmuis eruit en nam haar speciale steen in haar bek om op te sabbelen. Toen draaide ze vijf keer in het rond om haar kussen precies de vorm te geven die ze lekker vond.

Eindelijk ging ze zitten om eens even goed na te kunnen denken.

Die man buiten wilde Molly misschien iets aandoen. En als hij gevaarlijk was, wie zou Molly dan beschermen? Aan die vrouw in de tuin had je niets. Petula had een keer een labrador gezien die in een rivier was gevallen. De vrouw deed Petula aan die halfverdronken labrador denken.

Petula sabbelde op haar steen. Ze had hem onder het bed in de grote kamer boven gevonden. Het was een bijzondere steen, net zo een als Molly om haar nek had. Ze wist dat Molly de wereld kon stilzetten als ze haar speciale steen vasthield. Petula vroeg zich af of zij dat ook zou kunnen. Dan kon ze Molly pas echt beschermen.

Petula had de basisprincipes van het hypnotiseren al onder

de knie. In Los Angeles had ze een paar speelgoedmuizen ge-hypnotiseerd. Ze had ook gezien en gevoeld hoe Molly de wereld had laten stilstaan, en ze dacht niet dat het erg moeilijk zou zijn. Nu, met die verdachte man in de tuin, vond ze dat het haar plicht was om haar vaardigheden uit te proberen.

En dus begon ze zich, al sabbelend op haar steen, te concentreren.

Ze staarde naar haar speelgoedmuis alsof ze die wilde hypnotiseren. En plotseling kreeg ze een warm, tintelend gevoel in haar poten: het tintelende gevoel dat bij hypnotiseren hoorde. Maar Petula wist dat dit niet klopte. Als Molly de wereld hypnotiseerde om de tijd stil te zetten, werd de lucht juist altijd koud. Petula staarde zo lang naar de muis dat haar ogen begonnen te tranen.

Er gebeurde niets. Maar Petula gaf het niet op. Ze was een erg geduldig hondje. Ze probeerde het opnieuw.

En toen begon het. Het puntje van haar staart werd koud. Zonder dat ze er iets aan kon doen, begonnen haar oren te trillen. De kou trok heel langzaam naar haar achterpoten, alsof haar staart in een ijspegel was veranderd. Op hetzelfde moment leek het of iemand ijskoud water over haar vacht goot. Petula bleef naar de speelgoedmuis kijken. Nu werd de steen in haar bek ook koud. Hij deed pijn aan haar voortanden. Maar de klokken in de hal tikten gewoon door. Petula staarde nog geconcentreerder naar de rode muis. Haar bek voelde aan als de binnenkant van een vriezer – ze had het zo koud dat het bijna pijn deed. Maar de klokken tikten nog steeds.

Toen kwam de lucht van gebraden worstjes de hal binnen en cirkelde rond Petula's neus. Ze liet de steen op haar kussen vallen en veegde met haar voorpoot haar bek af. De wereld stilzetten was toch iets moeilijker dan ze had gedacht.

Ze stak haar voorpoten uit de mand, rekte zich uit en geeuwde. Ze moest maar eens naar beneden gaan voor wat worstjes. Daarna zou ze het opnieuw proberen.

Voordat Molly in dit huis kwam wonen, had Cornelius Logan er gewoond. Hij hield niet van koken en had altijd een kok in dienst gehad. Maar hij was ontzettend gierig en dus had hij nooit een rooie cent aan de keuken willen uitgeven. Het gasfornuis was een zware, vette Aga met zwartgeblakerde ijzeren platen om op te koken en twee roestige ovens om in te bakken. De porseleinen gootsteen was gebarsten en de zoemende, ratelende koelkast zag eruit en klonk alsof hij in het museum thuishoorde. De koperen potten en pannen hingen als trossen fruit aan het plafond: rijp, onder het stof en klaar om geplukt te worden.

Het was op z'n zachtst gezegd geen hightech keuken, maar het was er altijd warm en knus, en Molly vond het fijn om er te zitten.

Ze zette de tuindeur open. De tomaten stonden al een kwartier in de oven en de worstjes waren gaar, dus was het tijd om de eieren te bakken. Molly dekte de tafel en riep haar moeder.

'Mám!' riep ze naar buiten, in de koude ochtendlucht. *Mam...* Molly moest nog steeds wennen aan dat woord.

'Lucy! Ontbijt!' schreeuwde ze.

Petula kwam te voorschijn en dribbelde naar buiten. De worstjes zijn nu nog veel te heet om te eten, bedacht ze. Ik kom wel terug als ze zijn afgekoeld.

Vijf minuten later, toen de keuken zwart zag van de rook omdat Molly het brood had laten aanbranden, zat Lucy aan de keukentafel. Ze droeg een ochtendjas met daaronder een nachtjapon. Ze had geen sokken aan maar wel een paar gympen, die nat waren van de dauw. Voor haar stond een enorm bord met een heerlijk, dampend ontbijt, maar de blik in Lucy's hemelsblauwe ogen veranderde niet. Even leek er een flauw glimlachje om haar lippen te spelen, maar toen keerde haar verdrietige uitdrukking alweer terug.

'Wil je ketchup?' vroeg Molly toen ze zelf een hap nam van haar ketchupsandwich (haar lievelingskostje). Lucy schudde haar hoofd en bracht een heel klein stukje toast naar haar mond. De tomaat die erop zat, viel op haar schoot, maar Lucy merkte niets. Ze kauwde minstens twintig keer op één hapje en volgde ondertussen met haar ogen een barst in het plafond.

'Je voelt je niet zo goed, hè?' probeerde Molly. 'Waarom neem je hier niet iets van?' Molly pakte een glas met oranje vruchtensap. 'Het is eigenlijk gewoon water met suiker en een beetje prik. Daar fris je vast van op. Het is mijn lievelingsdrankje.' Lucy schudde haar hoofd. 'Als je goed zou ontbijten, zou je je sterker voelen en dan zou de wereld er niet zo somber uitzien,' redeneerde Molly. Lucy snoof en veegde haar neus af, en alsof het een soort teken was begon Molly zich ook direct weer slechter te voelen. Lucy was toch niet de enige in dit huis met wier leven was geknoeid? Maar Molly hoorde je niet klagen. Zij hield de moed erin. Zij stroopte haar mouwen op en ging verder. Waarom deed Lucy dat niet? Was Molly dat soms niet waard? Betekende haar dochter niet genoeg voor haar? Het verdriet stroomde de kamer binnen en sleurde Molly met zich mee. Dit was verschrikkelijk. Ze was hier, met haar moeder, iemand bij wie ze gelukkig moest zijn en met wie ze zich helemaal op haar gemak zou moeten voelen, maar in plaats daarvan was het alsof ze met een vreemde vrouw in de keuken zat, en haar stemming kon elk moment tot uitbarsting komen, als een regenwolk aan de horizon. Molly hóópte eigenlijk maar dat Lucy een keer zou uitbarsten. Misschien dat al haar verdriet dan zou wegstromen.

Molly keek naar haar moeders bord. Met zijn tweeën zaten ze daar naar de gebakken eieren te staren.

En toen, gelukkig, veranderde Molly van gedachten.

Ze wist uit ervaring dat hoe langer je op een bepaalde manier dacht, hoe meer die manier van denken een gewoonte werd.

Molly zou zich niet op deze manier laten meeslepen door de somberheid van haar moeder.

'Lucy, zo kan het niet langer,' zei ze plotseling, en ze klonk meer als een moeder dan als een dochter. 'Je bent toch niet van plan om de rest van je leven verdrietig te blijven? En sorry dat ik het zeg, maar voor mij en Petula is er op deze manier ook niet veel aan. Ik bedoel, Petula komt niet meer naar je toe omdat je altijd zo verdrietig zucht als je haar aait... en ik... nou, ik kan er gewoon niet meer tegen. Je zou blij moeten zijn. Primo komt morgen. Hij weet precies hoe je je voelt. Ik bedoel, Cornelius heeft ook elf jaar van zíjn leven afgepakt, dus met hem kun je erover praten. En Bos komt, weet je nog? Als hij er is, voel je je vast beter.'

Molly keek hoe haar moeder een slok van haar thee nam maar de helft ernaast goot. Het vocht drupte langs haar kin naar beneden. Hoe kan iemand nou zo doen, dacht Molly, maar toen keek ze naar haar eigen shirt, dat onder de tomatenketchup zat. Toch was ketchup morsen iets anders dan thee morsen. Het was alsof er een storing was ontstaan in haar moeders hoofd. Misschien door de schok toen ze wakker was geworden uit de hypnose. Het leek wel of haar moeders batterijen op de een of andere manier niet goed werkten.

Maar plotseling schaamde Molly zich. Haar moeder was geen apparaat. Hoe kon ze haar nou vergelijken met een apparaat? Haar moeder was een levend, ademend mens. Ze was alleen beschadigd. En dat was verschrikkelijk.

Molly stond op. Ze moest naar buiten. Frisse lucht hebben. De zware stemming die om Lucy heen hing was verstikkend. Ze kon bijna niet wachten tot Rocky er was. Dan zou ze zich vast beter voelen.

'Ik ga even naar buiten om een praatje met de nieuwe tuinman te maken,' zei ze een beetje beschaamd tegen haar moeder. 'Ik zie je straks.'

Ze liep de hal in en deed de voordeur open. Petula stond naast de tuinman aan de andere kant van de oprijlaan. De man met de tulband aaide haar. Molly glimlachte. Het was fijn om eindelijk weer eens iemand te zien die normaal was, iemand die van dieren hield en die aardig deed.

Maar toen gebeurde er iets heel eigenaardigs en engs. Er klonk een harde BOEM en Petula en de man waren verdwenen.

Hoofdstuk drie

'Laten we nog één keer op een rijtje zetten wat er is gebeurd.'
Primo Cell stond tegen de muur van de bibliotheek en frie-
melde zenuwachtig aan de manchetten van zijn nette blauwe
overhemd. Hij probeerde zakelijk over te komen maar raakte
in de war omdat hij er met zijn gebruikelijke, zakelijke manier
van redeneren niet uit kwam. 'Petula stond op de oprijlaan
en...' Hij draaide in het rond en maakte op de gladde leren
zool van zijn schoen een pirouette op het Perzische tapijt.
'Weet je zeker dat het Petula was? Ik bedoel, het kan ook een
andere hond zijn geweest.'

'Ja man, dat is waar,' zei Bos enthousiast, en al zijn grijze
dreadlocks schudden heen en weer. Bos was een oude hippie
uit Los Angeles die de hele wereld had rondgereisd. Hij had bij
de Eskimo's en de Bosjesmannen gewoond, en bij de Chinese
monniken en de Indiase sadhoes. Nu woonde hij in Los Angeles, waar hij groente verbouwde en kippen hield en de hele dag
tofoe met gemberknollen at. 'Soms houdt je geheugen je voor
de gek,' zei hij, en hij duwde zijn bril met de jampotglazen

weer op zijn plek. 'Het kan net zo goed een andere hond zijn geweest, of gewoon de tas van die man.' Bos was een beetje raar en soms kletste hij echt onzin. Molly luisterde. 'Of misschien was het een grote zak hondenkoekjes met een plaatje van een mopshond erop.'

'Nee.' Molly stak met een pook in het haardvuur en dacht terug aan dat afschuwelijke moment. 'Ik weet zeker dat het Petula was. Ze keek me aan en kwispelde nog met haar staart vlak voordat hij haar meenam. Was ze maar niet zo aardig geweest... Als ze nou was weggerend of hem had gebeten...'

'Hé, waarom bellen we dat tuinbedrijf niet op en vragen we wie die tuinman was?' stelde Bos voor.

'Heb ik al gedaan,' zei Molly. 'Er was hier gisteren helemaal niemand van dat bedrijf. Die man was een oplichter. O... ik hoop zo dat er niets ergs met Petula is gebeurd.'

Rocky, Molly's beste vriend, stond naast haar. Hij legde zijn hand op haar schouder.

Rocky Scarlet was samen met Molly in het weeshuis opgegroeid. Als baby hadden ze in één wieg gelegen en hij kende haar beter dan wie ook. Hij was ook een volleerd hypnotiseur, alhoewel hij lang niet zo goed was als Molly. Hij was gespecialiseerd in 'zuivere stemhypnose' en hij had een prachtige stem.

'Misschien duurt het even, maar we vinden haar wel, Molly. Het zou me niets verbazen als we een dreigtelefoontje krijgen. Wie die man ook is, waarschijnlijk wil hij iets van ons. Hij is een gemene hondnapper, denk ik.'

Molly keek naar Rocky's gezicht. De zon van Los Angeles had hem diepbruin gemaakt. Hij had vrolijke ogen die je altijd geruststelden, maar op dit moment was Molly nu eenmaal niet gerust te stellen.

Rocky liep naar het bureau en ging zitten. Hij pakte een pen en al neuriënd begon hij een beetje op zijn hand te krassen. Hij tekende Petula en een klok. Volgens hem moesten ze gewoon wachten. Hij was rustig, geduldig en verstandig, en hij wist zeker dat er voor Petula's verdwijning een verklaring was.

Molly veegde haar handen af aan haar broek, liet zich op de bank vallen, trok haar benen op en sloeg haar armen rond haar knokige knieën.

'Ik snap niet hoe het kon gebeuren. Hoe kan iemand gewoon zomaar verdwijnen? Als die man de wereld had stilgezet, zou ik het gevoeld hebben.'

'Ja man, dan zou je dat koude gevoel hebben gehad,' zei Bos, die met gekruiste benen in yogahouding op de leunstoel zat. 'Je had je alles-staat-stil-kristal toch om je nek?'

Molly haalde de ketting met het kristal onder haar shirt vandaan.

Bos stak zijn vinger door een gat in zijn oranje sok. 'Maar wat denk jij dan, Primo? Rocky en ik... wij zijn geen hypnosedeskundigen die de wereld stil kunnen zetten, zoals jij en Molly. Denk jij dat die man met zijn tulband de wereld stil kon zetten zonder dat Molly het in de gaten had? Ik bedoel, is het mogelijk dat hij op het moment dat Molly langs dat pad naar Petula keek, die met haar staart stond te kwispelen, dat hij toen: BAM, in één keer de wereld heeft stilgezet en Molly als een ijspegel heeft bevroren? En dat die vent, wie hij dan ook was, Petula gewoon heeft opgepakt en is weggelopen? En dat hij, toen hij ver genoeg was, de wereld weer verder heeft laten draaien? Ik bedoel, voor Molly dan. Want zij was bevroren, zij heeft niet gezien hoe hij Petula pakte. Voor haar leek het of Petula en hij in één klap waren verwenen...'

Primo schudde zijn hoofd en pakte een porseleinen olifantje van de schoorsteenmantel.

'Het zit me niet lekker,' zei hij, alsof hij het tegen dat beeldje had. 'Het zit me helemaal niet lekker. Theoretisch kan het niet. Als een hypnotiseur de wereld hypnotiseert, dan voelen andere hypnotiseurs dat, als ze tenminste hun kristal dragen, en dan zouden ze moeten kunnen voorkomen dat ze bevriezen. En wat was die BOEM die Molly hoorde?'

'Misschien,' zuchtte Bos (hij lag op de vloer met zijn benen in zijn nek), 'misschien stond de tuinman op een magische energielijn of zoiets. Ik bedoel, je hebt hier toch ook van die waanzinnige druïdencirkels en die magische energielijnen komen hier heel veel voor... Hmm...' Bos' fantasie ging met hem op de loop.

Rocky negeerde Bos en bekeek Molly's kristal van dichtbij. 'Dit is toch het originele kristal?'

'Ja, kijk maar, het heeft die ijzige gloed. En ik draag het altijd. Zelfs als iemand het in mijn slaap had willen omruilen voor een nepsteen, zou ik het gemerkt hebben. Ik slaap de laatste tijd niet goed...' Molly's stem werd zachter. 'Rocky, er hing hier echt een grafstemming en Lucy dwaalde rond als een mummie.' Lucy kon het niet helpen dat ze moest glimlachen: 'Geen mammie maar een mummie.'

Rocky lachte.

Primo liep naar het raam en keek naar de magere blonde

man die buiten over de heuvels van het croquetveld huppelde en met zijn benen in de lucht trapte.

'Ik kan maar beter naar buiten gaan om Lucy te helpen voordat Cornelius tegen haar begint te blaten. En mocht je het soms denken: Lucy heeft niets met Petula's verdwijning te maken. Dat weet ik. Ik heb met haar gesproken. Het lijkt wel of ze maar voor de helft hier is. Maar ze is niet in iemands ban, ze is niet gehypnotiseerd. Ze is gewoon verdrietig en geschokt door wat er is gebeurd. Arme Lucy. Maar ik denk dat ik haar kan helpen om over haar verdriet heen te komen.' Primo keek nog eens naar Cornelius, die op handen en voeten aan het gras knabbelde. 'Het blijft raar dat die man die ooit zo machtig was nu zo mak is als een lammetje. Ik kan nog steeds nauwelijks geloven dat hij degene is die mij ooit gehypnotiseerd heeft en me de opdracht gaf om president van Amerika te worden. En ik zou het nog geworden zijn ook, als jij, Molly, me niet gered had.' Primo lachte naar zijn dochter.

Primo en Molly hadden besloten te doen alsof ze geen vader en dochter waren. Als je immers nog nooit een vader hebt gehad en er komt er plotseling eentje opdagen, heb je echt geen zin om hem meteen in de armen te vliegen en 'Papa!' te roepen. Dan wil je hem eerst leren kennen. En dus noemde Molly hem Primo. Maar ze vond hem aardig. Hij was altijd optimistisch.

'Ik ga naar buiten om met Lucy te wandelen,' zei hij. Hij wreef in zijn handen alsof hij iets leuks ging doen en hij probeerde te kijken alsof hij alles onder controle had. 'Ik zie jullie straks. We lossen al die problemen wel op. Alles komt goed, maak je geen zorgen.' Hij knipoogde, maakte een soort klakkend geluid dat mensen wel maken om hun paard aan te sporen en liep de kamer uit.

'We moeten ons gewoon op het hier en nu richten,' zei Bos. Hij sloot zijn ogen en begon te mediteren.

Molly en Rocky liepen door de gang naar de Trap des Tijds. Hun voetstappen weerkaatsten tegen het hoge plafond.

'Ik vind het geen fijn idee dat er iemand rondloopt die ons zomaar voor de gek kan houden,' zei Molly toen ze de trap af liepen.

'Je moet oppassen, Molly,' zei Rocky, en hij fronste zijn wenkbrauwen. 'Wees op je hoede.'

Rocky overdreef nooit. En er moest heel wat gebeuren wilde hij in paniek raken. Dus het feit dat hij haar nu waarschuwde maakte Molly bang. Ze greep zijn arm vast. 'We moeten bij elkaar blijven,' zei ze.

'Ja, maar nu moet ik je toch heel even alleen laten... Ik moet naar de wc.'

'Maar hoe lang blijf je weg dan?'

'O... eh... drie uur?'

'Rocky!'

De wc-deur viel met een klap achter hem dicht. Er kroop een grote zwarte spin over de vloer. Molly stond in de hal en pulkte de opgedroogde ketchup van haar T-shirt. Het was een vreemd huis. Aan de muren hingen allemaal koppen van opgezette dieren, die haar met hun glazige ogen aanstaarden. Tussen die koppen hingen oude snoeischaren – nog zo'n hobby van Cornelius Logan. Hij wilde altijd alles onder controle hebben. Hij liet mensen doen wat hij wilde door ze te hypnotiseren en hij was ook degene die al die siersnoeidieren op zijn landgoed had gemaakt.

Terwijl ze op Rocky wachtte, liep Molly rond. Ze keek naar een paar regenboogkleurige pauwenveren in een vaas. Waar ze ook ging staan, overal waren weer andere beesten die haar aanstaarden, alsof zij er iets aan kon doen dat ze dood waren. Eén afschuwelijke seconde lang zag ze voor zich hoe Petula's koppie aan de muur hing, opgevuld met watten en helemaal stijf, en met glazen ogen die haar aanstaarden. Molly dacht dat ze zou flauwvallen.

Ze dacht aan een of ander oud verhaal dat pauwenveren in huis ongeluk brachten. Dus greep ze de bos, trok de veren uit de vaas, liep naar de voordeur en zwaaide hem open.

Koude lucht waaide naar binnen. Molly stapte naar buiten, de zon in, en bleef op het bordes staan.

Ergens in de verte klonk het geluid van een grasmaaier. Ze waren met het wintergras bezig. Vanaf de plek waar Molly Petula voor het laatst had gezien scheen een fel licht, en toen, op het moment dat ze de oprijlaan overstak en voorbij de vliegende siersnoeiduif liep, kwam er plotseling een enorme wolk voor de zon, waardoor Braamburgpark in één keer in de schaduw kwam te liggen.

In haar ooghoek zag ze iets blauws flikkeren. Ze draaide zich snel om, maar er was niets. Het moest een vogel zijn geweest, of de schaduw van een vogel. Of misschien was het de hondnapper met de blauwe tulband. Molly keek steeds achter zich. Als hij hier ergens was, zou hij haar niet ongemerkt van achteren kunnen besluipen. De witte zuilen van de galerij stonden als wachters voor het huis en de ramen waren net bewakers, maar Molly wist dat ze hier buiten net zo kwetsbaar was als Petula was geweest.

Opnieuw zag ze een blauw schijnsel links van haar. Molly draaide zich dit keer niet om. Ze probeerde te zien wat het was zonder zich te bewegen. Het licht werd feller en verdween weer. Een halve minuut later verscheen het aan de linkerkant. Was het een geest? Je had klopgeesten die dingen konden laten verdwijnen. Had een klopgeest Petula laten verdwijnen? Molly moest en zou erachter komen wat er met Petula was gebeurd. Alhoewel ze doodsbang was, bleef ze staan en liet het licht aan de linkerkant flikkeren, en toen aan de rechterkant. Het kwam dichter- en dichterbij. Rechts... links... rechts... Daar was het, links... rechts... en weer links. Links, rechts, links. Haar ogen schoten van de ene naar de andere kant. Molly wilde zo graag de waarheid boven water krijgen dat ze niet in de gaten had dat iemand een truc met haar uithaalde. Een hypnotische truc.

Toen de man met de paarse tulband uiteindelijk recht voor haar stond, kon ze alleen nog maar in zijn donkere ogen staren.

Ze verbaasde zich niet eens over zijn kleding: een donkerblauw gewaad dat als een soort jurk wijd uitliep en dat rond zijn middel bij elkaar was gebonden met een zijden sjerp, en een strakke witte maillot en puntige rode mocassins. Molly werd helemaal opgezogen door zijn blik, en ze keek hem heel rustig aan, alsof ze naar een plaatje in een boek keek. Ze nam de snor in zich op die aan weerszijden van zijn droge, gerimpelde gezicht tot bijna bij zijn oren omhoogkrulde. Ze zag dat hij scheve, gele tanden had en dat hij op iets kauwde. Ze keek naar de gouden ketting om zijn nek waar drie kristallen aan hingen: een doorzichtig, een groen en een rood kristal.

En toen luisterde ze naar zijn hese stem: 'Je bent nu in een lichte trance, juffrouw Moon. Je gaat met mij mee en doet wat ik zeg.'

Molly was heel rustig. Ze liet haar pauwenveren op de grond vallen en bleef zonder iets te zeggen versuft staan.

Voor ze het wist, pakte de oude man haar bij haar arm. Er klonk een doffe BOEM en alles om haar heen werd wazig. Ze zag allerlei kleuren voorbijschieten en om haar heen draaien. Zelfs de kleur onder haar voeten veranderde van bruin in oranje, in geel, in groen en in felle kleuren blauw. Het was alsof ze door een caleidoscoop van kleuren schoot, en Molly voelde een koele wind langs haar huid gaan. In plaats van de maaimachine hoorde ze een ander soort gezoem, een geluid dat nu eens harder en dan weer zachter werd. Het ene moment klonk het als een onweersbui, het volgende moment als regen en dan weer als een liedje van een vogel. En toen ineens kreeg de wereld om haar heen weer vorm. De grond onder haar voeten was duidelijk groen en de lucht boven haar hyacintachtig blauw. De wereld hield op met draaien.

Het duurde even voor Molly's ogen weer gewend waren. Alhoewel ze in trance was, kon ze wel begrijpen dat de wereld om haar heen veranderd was. De omgeving was hetzelfde: ze waren nog altijd in Braamburgpark, maar het seizoen was veranderd. In plaats van winter, wat het even hiervoor nog was geweest, was het zomer. Links en rechts zag ze grote bloembedden vol bloeiende rozen. Er was geen siersnoeibeest te bekennen. En verder stond er geen auto op de oprijlaan maar een koets met een gevlekt paard ervoor en een ouderwets geklede koetsier ernaast. Een tuinman in een wollen hemd en broek en een bruinleren schort was op handen en voeten bezig met een schoffeltje. Naast hem lag een hele berg onkruid en een half opgegeten stuk vleespastei.

'Verdorie, weer de verkeerde tijd,' mompelde Molly's begeleider met een ernstig gezicht. Hij keek naar een plat zilveren apparaatje in zijn hand. Ondanks haar hypnose begreep Molly dat ze met dit instrument door de tijd konden reizen. Want het drong tot haar door dat ze dat zojuist gedaan hadden: ze waren door de tijd gereisd.

De tuinman keek de twee fronsend aan. 'Kan ik u misschien helpen?' vroeg hij. Hij kroop overeind en schoof zijn pet recht.

De man met de tulband nam Molly bij haar arm en liep snel richting een groepje bomen. Vanachter de bomen klonk gelach.

'Hé!' riep de tuinman. 'Je kunt hier niet zomaar rondlopen. Dit is privéterrein.'

Molly's begeleider versnelde zijn pas en trok haar achter zich aan. De tuinman gooide zijn schoffeltje neer en begon te rennen.

Hij heeft veel langere benen dan wij, dat redden we nooit, constateerde Molly zonder zich druk te maken. En toen, net op het moment dat ze voorbij de eerste boom waren, keek de man met de tulband op zijn zilveren apparaatje. Hij draaide aan een knopje en drukte een toets in. Toen ging hij met één voet op die van Molly staan en greep het groene kristal om zijn nek vast.

Binnen een mum van tijd veranderde de wereld in één grote kleurenmassa. Toen de omgeving weer vaste vorm aannam, zag Molly dat de tuinman niet meer achter hen aan kwam. Hij zat weer met zijn schoffeltje op zijn knieën, maar naast hem lagen nog maar een paar takjes onkruid. Wat Molly verder opviel, was dat de vleespastei nog onaangeroerd naast hem lag. De pastei zat verpakt in een stuk geel vetvrij papier en er was nog niet van gegeten. Molly's begeleider had hen terug in de tijd gebracht.

'Wa-ar-waa-haar?' Molly wilde vragen waarom de man haar had meegenomen, maar haar tong weigerde. De man negeerde haar.

Achter de bomen was een grasveld, en daar, op een kleed, zaten twee meisjes met Victoriaanse kleren aan te lachen. Het was een vreemd gezicht. De meisjes in roze opbollende jurken zaten naast een porseleinen theeservies en even verderop sloegen twee jongens, in geruite kniebroeken en vestjes, met een stok een hoepel naar elkaar over. In een kinderwagen zat een pop met een kanten mutsje op. Maar toen Molly nog eens goed keek, zag ze dat het helemaal geen pop was. Het leek wel een rare droom, maar daar, onder de kap van de kinderwagen, zat Petula te hijgen. Ze had een jurkje aan en een raar mutsje op.

Hoofdstuk vier

Zodra Petula Molly rook, probeerde ze uit de kinderwagen te springen. De meisjes draaiden zich kwaad om, om te zien wie eraan kwamen. Het ene meisje schrok toen ze Molly en de man met de tulband zag. Het andere meisje vond het juist leuk.

'Wat hebben jullie grappige kleren aan! Komen jullie van een verkleedpartijtje?'

De twee jongens stonden nu ook te kijken.

Molly begreep dat haar kleding – ze droeg een spijkerbroek en een T-shirt met een dansende muis erop – voor de kinderen heel vreemd moest zijn. Net zoals je in een droom ook allerlei rare dingen heel normaal vindt, vond Molly het niet eens zo heel vreemd dat ze zich in een andere tijd bevond. Maar ze ademde negentiende-eeuwse lucht in.

Normaal zou Molly naar Petula zijn gerend en haar gered hebben, maar dat deel van haar was nu verstijfd en gehypnotiseerd. Ze stond alles heel rustig te bekijken: Petula probeert uit de wagen te springen, o... en de oude man loopt naar haar toe. Hij raapt een paarse capsule op van de grond en stopt die in zijn zak. Dat paarse ding heeft ons hiernaartoe gebracht. Het zendt vast signalen uit naar dat zilveren apparaatje. Toen dacht ze: die meisjes zijn wel klein maar ze schreeuwen ontzettend hard. De man vindt het kennelijk niet erg dat de jongen hem met die stok slaat. Of misschien toch wel: hij geeft de jongen een duw. En nu brengt hij Petula hiernaartoe en hij doet dat mutsje af en dat jurkje uit.

Op dat moment begonnen de kinderen zo hard te schreeuwen dat de tuinman opkeek. Toen hij aan kwam rennen, keek de man met de tulband hem even kwaad aan en vervolgens deed hij iets wat Molly maar al te goed kende: met behulp van de doorzichtige steen bevroor hij de wereld.

Op dat moment stond alles stil. Het was niet ijskoud maar wel koel, en Molly voelde de frisse tinteling door haar aderen gaan die ze altijd voelde als de wereld stilstond. De man hield Petula onder één arm en hield met zijn andere arm Molly bij haar schouder vast. Hij gaf warmte aan haar door zodat ze zich kon blijven bewegen.

Petula hield hij bevroren, want zij was juist makkelijker mee te nemen als ze niet bewoog. Toen duwde hij Molly weg van het chaotische tafereel met de schreeuwende kinderen – alhoewel: schreeuwen deden ze niet meer. Ze stonden stokstijf als enorme menselijke ijslolly's: de jongens met hun stokken in de lucht, de meisjes met wijd opengesperde monden en tranen op hun wangen, en de tuinman op één been omdat hij net op het punt had gestaan naar het grasveld te rennen.

Ze liepen naar het rijtuig met het beweginglloze paard en de koetsier. De man met de tulband gebaarde dat Molly op de bok moest gaan zitten en hij overhandigde haar Petula, die geen kik gaf. Ondanks haar trance beredeneerde Molly kalmpjes dat ze, als de man haar losliet, haar eigen kristal moest pakken, zodat zij niet ook bevroren raakte net als de rest van de wereld. En zodra hij haar losliet, deed ze dat ook. Ze zag dat haar ontvoerder onder de indruk was.

Toen hij naast haar zat, liet de man de wereld smelten. Hij pakte een zweep en met een pets bracht hij het paard tot bezinning. Het kwam direct in beweging. Petula blafte. De wielen van het rijtuig knarsten in het grind en de koetsier keek verbaasd op. Voordat hij iets kon doen, reed zijn rijtuig weg.

Het paard galoppeerde de oprijlaan af en hinnikte toen ze een andere man voorbijreden, die iets riep.

Molly's ontvoerder keek niet om. Hij hijgde, veegde het zweet van zijn gerimpelde voorhoofd en begon hardop te praten: 'Ja, hij zal wel onder de indruk zijn van de hond... Het is zo'n vreemde Chinese hond. Ik heb eindelijk eens een keer iets goeds gedaan.'

Molly had geen idee waar hij het over had, maar door haar trance vond ze dat niet erg.

Terwijl ze voortraasden herkende Molly de route. Ze waren op weg naar Braamburg. Het was natuurlijk niet de geasfalteerde weg die zij kende, maar een onverharde landweg met plukken hoog gras en madeliefjes in het midden. Een kilometer verder reed er een kar op de weg met een os ervoor. Het rijtuig moest stoppen. Langzaam trok de os de kar naar de berm zodat zij erdoor konden. Op een zingende leeuwerik na was het even helemaal stil. En toen hoorde Molly achter zich hoefgetrappel. De man met de tulband keek achterom. De woeden-

de tuinman en de koetsier kwamen in volle galop snel dichterbij. Vloekend sprong hij wild op het paard voor het rijtuig en
dwong het dier langs de ossenkar te draven. De achtervolgers
waren nu nog maar een paar meter van hen verwijderd. Opnieuw liet Molly's ontvoerder de wereld bevriezen.

Omdat zijn lichaam in contact bleef met het paard waar hij
op zat, bleef het dier bewegen. Molly concentreerde zich, zodat zij niet bevroor. Ze hield Petula goed vast en keek achterom naar hun achtervolgers. Het waren prachtige beelden
van aanstormende ruiters op hun rossen. Zelfs het stof dat
door het hoefgetrappel was opgedwarreld, hing doodstil in de
lucht.

Ze keek naar de oude man die voor haar op het paard op en
neer hobbelde en het viel haar op hoe fit en behendig hij voor
zijn leeftijd was. En ondertussen trok de negentiende-eeuwse
wereld aan haar voorbij. Molly verbaasde zich nergens over.
Ze glimlachte, alsof het een mooie voorstelling was die speciaal voor haar werd opgevoerd. Als je haar zag glimlachen,
kon je de zachte gitaarmuziek er makkelijk bij denken.

Een bewegingloze vrouw in een lange bruine jurk stond op
het punt water uit een put te halen. Ze reden langs een armoedig jochie dat langs de sloot een groepje ganzen opjoeg. Allemaal stilstaande beelden.

Toen ze bij de rand van Braamburg kwamen, keek Molly
naar de heuvel waar het weeshuis moest zijn waar zij was opgegroeid. Het gebouw stond er. Grijs en treurig, en blootge-
steld aan weer en wind. Ze vroeg zich af of het altijd een weeshuis was geweest, dus ook in 1850, 1860, 1870 – of in welk jaar
ze nu dan ook zaten.

Haar ontvoerder reed Braamburg binnen. Ze kwamen langs het stadhuis met het dak dat net een peperbus leek. En alles was nog steeds doodstil. De vrouwen droegen lange, opbollende jurken en hoeden. De mannen hadden hoge hoeden, petten of wollen mutsen op. De man met de tulband spoorde het paard aan zonder te letten op het geluid dat het dier maakte om de stilstaande wereld te waarschuwen dat ze eraan kwamen. Hij mopperde in zichzelf en leidde het paard met de koets zigzaggend tussen de stilstaande paardenwagens en karren door.

In een zijstraat was een drukke markt aan de gang. Er waren koekkraampjes en broodstalletjes en kooien met levende kippen, die ter plekke geslacht konden worden. Een slager met een vlezig gezicht hield een kip met zijn kop op een hakblok. In zijn andere hand had hij een scherp mes dat hij hoog in de lucht hield. Petula's gevoelige neus pikte alle geuren op die er hingen: die van bloed, riool en bier, stro en dieren en rook, en ze probeerde te begrijpen waarom alles zo anders rook.

Eindelijk kwamen ze bij de wei aan de andere kant van het stadje. Molly's kidnapper steeg van zijn paard en liet de wereld weer bewegen. Hij zag er verward uit na de wilde rit en hij was uitgeput door de kracht die het hem had gekost om de wereld te bevriezen. Ongeduldig gebaarde hij dat Molly en Petula van de bok moesten komen. Hij stak zijn hand uit. Hij had weer een paarse metalen capsule vast die hij uit het zilveren apparaatje had gehaald.

'Slik dit door,' zei hij met een zwaar Indiaas accent. Molly wachtte even en wilde weigeren, maar deed toen wat haar gezegd werd. Het voelde niet echt prettig toen de pil langzaam door haar keel naar beneden zakte. De man keek op het apparaatje. Er zaten toetsen op en er flikkerde een lichtje. Hij tuurde naar de kleine knopjes en met een pin uit zijn tulband begon hij cijfers in te toetsen. Molly keek toe. Uiteindelijk drukte hij een zilveren knop in en pakte haar hand vast.

'Ik word doodmoe van je!' gromde hij. Toen bracht hij het zilveren apparaatje naar zijn nek en klemde zijn pink rond de rode steen die daar hing.

Zijn gezicht verstrakte en werd rood van inspanning. Toen klonk er weer de doffe BOEM waar Molly inmiddels aan gewend was geraakt. De wereld begon weer om Molly en Petula heen te draaien en alles werd wazig en veranderde.

Molly voelde de wind, die niet koud was maar warm. Ze begreep dat ze nu niet terug in de tijd gingen maar vooruit. Er klonken allerlei geluiden die elkaar snel opvolgden en langs haar oren suisden, totdat het zilveren apparaatje een heldere lichtflits gaf. De chagrijnige man bracht hen weer tot stilstand. Toen het draaien ophield zag Molly een wereld die ze kende. De wei was nu een modern voetbalveld. Twee jongens in donkerblauwe trainingspakken trapten een bal heen en weer. Ze waren zo geconcentreerd bezig dat ze niet eens in de gaten hadden dat er plotseling drie tijdreizigers waren opgedoken.

'Heep!' Molly probeerde te schreeuwen, maar haar stem bleef in haar keel steken. De oude man streek met zijn hand over zijn droge, gerimpelde gezicht en liep richting een houten bank. Hij raapte weer een paarse metalen capsule op, die hij, concludeerde Molly, daar eerder moest hebben verstopt zodat hij de juiste plek zou kunnen terugvinden.

Toen riep hij naar de jongens: 'Hoe laat is het op jullie klokjes?'

Een van de jongens hield de bal stil onder zijn voet. 'Heb je het tegen mij?'

'Ja, jij, jongen.'

De jongen keek even naar zijn vriend alsof hij wilde zeggen: wat is dat voor een halvegare?

'Tien voor vier,' riep hij terug. Op dat moment herkende Molly hem. Hij zat ook op Braamburg. Hij zat een klas hoger dan Molly en hij voetbalde weleens met Rocky. Maar hij zag er jonger uit – veel jonger dan toen Molly hem voor het laatst had gezien. Ze moesten dus in een tijd zijn beland lang voordat ze het boek had gevonden, het boek waaruit ze had leren hypnotiseren. Als ze op dat moment zelf niet gehypnotiseerd was geweest, was ze misschien in lachen uitgebarsten van verbazing, of in huilen... van angst. Want Molly was in een tijd terechtgekomen die ze zelf al een keer had meegemaakt.

'Mweal,' gromde ze. Ze probeerde de jongen te roepen. Ze keek over haar schouder naar de weilanden en bossen. Daar, over de heuvel, liep het pad van de school naar het weeshuis.

Het was de snelle route die de kinderen van het weeshuis vaak namen. Als het een schooldag was, dan zouden ze nu naar huis moeten lopen, want precies om vier uur was het theetijd. En inderdaad: Molly zag een groepje kinderen vlak bij de top van de heuvel. En daaronder zag ze twee kleine figuren het bos uit komen. De een had zwart haar en de ander droeg een bruin windjack met een capuchon en een print van een soort spiraal achterop. Ze waren te ver weg om hun gezichten te kunnen zien. Maar de manier waarop de eerste flink doorstapte en de tweede er treuzelend achteraan kwam, deed Molly aan Rocky en haarzelf denken. Bovendien had zij vroeger een windjack met een spiraal op de rug gehad.

Hoewel het allemaal heel bizar was, bleef Molly, door de hypnotische trance waarin ze verkeerde, heel kalm. Nuchter stelde ze vast dat zij zelf degene zou kunnen zijn die daar achteraan liep, maar dan drie jaar geleden.

Toen hoorde ze een mechanisch geluid, dat harder en harder werd.

Er landde een helikopter op het voetbalveld. Het geluid van de rotorbladen en de motor was oorverdovend.

De voetballers hielden hun handen voor hun oren en keken toe hoe hij landde. Molly's ontvoerder leidde haar naar de helikopter terwijl de motor nog draaide. Toen ze de metalen trappen op ging, wapperden haar haren alle kanten op. Petula was bang. Ze rolde zich helemaal op en verborg haar snuit in Molly's oksel. Ze vroegen zich allebei af waar ze naartoe zouden gaan.

Molly probeerde weer iets te zeggen. De rust die ze tot nu toe door de hypnose had gevoeld, dreigde te verdwijnen. 'Wa-ar bre-eng juh muh naartoe?' Haar ontvoerder negeerde haar.

Als een insect vloog de helikopter weg en van bovenaf probeerde Molly de gezichten van de kinderen op de heuvel te herkennen, maar dat was onmogelijk. Toen ze over het weeshuis vlogen, zag ze wel juffrouw Addersteen, de directrice van het weeshuis, en Edna, de kokkin. Juffrouw Addersteen zat aan de tuintafel en Edna bracht haar juist een kopje thee. Juffrouw Addersteen keek kwaad naar de helikopter en hield haar handen voor haar oren, terwijl Edna haar vuist ophief en schreeuwde. Molly kon wel bedenken wat voor een gevloek er uit haar mond kwam.

De weilanden vormden een groene lappendeken. Twintig minuten later waren ze bij het vliegveld. De helikopter landde, en alsof het allemaal van tevoren was geregeld, werden ze opgewacht door een wit golfwagentje. Het wagentje reed over de landingsbaan en bracht hen naar een privévliegtuigje. Petula was op haar hoede, maar Molly liep verdoofd het vliegtuig in.

Hoofdstuk vijf

Negen uur later stond het vliegtuigje weer aan de grond. De deuren gingen open en een warme lucht die naar houtvuur, kruiden en specerijen rook, vulde de ruimte. Toen Molly naar buiten stapte, brandde de hete zon op haar schouders en ze knipperde met haar ogen.

Het hele vliegveld, met zijn controletorens en oranje windvanen, trilde in de hitte. Op de landingsbaan stond een glimmende zwarte auto met een pauwenvlag erop.

'Z-ij-n-we-in-Iendia?' vroeg Molly. Maar haar woorden waren tot dovemansoren gericht.

Even later reden ze weg en al snel wist Molly dat haar vermoeden klopte.

De wegen waren tjokvol. Kamelen en paarden trokken vrachtkarren en boerenwagens voort. Er reden felgekleurde karretjes die Molly nog nooit had gezien: aan de binnenkant waren ze versierd en aan de buitenkant beschilderd met bloemen en olifanten. Op de achterkant van elk karretje stond: GE-BRUIK DE TOETER. De bestuurder van hun wagen deed dat maar

43

al te graag. Hij toeterde constant. En de andere bestuurders toeterden weer naar hem. Kamelen en waterbuffels trokken langzaam hun vracht voort. Ze liepen aan de kant van de weg, waar ook de rammelende fietsen reden. Het snellere, toeterende verkeer reed in het midden. Kleine riksjataxi's, geel-zwart als wespen, kwamen snorrend voorbij. Vrouwen in kleurrijke sari's reden op brommertjes of zaten achter op motoren.

Het was heel erg druk. Ze kwamen langs een enorm speelterrein waar honderden kinderen cricket speelden en toen langs een open plek waar zigeuners woonden. Hun zelfgebouwde hutten stonden onder een enorm reclamebord voor zijden trouwsari's. Ze waren nu bijna in de stad.

'Wa-ar breng je muh na-artoe?' wist Molly uit te brengen, maar haar ontvoerder staarde uit het raam naar de stoffige straat en de gebouwen. Molly had het warm en voelde zich plakkerig.

Petula hijgde. Na veel moeite wist Molly een fles water uit de opbergzak van de autostoel te halen. Ze maakte een kommetje van haar handen en gaf Petula te drinken.

Het viel haar op dat de wegen breder werden en de gebouwen groter. Ze reden over een lange laan met prachtige ambassadegebouwen. De vlaggen hingen slap naar beneden, want er stond geen zuchtje wind.

Molly bedacht hoe slap ze zich voelde en dat dit kennelijk was wat je voelde als je gehypnotiseerd was. Ze was ook moe. Door de tijd reizen was een vermoeiende bezigheid.

Ik ben in India met Petula en met iemand die ik helemaal niet ken, dacht ze. Wat doe ik hier?

Molly sloot haar ogen. Ze deed haar best helder te blijven

denken maar dat was onmogelijk. Haar gedachten konden niet door het hypnotische schild heen breken dat haar kennelijk gevangen hield. Het deed haar denken aan een nachtmerrie die ze een keer had gehad: ze stak een weg over en zag een grote bus op zich af komen. Ze wilde wegrennen maar ze was niet in staat zich te bewegen, alsof haar voeten waren vastgebonden en haar lichaam verlamd was. Nu was het alsof haar geest verlamd was.

Toen ze haar ogen weer opendeed, stonden ze voor een of andere toeristische trekpleister. Het was een reusachtig fort, half afgebrokkeld, met souvenirwinkeltjes bij de ingang en een taxistandplaats bij het hek.

'Eruit,' zei de man met de tulband kortaf. Molly opende het portier. Petula snuffelde nieuwsgierig in het rond en de man pakte haar op. Opnieuw haalde hij zijn zilveren tijdreisapparaatje te voorschijn en begon ermee te prutsen. Toen hij het had ingeschakeld, keek hij tevreden en kneep Molly in haar arm.

Daar gaan we weer, dacht Molly. Waar zou hij me nu naartoe brengen?

De man met de tulband hield Petula onder zijn rechterarm geklemd en greep naar zijn groene kristal. Hij moest zich inspannen en de aderen in zijn hals zwollen op. Er klonk een BOEM, en de wereld was één grote kleurenmassa. Terwijl ze terug in de tijd reisden, hoorde Molly een oorverdovend geluid. Een koude wind wervelde om hen heen, speelde met de punten van Molly's haar en bracht de snor van de man in de war. Het zilveren apparaatje knipperde. Ze stopten.

Er stond een feestelijk versierde olifant naast hen. De man gromde en stampte kwaad met zijn voeten. Hij drukte op een knop van zijn zilveren tijdmeter en greep naar zijn rode steen.

Er klonk opnieuw een BOEM en in een warme wervelwind van ronddraaiende kleuren gingen ze weer vooruit in de tijd. Toen ze stopten regende het – nee, het goot.

'Aaaaargh!' schreeuwde de man. Hij was woedend... en doorweekt. 'Kan ik dan ook helemaal niks? Die tijdwinden worden mijn dood nog eens!' Hij greep de groene steen vast.

Molly begreep dat hij op een bepaalde dag bij dit hek wilde zijn, en op een bepaald tijdstip. Kennelijk had hij daar behoorlijk veel moeite mee. Ze werden voor- en achteruit door de tijd geslingerd en het leek net of hij een tijdvaartschip aan een heel moeilijk ruimtestation probeerde te koppelen. Molly vond het niet leuk. Maar ze vond het ook niet eng. Ze voelde eigenlijk helemaal niet zoveel, maar ze kon nog wel een beetje nieuwsgierig zijn.

'Vartal-ma-alstoeblieft-woar-we-heen-goan,' probeerde ze opnieuw.

Het zilveren apparaatje flikkerde. Ze stopten. Het was ochtend. Opnieuw scheen er een felle zon.

Er verscheen een opgeluchte uitdrukking op het gezicht van Molly's ontvoerder. Voor de muren van het fort stonden nu tien palmbomen en bij de ingang waren geen souvenirwinkeltjes meer. In plaats daarvan stonden er twee afschrikwekkende wachters met zwaarden. Molly's kidnapper gebaarde dat ze moest wachten. Hij sloeg de regendruppels van zijn schouders en liep naar een grote parasol. Daar raapte hij opnieuw zo'n vreemde paarse capsule van de grond op. Hij gaf een natte Petula aan een bediende en nam even de tijd om zijn kleren op orde te brengen. Iemand bracht hem een kom water en een handdoek, zodat hij zijn gezicht kon wassen. Een andere bediende bracht een potje met een of ander smeerseltje en een spiegel waarin de man met de tulband nauwkeurig zijn gezicht inspecteerde. Hij smeerde het zalfje op zijn droge wangen en klaagde hardop: 'Het wordt met de dag erger. Ik ben oud voordat ik weer jong ben!'

Toen bracht de bediende hem een schaal met opgerolde groene bladeren. Molly's begeleider spuugde een oranje rochel op de grond en stak een van de pakketjes in zijn mond. 'Ah! Paan! Er zijn tenminste ook nog goede dingen in deze wereld,' sputterde hij. Al kauwend pakte hij Petula weer op, kwam teruggelopen en gebaarde Molly dat ze hem moest volgen.

De wachters met hun snorren bogen diep toen ze voorbijkwamen. Toen ze door de gewelfde, hoge ingang liepen, stonden daar nog meer bedienden, die nóg dieper bogen. Molly maakte hieruit op dat haar begeleider behoorlijk belangrijk was.

Maar kennelijk niet belangrijk genoeg om zich helemaal op zijn gemak te voelen in dit prachtige paleis, dacht ze. Want toen ze door de koele marmeren gangen liepen, viel het haar op dat de man steeds zenuwachtiger werd.

Toen ze een paar groene treden op liepen, naar een deur van goud en amber, trilden zijn handen. Op de bovenste trede draaide hij zich plotseling om, alsof hij nog iets bedacht, en duwde toen Petula in Molly's armen. Petula, die de spanning haarfijn aanvoelde, dook onder Molly's slobberige T-shirt en maakte zich zo klein mogelijk.

Een lakei met een tulband en witte kledij boog diep, met zijn handen tegen elkaar, alsof hij aan het bidden was. Toen opende hij, zonder iets te zeggen, de deur.

Trillend leidde Molly's ontvoerder haar naar binnen.

Ze kwamen in een lange, gouden zaal met duizenden zilveren puntjes in het plafond. De vergulde muren waren versierd met gekleurd glas in de vorm van olifanten en de vloer was bedekt met kostbare kleden en grote fluwelen kussens. Het rook er naar muskuswierook. Molly's blik gleed naar de lage mozaïektafels aan het eind van de zaal. Hier stond een scharlakenrood bed met een paars kussen aan het hoofdeinde, waartegen een man leunde in een glimmende rode mantel.

Even dacht Molly dat haar gehypnotiseerde verstand haar voor de gek hield, want de man op het bed leek enorm groot. Hij leek te zijn vérgroot. Hij had een donker hoofd, dat op een schildpaddenkop leek, en zijn reusachtige lichaam leek wel twee keer zo groot als dat van de bediende die achter hem met een stel pauwenveren stond te wapperen. Was de bediende een lilliputter?

De grote man knipte met zijn lange vingers en het geluid echode door de zaal. Molly's ontvoerder haastte zich naar voren en trok haar met zich mee. Hoe dichterbij ze kwamen, hoe groter de man op het bed bleek te zijn. Molly had nog nooit iemand gezien die zo groot was én die zoveel op een reptiel leek. De huid van zijn gezicht was droog en geschubd als van een schildpad. Zijn grote, droge neus was ruw als een puimsteen. Als Molly niet onder hypnose was geweest, was ze vast doodsbang geweest voor deze monsterachtige verschijning. Toen ze nog ongeveer tien passen bij hem vandaan waren, nam hij een rond stuk glas en hield dat voor zijn rechteroog. Toen liet hij een oorverdovend geschreeuw horen.

'STOMKOP!' bulderde hij. 'IDIOOT, ZACKYA! DAT IS DE MERKEERDE VOLLY. JE HEBT DE MERKEERDE VOLLY VOON MEEGENOMEN!'

Hoofdstuk zes

Petula was doodsbang en maakte zich zo rond als een bolletje onder Molly's T-shirt. Ze probeerde te doen alsof ze er niet was. Molly's tijdreisgezel keek haar eerst geschokt en toen verward aan.

'O! pauwenpoep! Ik heb het weer verkeerd gedaan!' vloekte hij. Zijn ogen waren groot van angst. Hij draaide zich bibberend om naar zijn meester. 'De verkeerde Molly, sahib, maar dat kan toch niet? Maharadja, ik ben vooruitgereisd, precies naar de goede tijd en ik heb haar meegenomen. Ze was in Braamburgpark.'

'Braamburgpark? BRAAMBURGPARK? Ongelooflijke STOMKOP!' blafte de man met een heel lage stem. Hij graaide de waaier van pauwenveren uit de handen van de *punkah* die naast hem stond en smeet hem hun kant op, zodat Molly's ontvoerder moest wegduiken. 'Zackya, hoe kan ze nou ooit in Braamburgpark zijn voordat ze het hypnoseboek heeft gevonden? Ik wilde de Molly Moon van vóór die tijd, van de tijd dat ze nog in het weeshuis woonde! Stomkop. Cornelius hield zijn verblijfplaats altijd geheim. Die was *sop tecret*. Hij zou haar nooit op Braamburg laten komen. Dit kan dus niet de Molly Moon zijn van voor die tijd. Van voor het hypnoseboek.'

'Cornelius kan haar toch iets hebben willen leren, voordat ze het boek vond, hoog...'

'Hou je mond! Je zegt alleen maar stomme dingen. Hoe kon je zo STOM zijn.' De man stond op en schreeuwde zo hard dat Molly zijn adem in haar haren voelde. Molly's ogen hadden haar niet bedrogen: de man was echt reusachtig. Maar nu kreeg ze het idee dat haar oren haar bedrogen.

'Natuurlijk is het de merkeerde Volly Voon. Ben je soms blind? Ze heeft een stikral om haar nek!' Hij wees met zijn lange vinger in Molly's richting. 'Ik heb ook helemaal niks aan jou, stomme kamelendrol. Deze Molly kan de wereld al stilzetten. Alleen hypnotiseurs kunnen de wereld stilzetten. Waarom zou ze anders een stikral om haar nek hebben?'

Stikral? dacht Molly. O, hij bedoelt mijn alles-staat-stil-kristal. De stem van de reus donderde en bulderde tegen de wanden van de gouden zaal.

'Je hebt een Molly Moon meegebracht uit een toekomst die al te ver was, waardeloze kakkerlak. Ik heb je alles verteld. Ik heb het drie keer uitgelegd.' De reus kwam met vier enorme stappen op hen af en hoe dichterbij hij kwam, hoe groter hij werd. Hij boog met zijn boomlange lichaam naar beneden, en alsof zijn bediende een schooljongetje was, greep hij hem bij zijn oor vast en schudde zijn hoofd heen en weer. 'Of is het je ene oor in gegaan en het andere weer uit?'

'Ik daaaaacht... Ik dacht dat het klooooo...' Omdat zijn hoofd heen en weer werd geschud, kon de man met de tulband niet uit zijn woorden komen.

'Je dacht. Je dácht! Laat me niet lachen!' zei de reus, en hij liet de man los en keek hem vol walging aan. 'Ik zal het zelf moeten opknappen, zoals altijd.' En met een gerichte straal spuwde hij op de grond. 'Het zit zo, idioot: ik moet de Molly Moon uitschakelen die het hypnoseboek nog niet gevonden heeft. Grebijp je? Want als ik haar dan vermoord, kan ze geen hypnotiseur worden en dan kan ze niet al die ellendige dingen doen die ze heeft gedaan, of wel soms? Dan schopt ze mijn plannen niet in de war en dan kan ze niet voorkomen dat Primo Cell president van Amerika wordt, zoals ze heeft gedaan, en Cornelius zal op mijn bevel de machtigste man ter wereld blijven. En waarom? Omdat ze dan al dood is voordat ze erachter komt dat ze mensen kan hypnotiseren.' Hij klemde het hoofd van zijn bediende tussen zijn enorme handen en begon te drukken. 'Snap je net hou?'

Er schoten allerlei gedachten door Molly's hoofd, en ook al was ze heel warrig omdat ze nog steeds in trance was, toch probeerde ze een aantal dingen op een rijtje te krijgen. Het eerste was dat deze kolossale man uit het verleden ooit de macht had gehad over Cornelius Logan. Deze tijdreizende reus was kennelijk vooruit gereisd in de tijd en had Cornelius gehypnotiseerd, zodat deze voor hem zijn meesterplan uit kon voeren. Cornelius... die Molly had gehypnotiseerd en die nu een blatend lammetje was! Ze kon het bijna niet geloven. Deze reusachtige man wilde dus in Molly's tijd de macht hebben. Maar waarom? vroeg ze zich af.

Haar geest proefde van deze gedachte, alsof het een heerlijk gebakje was, gevuld met goede ideeën. Molly begreep dat zij, zonder het te weten, zijn plan in de war had geschopt. Zij had

51

Cornelius op een zijspoor gezet. En dus, dacht Molly, was het vrij logisch dat deze reus Molly wilde vangen voordat ze het hypnoseboek had gevonden, zodat hij haar kon vermoorden voordat ze problemen kon veroorzaken.

Molly begreep het helemaal. Ze liet de gedachte door haar hoofd spelen en toen de situatie goed tot haar doordrong, knipperde ze even met haar ogen. Tot slot stelde ze vast dat er niets mis was met haar oren. De reus had niet alleen een huidkwaal (hij had dezelfde leerachtige huid als de bibberende man met de tulband), hij had ook nog een spraakgebrek. Hij verwisselde soms de letters. Een braakgesprek.

De reus liet de tulbandman los. De man stond naast Molly en wreef over de zere plek in zijn nek. Het rode vocht van de paan droop langs zijn kin. Hij veegde het met zijn zakdoek weg.

'En je hebt er ook nog eens veel te lang over gedaan,' klaagde de grote man. 'Te zenuwachtig door het twijfenvintigste-eeuwse transportsysteem zeker? Labbekak.'

'Uwe hoogheid... Maharadja. Ik wilde er zeker van zijn dat ik haar niet kwijtraakte. Ik ben nog niet zo handig met die pijlsnelle straaltransmissies uit de vijfentwintigste eeuw. Ik zal oefenen als ik alleen ben, en mijn vaardigheden verbeteren, ik beloof het. Maar ik wilde mejuffrouw Moon nu niet kwijtraken bij een *jet-beam port.*' De man ontblootte zijn roodgekleurde tanden en glimlachte allervriendelijkst.

De maharadja luisterde niet. Hij bestudeerde Molly. Zijn grote bloeddoorlopen ogen schoten heen en weer terwijl hij haar slordige kleren, haar lengte en haar dicht bij elkaar staande ogen in zich opnam.

'Wie had ooit gedacht dat iemand die klo zein is... En kijk! De tijdwinden hebben nu al invloed op haar. Zackya, bevrijd haar uit haar trance.'

'Weet u... het zeker, uwe hoogheid?'

'Doe wat ik zeg, stommerd.'

Zackya, Molly's kidnapper, gehoorzaamde en ging voor haar staan. Hij hield zijn droge, knobbelige hand voor haar voorhoofd en knipte met zijn vingers. 'Je bent bevrijd,' zei hij.

De hypnose was verbroken. De nevelsluier waaronder Molly's gevoelens verborgen waren geweest, trok op. Ze begreep nu hoe Petula, die nog steeds onder haar T-shirt zat, zich voelde: ook Molly wilde niets liever dan zich verstoppen.

De ernst van de hele situatie drong in één klap tot haar door: ze zat klem in een verschrikkelijke val. Gevangen in een ander land en in een andere tijd. Zelfs als ze aan de grote maharadja en zijn assistent wist te ontsnappen, zat ze nog gevangen in een tijd die niet van haar was, want Molly had absoluut geen idee hoe ze door de tijd moest reizen. Ze voelde zich zo kwetsbaar als een worm in een pauwensnavel, als een gevangene op weg naar zijn executie. Ze werd overstelpt door angst en haar handpalmen werden klam. Molly had zich nog nooit zo hulpeloos gevoeld en ze moest heel erg haar best doen om niet in tranen uit te barsten.

Maar Molly had al eerder met onaardige, harteloze mensen te maken gehad en ze kon aan het kille, harde gezicht van de reus zien dat het geen enkele zin had te smeken. Ze wist genoeg van sadisme om te snappen dat de reus, als ze nu zou gaan huilen, daar even plezier aan zou beleven, maar vervolgens zou hij zijn interesse voor haar verliezen. Door de manier waarop hij zich vooroverboog en gefascineerd in haar ogen keek, wist ze dat haar overlevingskansen het grootst waren als ze zich zo koel en geheimzinnig mogelijk gedroeg. Ze negeerde zijn dampende knoflookadem en zijn olifantshuid. Ze negeerde haar eigen angst. Ze deed haar armen over elkaar, met Petula nog steeds onder haar flodderige T-shirt, en probeerde rustig na te denken en haar kansen in te schatten.

Het eerste wat ze vaststelde was dat deze man en zijn assistent ongetwijfeld bijzonder goede hypnotiseurs waren, net als Molly zelf.

Het tweede was dat ze ook allebei tijdspelers waren. Ze konden de wereld stilzetten, net als Molly.

Maar Molly vermoedde dat ze betere hypnotiseurs waren dan zij (zij waren tenslotte allebei tijdreizigers) en om die reden besloot ze haar alles-staat-stil-kristal niet te gebruiken. Aan de andere kant: ze wist dat een van hen in elk geval niet erg goed was in tijdreizen. En als de beste assistent die deze rijke en machtige reus kon vinden deze Zackya was, die nu ineengedoken in een hoekje zat, dan waren goede tijdreizigers kennelijk zeldzaam.

Molly staarde recht voor zich uit en negeerde de maharadja, die zijn grote vinger als een stok naar haar uitstak en in haar voorhoofd prikte. Ze voelde zich heel eenzaam en ze was echt bang, maar ze wist dat ze niets moest laten merken. Ze keek heel trots en arrogant, alsof ze diep beledigd was dat iemand zo onbeschoft was geweest om haar terug in de tijd te slepen.

Molly dacht aan een heel indrukwekkend personage uit een oude film die ze in het weeshuis keer op keer op video had gezien. Het was een generaal die gevangengenomen was door de vijand. In plaats van onschuldig te kijken en onderdanig te doen, had hij juist een grote mond gegeven en zich verzet. Molly bedacht dat ze hem na zou moeten doen, wat betekende dat ze een geweldige scène zou moeten opvoeren. Ze was niet zo zeker van haar acteertalent, maar omdat Rocky en zij de tekst van de generaal zo vaak tegen elkaar hadden gezegd, kende ze hem uit haar hoofd. De adrenaline die door haar lichaam raasde, gaf haar moed en ze stond er zelf versteld van toen er een paar hoogdravende zinnen van de generaal uit haar mond stroomden.

'Ik vind deze straf zeer ongepast en vernederend. Om u de waarheid te zeggen: ik vind het ronduit impertinent!' brieste ze. Toen dat laatste woord uit haar mond kwam, stond ze te bibberen op haar benen, want ze wist dat haar keuze om zich zo brutaal te gedragen net zo goed verkeerd kon uitpakken. Bovendien wist ze niet eens wat 'impertinent' betekende.

De lange man kneep zijn ogen een beetje dicht en keek haar dreigend aan. Molly knarsetandde.

'Zo, vind je dat?' zei hij langzaam.

'Ja.' Ze pijnigde haar hersens om zich de generaal uit de film voor de geest te halen, en ging verder: 'Ja. Om door uw ondergeschikte op zo'n achterbakse manier beslopen te worden – ik had op een waardige manier uitgedaagd moeten worden tot een hypnotisch duel. Het is ronduit onbeschoft. En vervolgens ben ik meegenomen in de tijd door iemand met zo... zo weinig kennis en ervaring van zaken.' Terwijl ze haar eigen woorden hoorde, wist ze dat ze 'onervaren en weinig kennis van zaken' had moeten zeggen, maar ze raasde verder. 'Het is niet de behandeling die ik, een meesterhypnotiseur, van u, ook een

55

meesterhypnotiseur, verwacht. Als ik me in uw positie had bevonden, had ik een waardiger assistent gestuurd. Ik zou meer respect getoond hebben.'

Molly kon nauwelijks geloven dat deze woorden echt uit haar mond kwamen. Ze wist niet waar het toe zou leiden: ze was óf bezig haar eigen graf te graven, óf het was een luchtbrug naar een ontsnapping. Een van de twee. Maar ze moest haar toneelspel hoe dan ook volhouden en dus verzamelde ze al haar bijzondere hypnotische krachten en keek de reus recht in zijn ogen. In zijn blik was de hypnotische glans al te zien. Zijn enorme, uitpuilende ogen in de zwarte kassen waren afschuwelijk. Het wit rond zijn looizuurbruine irissen was bloeddoorlopen. Molly had nog nooit in zulke grote weerzinwekkende ogen gekeken, en toch hoefde ze haar groene ogen niet af te wenden. Ze bracht haar strakke blik op gelijke hoogte met die van hem en voelde zijn kracht. Onbeweeglijk keek ze de man met zijn verlepte walrussenhuid en zijn schildpaddenkop recht in zijn ogen.

De reus keek geïnteresseerd terug. Hij voelde de zeldzame sensatie van de uitdaging. Het kwam namelijk niet vaak voor dat hij tegenover ogen kwam te staan van het kaliber van die van Molly. Nu zag hij in hoe dit schriele meisje met haar aardappelneus zijn goed uitgedachte plannen in de war had kunnen schoppen. De kracht die zij had was hij nog bij geen enkele andere hypnotiseur tegengekomen. En ze was ook ervaren, merkte hij. Want elke keer dat hij zijn blik scherp stelde om haar te vangen en haar hypnotisch te verslaan, had ze zijn zet al voorspeld en zijn blik afgestoten. Ze was goed, heel erg goed, zeker voor haar leeftijd. Maar ze had geen idee hoe je door de tijd moest reizen, dus dat gaf hem een voorsprong. Hij had bewondering voor haar talent, en ook voor haar lef, en hij vond het bijna leuk om haar nu te ontmoeten. Alhoewel ze wel een beetje naast haar schoenen loopt, dacht hij. Misschien waren ze wel aan elkaar gewaagd. Misschien zou hij haar een kopje kleiner moeten maken. En misschien deed hij dat ook nog wel. Maar nu liet hij de blik los.

'Hmm,' zei hij peinzend. 'Dus jij ziet jezelf als een preledigd binsesje?' Hij klapte in zijn handen. 'Misschien wil de prinses een topje khee.'

Hoofdstuk zeven

Plotseling vlogen de achterste deuren open en kwamen er acht bedienden met tulbanden op hun hoofd en dienbladen in hun handen de kamer binnengesneld. Op de dienbladen stonden zilveren theepotten, kannetjes, porseleinen bordjes, kopjes en glazen, en in de tijd die Molly en de reus nodig hadden om naar de andere kant van de kamer te lopen, wisten de bedienden een lage tafel van notenhout te dekken. Vanaf Molly's stoel had ze uitzicht op een muur met een muurschildering van een jachttafereel. Het was een heel gedetailleerd schilderij en de reus was duidelijk herkenbaar: hij zat op een olifant, met een geweer in zijn hand, en schoot net een tijger dood. Molly vond het onderwerp niet leuk maar het was een prachtig schilderij. Het groene bos op de achtergrond gaf Molly een indruk van het landschap rond het fort.

'Het is een welkome afwisseling,' gaf de reus toe, en hij stak zijn arm uit om een mega-muffin te pakken die een uitgehongerde bediende hem aanbood. 'Een welkome afwisseling om eens iemand te ontmoeten die niet als een laffe hond in elkaar duikt als hij mij ziet.' Hij keek even in de richting van Zackya. 'Excuses voor die galvehare die je hiernaartoe heeft gebracht. Hij is eigenlijk een "onaanraakbare".'

'Een onaanraakbare?' vroeg Molly, en ze hoopte dat haar gastheer niet zag hoe haar hand trilde toen ze een muffin uitkoos.

'Ja. Hij is in de laagste kaste geboren, de laagste rang van de hindoes. De meeste hindoes in India zouden hem behandelen als een rioolrat. Maar ik ben geen hindoe. Ik neem hem gewoon zoals hij is: een wielig zezen. Dankzij mij is hij vrij. Ik heb hem BEVRIJD.' De reus verhief zijn stem en vulde de ruimte met angst. Molly merkte op dat zijn woorden voor Zackya waren bedoeld, al keek de reus naar haar. 'Ik heb hem BEVRIJD en kijk wat ik ervoor terugkrijg: HIJ VOERT MIJN INSTRUCTIES NIET EENS UIT!' De reus schreeuwde zo hard dat het porselein op de tafel rinkelde. En toen werd hij plotseling woest en raakte buiten zinnen. 'EEN NIETSNUT, DAT BEN JE. EN DAT BEN JE ALTIJD GEWEEST. PAS MAAR OP. ANDERS LAAT IK JE MET EEN SCHERPE BIJL IN STUKJES HAKKEN EN VOER IK JE AAN DE PAUWEN!' Zijn stem daalde. 'Of misschien hypnotiseer ik je wel. Dat zou je niet prettig vinden, hè? Daar ben je al zo lang bang voor. Dat ik je HYPNOTISEER!' baste hij.

Molly was geschrokken van de onverwachte stemmingswisseling van de reus, en nog meer van de inhoud van zijn woorden. Zackya boog, knielde en boog nóg dieper, zijn handen voor zich uitgestrekt op de vloer. En toen, even plotseling als de aanval was opgekomen, verdween de woede van de reus weer. 'Ik ben behoorlijk slim,' zei hij, en op zijn gruwelijke gezicht verscheen een afschuwelijke, scheve grijns. 'Ik moet namelijk zorgen dat er in te koetomst iets wordt gedaan. Iets wat ik zelf in deze tijd niet dan koen.'

Molly probeerde te doen alsof zijn woedeaanval geen enkele indruk op haar had gemaakt. 'Wat dan?' zei ze, en als een echte dame nam ze een muizenhapje van haar muffin en legde hem terug op het bord op haar knieën, dat een bediende daar met een servet had neergezet. Vanbinnen schreeuwde ze het uit. Ze hoopte dat ze met haar rol van verwende prinses een kans zou maken bij haar onevenwichtige gastheer. Zijn onvoorspelbare karakter maakte haar bang, want het deed haar denken aan een gek die ze een keer met Rocky op straat in Braamburg had gezien. De man was ontsnapt uit het gekkenhuis. Eerst had hij heel rustig bij de duiven zitten zingen en toen was hij plotseling opgesprongen en had ze met een stok geslagen. De reus had hetzelfde onvoorspelbare karakter. Ze moest verschrikkelijk voorzichtig zijn, anders zou ze eindigen als pauwenvoer. Petula kreeg het warm en begon te kronkelen. Molly drukte haar tegen zich aan om te laten weten dat ze stil moest blijven zitten.

De reus tikte met zijn goudgelakte vingernagel tegen de rode en groene steen om zijn nek. 'Ik moet meer van deze kristallen delven. Ze zitten heel diep in de grond. Miloketers onder het aardoppervlak. Maar ik heb ze nodig.' De maharadja propte een groot stuk cake in zijn mond.

'Waarom?' vroeg Molly, en ze probeerde zo kalm mogelijk een slok van haar drankje te nemen. Ze kokhalsde bijna. Het was water met limoensap en zout.

'Omdat...' – de kruimels vlogen in het rond toen de reus zijn mond opendeed – 'ik naar het begin van de tijd ben teruggereisd met één kristal, maar als ik meerdere stikrallen bij me had gehad dan had ik kunnen opstijgen naar de "Bubbel". In de Bubbel is een wonderbaarlijk licht en als dat licht op je schijnt, word je weer jong.' Hij streek met zijn handen over zijn gezicht, alsof hij zijn gezicht in het licht hield, en voegde eraan toe: 'Ik heb er niet altijd zo uitgezien.'

Molly slikte een mondvol muffin door en voor de eerste keer vroeg ze zich af of ze soms droomde. *Een wonderbaarlijk licht waardoor iemand er jonger uit gaat zien en dat in het begin van de tijd op een plek schijnt die de 'Bubbel' wordt genoemd?* Wie had er ooit gehoord van zonlicht waar je jonger van werd? De reus was gekker dan ze had gedacht. Even stelde ze zich voor dat hij een patiënt was in haar hypnotische ziekenhuis. Hoe zouden Rocky en zij hem moeten behandelen om hem te genezen? In een flits wenste ze dat Rocky nu bij haar was. Ze wist precies wat hij zou zeggen en ze sprak de woorden uit.

'Ik dacht dat het begin van de tijd uit explosies en vuur bestond. Zou je niet levend verbranden als je daar terechtkwam?'

'Nee. In de negenentwintigste eeuw ontdekken ze dat het begin van de tijd een soort gefilterde plek is, gevuld met wit licht van de Bubbel. Iemand die de zwaartekracht kan uitschakelen en naar dit licht kan opstijgen, ontvangt levenskracht en jeugdigheid. Levitatie is moeilijk en het lukt alleen als je genoeg tijdkristallen hebt.'

'O... oké.' Molly trok haar wenkbrauwen op. 'En je zei dat je die kristallen in mijn tijd moet delven... in de eenentwintigste eeuw...'

'Ja, want nu, in de jaren neventig van de zegentiende eeuw, is dat onmogelijk. Pas in de eenentwintigste eeuw ontwikkelen ze de techniek om zo diep te boren dat ze de stikrallen uit de aarde kunnen halen. En het is ook heel, heel erg duur. Het kan alleen als je de macht hebt over heel veel landen. Daarom moet Cornelius Logan in de eenentwintigste eeuw de wacht over de hele mereld hebben. Hij zal alle wereldleiders hypnotiseren.' Na deze woorden keek de reus Molly met een duistere blik aan, alsof hij zijn zelfbeheersing weer zou verliezen, maar dat gebeurde niet. 'Jij hebt mijn plannen gedwarsboomd, maar ik zal ze alsnog uitvoeren,' siste hij. 'En als Cornelius meer aan de wacht is, heb ik de rijkdom van heel veel landen in mijn handen. Dan kan het delven beginnen en krijg ik bergen stikrallen. Gewapend met duizenden tonnen stikrallen, kan ik naar het begin van de tijd gaan en de eeuwige jeugd bereiken. Eenvoudig toch? En dit zou al gebeurd zijn als er zich niet een klein probleempje had voorgedaan: en dat was jij, mejuffrouw Moon, jij was het steentje in mijn schoen.' De reus snoof ongeduldig. 'Dat heeft mijn humeur verpest, dat moet ik toegeven. Het heeft me jaren gekost om erachter te komen hoe ik de stikrallen moet delven. Toen kwam ik op het idee om hypnotiseurs uit jouw tijd te gebruiken om het werk voor mij te doen. Ik ben naar de toekomst gereisd, naar jouw tijd, naar de tijd toen jij net was geboren, en ik heb Cornelius gehypnotiseerd. Ik heb het hele plan in gang gezet. De baby van Primo Cell en Lucy Logan werd in een weeshuis gestopt. Dat was jij, natuurlijk. Primo Cell en Lucy Logan werden van elkaar gescheiden. Alles was geregeld. Het heeft veel moeite gekost om ervoor te zorgen dat Cornelius' leven zo zou lopen dat hij op het eind, voor mij, de macht over de wereld zou hebben. Het was zeer vermoeiend. Tijdreizen is vermoeiend. Maar ik wist dat het de moeite waard was.' Hij staarde Molly aan.

'Ik reisde naar het moderne India en belde naar het Hitte Wuis in Amerika. Ik verwachtte dat ik Primo Cell en Cornelius te spreken zou krijgen en dat ze me zouden vertellen dat ze kamers vol opgegraven stikrallen hadden. Maar in plaats daarvan hoorde ik dat er iemand anders president was. Mijn plannen waren mislukt.'

Molly deed opnieuw haar best om er zo onaangedaan mogelijk uit te zien. Ze keek zo nonchalant als ze kon en nipte van haar drankje, alsof het haar allemaal weinig kon schelen. Ondertussen was ze zo bang dat het zout op haar tong tintelde.

'Na nog meer uitputtend speurwerk,' ging de reus verder, 'kwam ik erachter dat jíj verantwoordelijk was. Hmm. Stom genoeg gaf ik toe aan mijn vermoeidheid en stuurde ik die onnozele Yackza om jou te halen. En hij haalde de verkeerde jou. Denk je ook niet? Hij had verder terug in de tijd moeten gaan en de tienjarige Molly Moon moeten halen, die nog niet geleerd had hoe ze moest hypnotiseren, zodat ik haar kon vermoorden. Dan had niets of niemand mijn plannen in de weg gestaan – als Molly Moon te dood was geweest om ze in de war te schoppen. Grebijp je wel?'

Molly, nog steeds in haar rol, stak haar neus in de lucht en haalde haar schouders op. 'Natuurlijk begrijp ik dat. Tijdreizen is geen ruimtevaarttechnologie.'

En toen gebeurde er iets verschrikkelijks.

Petula, die al die tijd onder Molly's T-shirt verborgen had gezeten, kreeg de kriebels. Ze zweette de pan uit. Ze begon te wriemelen en stak haar neus te voorschijn. En de reus zag haar.

'WAT IS DÁT IN HEMELSNAAM?' bulderde hij. Hij kwam op Molly af en zijn arm schoot als een haak naar voren en griste

Petula onder haar shirt vandaan. 'HOE IS DIT BEEST DOOR HET NET GEKOMEN, YACKZA? JE WILDE DEZE HOMP VLEES ZEKER ALS HUISDIER HEBBEN, OF NIET SOMS, STOMMERD?'

Petula, die aan haar achterpoten in de lucht werd gehouden en op haar kop hing, blafte hard en begon te piepen. In de handen van de reus leek ze eerder op een cavia dan op een hond. Molly wilde schreeuwen, maar het lukte haar nog net om haar schreeuw in te slikken en er iets anders van te maken.

'HOE DURFT U!' zei ze boos, en ze zette haar glas met een klap op tafel. 'Zet haar onmiddellijk neer. Als u die hond kwaad doet, dan kunt u mijn hulp wel vergeten...'

Deze opmerking deed de reus opkijken. Hij zette Petula neer en begon te lachen.

'Hij melpen... ha ha ha... hij melpen? HA HA HA. Ik moet zeggen dat ik nooit had gedacht dat ik zoveel plezier aan je zou beleven!' De reus grijnsde. Zijn tanden waren afstotelijk. Stuk voor stuk knaloranje. 'Ik zal je iets zeggen, lieve Molly: waarom doen we geen spelletje?'

'Een spelletje?'

'Ja. En deze hond is de inzet. We doen het volgende: ik laat jou de basisprincipes van het tijdreizen zien en dan ga jij terug in de tijd om iets voor mij te halen. Als dat je lukt, dan is deze hond... Ik neem tenminste aan dat het een hond is, hij is zo lelijk – wat is nou de voorkant en wat is de achterkant? Nou goed, als het je dus lukt dan blijft deze hond leven. Als het je niet lukt, dan gaat de hond dood. Mopshond in curry zou weleens een nieuwe delicatesse kunnen worden!'

Hoofdstuk acht

Molly volgde de grote maharadja. Ze kwamen langs Zackya, die nog altijd angstig in elkaar gedoken zat, en gingen de hoge gouden deur door. Toen beklommen ze een steile trap met smalle treden.

'Deze trap werd deehonderdtwertig jaar geleden gebouwd,' klaagde de maharadja toen hij zijn gigantische lichaam door het nauwe trapgat perste. 'Ik ben nog steeds van plan terug te gaan naar 1638 om de mogol-architect te hypnotiseren zodat hij het trapgat groter maakt, maar ik heb het te druk.'

Toen ze op het dak kwamen, zag Molly een grote, open binnenplaats met donkerrode stenen muren en boogvormige ramen zonder glas erin. De muren waren versierd met puntige gewelven en marmer, en aan een stok die tot hoog in de hemel reikte, wapperde een vlag met een pauw erop. Het was een snikhete dag, maar op deze hoogte stond tenminste een verfrissend briesje. Molly kon de eenvoudige stad zien liggen, de tuinen vol bloemen, en niet ver daarvandaan de bruine heuvels met bomen. Aan de westkant stond nog een roodstenen gebouw met minaretten en koepels in de vorm van uien. In de verte zag ze torens en witte augurkvormige gebouwen en kleine huizen die meer op hutten leken. Daartussenin stonden palmen en er waren pleinen en straten met mensen en dieren die trilden in het zonlicht. De geluiden van de stad stegen op: geschreeuw van verkopers die hun waren aanprezen en bevelen van mensen die hun paard, olifant of buffel de andere kant op wilden sturen. En dichtbij klonk het gespetter van water, dat in het midden van de binnenplaats in een bassin kletterde, en het gezoem uit een bijenkorf die aan de buitenkant van een van de ramen hing. Molly zag een hele rij Indiase bedienden die zonder geluid te maken emmers water aan elkaar doorgaven. De voorste man gooit het water in een gat ergens bovenin, zodat het frisse water via een kanaal in het bassin stroomde. Het was zwaar werk voor de bedienden.

'Zo,' zei de maharadja. Hij schuurde met zijn hand langs zijn schilferige kin en zette Petula op een stenen rand. 'En dan nu je kans om te voorkomen dat je hond een gekruid hapje wordt. Vanochtend, voordat ik hier mijn bad wilde nemen, verscheen er plotseling een pauw op de pinnenblaats. Hij moest weggehaald worden. Ik wil dat jij teruggaat in de tijd en die vauw voor me pangt.' De reus knipte met zijn vingers en zei iets tegen een bediende, die knikte en zich uit de voeten maakte.

'Maar ik weet niets van pauwen,' protesteerde Molly. 'Hoe moet ik hem vangen? Kunnen pauwen bijten?'

'Ha, wat lebachelijk! Je maakt je zorgen hoe je een pauw moet vangen? Je komt er snel genoeg achter dat het moeilijker

is om door de tijd te reizen dan om een vauw te pangen. Ha!'
Hij lachte en gaf een klap op zijn knie.

Molly staarde hem aan. Volgens haar viel er niet veel te lachen. Zackya kwam het smalle trapgat uit en schuifelde de binnenplaats op.

'Yackza. Pak die hond en toe een douw om zijn nek.'

Zackya schoof voorzichtig naar voren en tilde Petula op.

'En trouwens, Yackza, denk maar niet dat ik je stommiteit al ben vergeten. Ik weet heel goed dat ik dankzij jou met dit binkende steest zit opgescheept. De enige reden dat ik je niet straf is dat je me zonder het te willen misschien iets leuks hebt bezorgd.'

Zackya boog diep en gluurde met een woedende blik in zijn ogen naar Molly.

De reus klapte in zijn handen en de bediende die zojuist was weggesneld, kwam teruggerend. Hij had een zwartfluwelen kussen in zijn handen met daarop een hele verzameling rode en groene edelstenen. Saffieren, smaragden, Molly wist niet precies wat het waren.

'Groen is om terug in de tijd te reizen. Rood is om vooruit te gaan. Kaak je meus.'

Molly wierp er een vluchtige blik op, alsof ze een bonbon moest uitzoeken. Elke gekleurde steen was een klein beetje anders rood of groen, en elke steen had een ander soort foutje, een foutje als een litteken, alsof de stenen ooit opengesneden waren. Niet één was volmaakt. Molly liet haar oog op de twee helderste stenen vallen. Op het moment dat ze ze oppakte, voelde ze een zwakke energiestroom. Ze deed haar best om niets te laten merken. 'En wat nu?'

'Ha, wat zelfverzekerd! Wacht maar af. Ha!'

Molly had er genoeg van dat de reus zo neerbuigend tegen haar deed. 'Het zou handig zijn als je me zou uitleggen hoe dit in zijn werk gaat. Hoe kan ik anders die grote kip vangen?'

De reus fronste. Hij trok minachtend zijn lip een beetje op en begon: 'Het is eenvoudig, maar het vergt oefening. Ik zal mijn best doen om uit te leggen hoe je door de rijd moet teizen, zodat je tenminste een redelijke kans hebt om je hond te redden. Maar ik vertel het slechts één keer. Ik ben niet zo'n geduldig type, dus luister goed. Concentreer je op de groene of rode steen, afhankelijk van welke kant je op rilt weizen. Breng je geest dan in een halve trance – zoals je doet wanneer je de wereld stilzet. Staar in de ruimte van het heden en roep het koude getintel op van het stilzetten. Als dat begint, zet je de wereld niet stil, maar richt je je aandacht op de steen die je gebruikt om door de rijd te teizen totdat je gedachten de kleur van de steen aannemen. Zodra de wereld om je heen vaag wordt en je de tijdwind voelt, weet je dat je beweegt. Je hoort ook een doffe boem achter je. Iedereen die naar jou kijkt op het moment dat je verdwijnt, hoort een heel barde hoem, tenzij je natuurlijk een ontboemer hebt. De boem wordt veroorzaakt doordat je lichaam verdwijnt – de lucht moet in één keer de leegte vullen die jouw lichaam achterlaat en dit maakt een boem-geluid. Lagere natuurkunde. Dit was het makkelijke deel. Het doeilijke meel is om in de juiste tijd te stoppen. Dat vergt talent en ervaring. Ben je er klaar voor?'

'Dus je gaat me niet vertellen hoe ik weet wanneer ik op het juiste moment op de juiste plaats ben en hoe ik moet stoppen?' vroeg Molly bezorgd. 'Krijg ik niet zo'n apparaatje dat Zackya heeft?'

'Dat apparaatje is voor stomkoppen,' antwoordde de maharadja.

Molly keek naar Petula, die nu een zelfgemaakte hondenriem van touw om had. Ze zat gespannen op de grond naast Zackya en de bediende met het kussen.

'Ik zie je straks,' zei Molly tegen haar, en ze probeerde zich te wapenen door heel zelfverzekerd te doen. Maar vanbinnen was ze zo onzeker als een jong vogeltje dat door zijn ouders het nest uit wordt geduwd.

Molly hield de groene edelsteen stevig in haar hand. Ze staarde naar de grond. Ze concentreerde zich op het hypnotische brandpunt, zoals ze deed wanneer ze de wereld stilzette. Het tintelende, koude gevoel stroomde door haar lichaam en toen verstijfde alles en iedereen om haar heen, behalve Zackya en de maharadja.

'MIS!' bulderde de reus. Molly negeerde hem en deed een nieuwe poging. Deze keer concentreerde ze zich volledig op de groene edelsteen zodra ze het koude gevoel in haar aderen voelde opkomen. Ze gaf haar geest helemaal over aan het groen en toen, alsof ze een route op een kaart had gevolgd, begon haar reis door de tijd. Er klonk een doffe BOEM, een koele wind cirkelde om haar heen en de kleuren van de wereld liepen in elkaar over. Geluiden vervaagden en vervormden en suisden in haar oren.

Opeens zag ze de reus in zijn rode mantel naast haar, met om hem heen de kleuren van de vervagende wereld. Hij daagde haar uit door met precies dezelfde snelheid als zij door de tijd te reizen.

69

'Waar ga je heen, Molly?' zei hij spottend. 'Je hebt geen flauw idee, hè? Heb je je heis wel in de rand?'

En even plotseling was hij weer uit Molly's blikveld verdwenen. Het gebeurde allemaal zo snel dat Molly inderdaad het idee had dat ze het niet meer in de hand had – alsof ze op een op hol geslagen paard zat. Ze stelde zich voor dat ze aan de teugels van de koude wind om haar heen trok, en het werkte. Ze stond stil. Het was koud. Ze had geen idee hoe ver ze terug was gegaan in de tijd.

Een vrouw in een oranje sari met een bezem in haar handen wees naar haar en slaakte een gil. Molly bedacht dat de vrouw haar zomaar uit het niets had moeten zien verschijnen. Molly gluurde door het raam naar buiten en zag dat het gebouw met de koepels helemaal nog niet bestond. Ze was te ver teruggegaan in de tijd.

Onmiddellijk greep ze de rode edelsteen vast om vooruit te reizen. Ze probeerde aan rood te denken. Met een BOEM liet ze de gillende vrouw weer alleen achter en bewoog ze zich door de tijd, omringd door warme lucht. Ze stopte. Deze keer scheen de maan op de binnenplaats. Voor haar zat een heel lange Indiase jongen te lezen.

'Kaal een haars voor me. Het wordt te donker om te lezen,' riep hij naar een jonge slaaf die in de schaduw aan de andere kant van de binnenplaats zat.

De slaaf zag Molly en zijn mond viel open.

'Sahib, sahib!' riep hij, en hij wees naar Molly. De leerling sloeg zijn boek dicht en draaide zich met een kwade blik in zijn ogen om.

Molly greep haar rode steen vast en verplaatste zichzelf.

Ze was stomverbaasd. Ze wist dat ze zojuist de maharadja en Zackya had gezien toen ze nog kinderen waren. Ze had ze herkend.

Ze voelde een paniekaanval opkomen, alsof er binnen in haar een vulkaan tot uitbarsting kwam. Als het haar niet lukte om dit onder de knie te krijgen, dan zat ze voor altijd in de tijd gevangen en zou Petula overgeleverd zijn aan de grillen van de reus. Molly dacht aan die andere keer dat ze een paniekaanval had gehad; dat was toen ze haar duim had gesneden aan een fles sladressing. Het bloed was over de sla en de komkommer gedropen. Rocky had tegen haar gezegd dat ze rustig uit moest ademen zodat de pijn verminderde en de paniekaanval stopte. Molly wilde dat hij nu bij haar was en de tranen sprongen in haar ogen. Toen ademde ze diep in en heel, heel langzaam weer uit, en terwijl de lucht door haar neusgaten naar buiten kwam, maakte ze een hummend geluid. Ze werd weer rustig.

Boven Molly's hoofd was de hemel afwisselend licht en donker, dag en nacht. Het ene moment was er overal regen. Een nanoseconde later schitterde de zon. De elementen wervelden om haar heen: wind, vuur, water, maar in haar tijdcapsule was Molly onkwetsbaar.

Molly probeerde zich te herinneren hoe lang het had geduurd om terug te gaan van Petula in 1870 naar de gillende vrouw. Als ze net zo lang vooruit zou gaan, zou ze terugkeren naar Petula op de binnenplaats. Ze stopte. Helaas kwam ze nu op een moment in de tijd dat er heel veel mensen op de binnenplaats waren. Het regende. Drie mensen zagen haar en wezen naar haar, maar Molly negeerde ze. Ze zag een kleine bijenkorf in de boog van het raam hangen en wist dat ze er niet ver naast kon zitten. Ze klemde de rode edelsteen weer in haar hand en keek deze keer naar de hemel om een inschatting te maken. Boven haar flakkerde het zwart en blauw. Molly probeerde erachter te komen hoe lang ze over een jaar deed. Was het een seconde? Hoe lang zouden die bijen erover doen om een korf te maken? Ze stopte. De bijenkorf had de juiste grootte. Maar de rest van de omgeving voelde niet goed. Molly sloot haar ogen. Het enige wat ze nog kon doen was op haar instinct vertrouwen. Ze probeerde alleen nog maar te voelen en te ervaren op welk moment de omgeving pauwachtig aanvoelde. Even ging ze weer vooruit en opnieuw opende ze haar ogen. Een geschrokken vogel kraaide het uit. Het was een pauw, maar was het wel de goede? Molly keek naar het bassin en zag dat er roze rozenblaadjes op het water dreven. Op een stoel lagen zijden kleren. Reuzenkleren. Molly wist niet hoe ze het gedaan had, maar ze was op de juiste plaats in de juiste tijd. De baddertijd van de maharadja.

Petula lag met haar kop op haar voorpoten en deed haar best om niet te trillen. Ze was heel erg bang, want ze voelde aan dat de grote man die op de binnenplaats heen en weer liep absoluut geen hondenliefhebber was. Er hing een vage rozenlucht om hem heen maar hij rook ook naar knoflook en slecht humeur. Slecht humeur was een afschuwelijke lucht: het rook naar verbrand haar en hete teer. De stank kwam uit elke porie van zijn reusachtige lichaam. Petula stak haar neus tussen haar poten en probeerde de lucht te negeren.

Ze dacht aan het moment dat Molly was verdwenen.

In Braamburg was de man met de tulband ook op die manier verdwenen. Hij had haar achtergelaten bij die kinderen die haar in een kinderwagen hadden gestopt. Petula nam aan dat zij en Molly en hun kidnapper ook op die manier waren verdwenen op het moment dat ze door die gekleurde windtunnels waren gereisd. Zat Molly nu in een windtunnel?

Naast haar viel een stuk uitgedroogd vlees op de grond en een mocassin schopte het richting Petula's snuit.

'Eet,' beet Zackya haar toe.

Petula staarde naar de grond. Ze kon geen hap door haar keel krijgen. Ze maakte zich veel te veel zorgen om Molly en ze was bang omdat ze niet wist wat de reus ging doen. Haar achterpoot, waaraan hij haar zo wreed in de lucht had gehouden, deed nog steeds pijn. Petula zag dat hij de bijenkorf bestudeerde, en ze hoopte dat de bijen zouden uitzwermen en hem zouden prikken.

Het enige wat Molly nu nog moest doen was de pauw te pakken zien te krijgen. Wat had de reus ook alweer gezegd? 'Een vauw pangen.' Molly stopte haar steen in haar zak. De vogel schommelde heen en weer op een boomtak. Zijn groene staart, die achter hem naar beneden hing, trilde. Molly kwam dichterbij en maakte een lief klakkend geluid met haar tong omdat ze wist dat parkieten dat leuk vonden. Toen ze nog een paar passen van het dier verwijderd was, nam ze een sprong en probeerde hem vast te grijpen. Maar de vogel trapte er niet in. Hij krijste en vloog uit haar armen. De vieze uiteinden van zijn staart streken langs haar gezicht en een doordringende, smerige, stoffige kippenlucht drong haar neus binnen. Molly hoestte. Ze had een net nodig. Maar toen bedacht ze dat er een veel makkelijkere manier was om dit probleem op te lossen. Het enige wat ze hoefde te doen was de wereld stilzetten.

De pauw zat op een kleine pilaar in de hoek van de binnenplaats en was kennelijk bezig te bedenken wat zijn volgende stap zou worden. Zijn kleine hersens hadden er duidelijk moeite mee om zich in balans te houden en tegelijkertijd na te denken. Molly pakte een onderbroek met lange pijpen van de stoel en met haar eigen alles-staat-stil-kristal zette ze de wereld stil. Niets bewoog meer. De klokken in de stad hielden op met luiden en het geloei van koeien en het klaaglijke gebalk van kamelen stierf weg. De pauw zat zo stil als een beeld op een sokkel. Molly liep naar hem toe en trok een van de broekspijpen over zijn kop. Toen wikkelde ze de rest van de stof goed om zijn vleugels en poten, zodat hij zijn vleugels niet kon uitslaan en haar niet kon krabben. Hij kon geen kant meer op. Even ontspande Molly zich. Ze krabde aan haar kin. Haar huid voelde heel droog aan. Ze liep door de frisse, bevroren wereld naar het bassin met de rozenblaadjes, maakte een kommetje van haar hand en gooide het water in haar gezicht.

Pas op dat moment merkte ze dat ze vreselijk nodig moest plassen. Ze keek om zich heen of er ergens een goed plekje was. Opnieuw viel haar oog op het bad van de reus. Dat moest dan maar een grote wc zijn. Helaas kon ze niet doortrekken voordat hij in bad ging.

Even later voelde Molly zich een stuk beter. Toen ze terugliep naar de pauw, flitste het even door haar hoofd dat ze met de stenen zou kunnen ontsnappen aan de maharadja. Ze zou zelfs terug kunnen gaan naar Braamburgpark en ervoor zorgen dat Zackya, nog voordat hij Petula pakte, door een van de andere tuinmannen gegrepen werd. Het zou moeilijk zijn, maar ze zou het kunnen, of niet? Haar grootste probleem was echter niet Zackya: haar grootste probleem was de maharadja. En als Zackya zou wegblijven – als hij niet naar het fort zou terugkeren met de gehypnotiseerde Molly bij zich – dan zou de woedende reus haar zelf komen halen. Hij zou zichzelf kunnen verplaatsen naar Braamburg toen Molly acht was en haar op dat moment en op die plek kunnen vermoorden. De situatie beviel haar helemaal niet, maar ze had nu tenminste wel een beetje door hoe ze door de tijd moest reizen, en haar rol van arrogante, verwende prima donna had de juiste uit-werking op de reus. Hoe ellendig de situatie ook was, ze moest teruggaan. Ze tilde de pauw op, liet de wereld weer in bewe-ging komen en voelde het beest onder haar armen verstijven van angst.

Deze keer hield ze de rode steen niet vast, want ze moest een zware vogel vasthouden. Ze dacht er alleen aan en door-dat hij in haar zak zat, werkte hij. Het was moeilijk zich zo te concentreren dat ze ook de vogel kon meenemen, maar na een tijdje merkte ze dat ze zich door de tijd verplaatsten.

Ze wist dat ze maar een kleine tijdsprong hoefde te maken. Ze deed haar ogen open. De binnenplaats was nog leeg. Nog een klein stukje. De reus zat in zijn bad en de bedienden go-ten grote emmers heet water over zijn geschubde schouders. Zijn huid is er echt slecht aan toe, dacht Molly. De pauw pro-beerde zich los te wringen. Nog een heel klein beetje verder. Daar waren ze. De reus was aangekleed en Zackya stond naast de bediende met het kussen en de stenen. Petula lag opgerold op de grond.

'Ben ik op tijd?' vroeg Molly, en ze duwde de bange pauw in Zackya's armen. Het beest begon te kokkelen en in zijn borst te pikken.

Zackya liet de vogel vallen en gaapte haar aan. Hij had nooit verwacht dat ze erin zou slagen de missie te volbrengen. En hij was geschokt omdat hij zag dat de pauw in de onderbroek van zijn meester zat. De pauw liep inmiddels over de binnenplaats en de pijpen sleepten achter hem aan.

'Haal dat beest weg!' riep de maharadja geërgerd, en hij weigerde naar zijn onderbroek te kijken. Nog voordat het de pauw gelukt was uit de onderbroek te kruipen, greep Zackya het kakelende dier vast en sleepte het naar de uitgang.

'Zo,' zei Molly toen het gekrijs van de vogel wegstierf. 'Ik hoop dat je een man van je woord bent.'

'Hmm. Normaal gesproken niet.' De reus was niet blij met Molly's succes. Sterker nog: hij vond het heel erg vervelend dat het haar gelukt was om door de tijd te reizen. Hij wilde altijd in alles de beste zijn en hij kon het niet uitstaan dat hij verslagen werd door wie dan ook, en zeker door een mager meisje.

'Toen ík ermee gebon was ik beter dan jij,' schepte hij op. 'Jij denkt dat je goed bent, en dat ben je ook. Maar zó goed ben je nou ook weer niet. Geef me de stenen, dan krijg jij je hond terug.' Molly gaf hem de twee edelstenen. 'Kom mee,' zei hij.

'Waarnaartoe?' vroeg Molly, en haar angst kwam terug als een onuitgenodigde gast.

'Ik moet je iets zaten lien.'

'Wat dan?'

'O, macht waar af.'

Wat kan ik anders doen? dacht Molly.

De maharadja zette zijn gigantische handen in zijn zij en lachte een bulderende lach, die over de binnenplaats echode en opsteeg tot boven het fort.

'Ik zal je eens laten zien wat talent is, mejuffrouw,' baste hij. Toen kwam hij met grote stappen op Molly af en greep haar vast. Petula maakte zich zo groot mogelijk, blafte en wilde hem aanvallen. Maar de maharadja schonk geen aandacht aan haar. Alhoewel Molly zo licht als een veertje was, sleepte hij haar over de binnenplaats naar een smalle gang. Petula liep blaffend achter hem aan en hapte naar zijn hielen. De gang was veel te klein voor de grote man en hij moest zich bukken. Het kostte hem erg veel moeite om erdoor te komen. Uiteindelijk duwde hij haar een kleine, mooie kamer in en kwam weer overeind.

'Zorg dat die hond van je ophoudt, en snel een beetje, anders zorg ik ervoor.' Molly tilde Petula snel op en hield haar dicht tegen zich aan.

De kamer had een hoog, gewelfd plafond maar er waren geen ramen. Aan de steunbalken hingen een paar olielampen en twee grote bedden. De bedden waren van mooi versierd hout. De zilveren kettingen waar ze aan hingen hadden schakels in de vorm van olifanten en paarden. Langs de muren stonden kisten en dozen en daarboven waren planken gemaakt met zijden kussens en gekleurde, zachte dekens. Op de vloer lag een kleed met patronen en de muren waren versierd met zilveren ringen zo groot als armbanden. De maharadja tilde Molly en Petula op alsof ze lappenpoppen waren en smeet ze op een van de schommelbedden.

'Wacht hier,' commandeerde hij. 'Ik zal je laten zien wat iemand kan die écht talent heeft om door de tijd te reizen.'

En na die woorden sloeg hij de zware, versierde houten deur achter zich dicht en deed hem op slot.

Hoofdstuk negen

Molly ging op het bed liggen. Er lag een deken van zilverdraad op en het bed schommelde een beetje heen en weer. Ze keek naar het plafond, dat versierd was met honderden spiegeltjes. Ze zag meerdere afbeeldingen van zichzelf op het bed. Ze hield haar handen voor haar ogen en nu ze alleen met Petula was, liet ze een kreet van ellende ontsnappen. Ze rolde zich op als een balletje en wilde het liefst verdwijnen. Petula kroop tegen haar aan en duwde haar natte neus tegen haar aan alsof ze wilde zeggen: maak je geen zorgen, Molly, het komt allemaal goed. Ik help je, dat beloof ik.

Molly was zelfs te bang en te bezorgd om Petula te aaien. Door de manier waarop de maharadja zich had gedragen, wist ze dat hij eropuit was om haar bang te maken.

'Natuurlijk lukt het hem om me bang te maken,' zei ze met een bibberige stem, deels tegen Petula en deels tegen de vele Molly's die ze in de spiegeltjes op het plafond zag. 'Ik ben Molly maar, en hij is een tijdreiziger, een hypnotiserende, gemene, wrede, stinkende, grote, hagedisachtige...' Als ze door zou gaan met het beschrijven van zijn karakter en van wat hij met haar van plan was, dan zou ze te bang worden om nog adem te kunnen halen.

Ze dacht aan Rocky en aan alle mensen van wie ze hield en met heel haar hart wenste ze dat ze nu bij hen was. Toen viel ze uitgeput in slaap.

In haar slaap had Molly de vreemdste dromen.

De eerste droom speelde zich af in het Hardwijkerweeshuis waar Molly was opgegroeid. In de droom was het een mooie zomerdag maar zij, haar tien jaar oude ik, zat op haar knieën in de studeerkamer van juffrouw Addersteen. Ze was druk bezig de vreselijke straf uit te voeren die juffrouw Addersteen haar had opgelegd. Met haar eigen haarborstel kamde ze de pluisjes uit het oude vloerkleed, dat weer als nieuw moest worden. Plotseling vloog in haar droom het raam open en een enge, grote man met een schildpaddenhuid, die er met zijn rode wapperende gewaden uitzag alsof hij zo uit een sprookje kwam, stak zijn arm naar binnen en trok haar naar buiten. De angst sloeg haar om het hart toen de man haar hoofd in zijn enorme handen hield en haar in de ogen keek. Ze was gehypnotiseerd. Toen werd het beeld onduidelijk. De kleuren om haar heen vervaagden.

In Molly's tweede droom was ze nóg jonger. Ze was ongeveer zes jaar oud en de droom was niet zo duidelijk als de eerste. Het was als een vage herinnering. Ze zat in de bramentuin van het weeshuis. In haar droom werd ze heel bang, want in plaats van haar vriendje Rocky, die had gezegd dat hij de frisbee ging halen, verscheen er plotseling een man die eruitzag als iemand uit een sprookje. Hij kwam uit het niets te voorschijn getoverd en had Addersteens puppy onder zijn arm. Molly gilde, totdat de man haar opnieuw in de ogen keek. De droom vervaagde en ze zag alleen nog felle lichtflitsen.

De laatste droom was nog onduidelijker. Molly speelde met een speelgoedtrein. Een grote man tilde haar op en plotseling was ze omringd door alle kleuren van de regenboog.

Terwijl ze in haar rusteloze slaap lag te woelen en te draaien, wist Molly wie de man in het rood was. Hij was de maharadja. In haar dromen haalde hij haar weg uit het Hardwijkerweeshuis en nam hij haar mee. Ze verplaatsten zich heel snel en het leek wel of ze in een soort vliegende-worstmachine zaten. En in haar droom was Rocky er ook, en Bos, de hippie. Ze waren allebei gehypnotiseerd.

Molly deed haar ogen open en vroeg zich af hoe lang ze had geslapen. Petula lag snurkend naast haar. Molly schudde haar hoofd in de hoop dat deze kamer en deze werkelijkheid ook een droom waren. Maar dat waren ze niet. Ze was heel erg in de war. En toen dacht ze aan haar dromen. Vreemd genoeg leken het nu meer herinneringen. En langzaam drong het tot haar door dat het geen hersenspinsels waren. Het was afschuwelijk: het waren echte herinneringen. *Herinneringen die de reus haar zojuist gegeven had.*

En ze werden niet vager, zoals dromen, maar ze veranderden en groeiden. Ze kon zich nu herinneren dat ze naar dit paleis was gebracht toen ze tien was. Molly bracht haar handen naar haar hoofd en schudde haar hoofd weer. Was ze soms gek aan het worden? Wat gebeurde er? Haar gedachten pasten haar verleden aan. Elke seconde werden er in haar hoofd nieuwe herinneringen gemaakt. Het was alsof ze gebeurtenissen uit haar leven opnieuw meemaakte, als driejarige, als zesjarige en als tienjarige, zodat ze nieuwe herinneringen kreeg. Ze herinnerde zich een gebeurtenis van lang geleden, toen ze nog heel klein was geweest. Ze kwam bij een groot, rood fort en moest een hoge trap op lopen. Een groter meisje met warrige haren hielp haar.

Molly herinnerde zich ook dat ze bij een rood fort kwam toen ze tien was en dat ze een driejarig meisje hielp om de trap op te lopen.

Ze herinnerde zich dat ze zich als tienjarige afvroeg wie die enorme man was die hen door een trapgat leidde dat veel te smal voor hem was. Maar Molly herinnerde zich dit niet alleen als tienjarige; ze herinnerde zich ook dat ze als zesjarige door de gang liep, en als driejarige. Ze herinnerde zich dat ze had bedacht dat de man op een grote baviaan leek die door een te smal konijnenhol probeerde te kruipen en dat zij zich als een konijntje had gevoeld dat niets anders kon doen dan hem volgen. Een gehypnotiseerd konijn.

'DOORLOPEN!'

Molly keek op. Ze wist dat de grote maharadja eraan kwam. Hij kwam terug! En ze wist precies wie hij bij zich had.

Molly huiverde en haar ogen schoten heen en weer. Ze ademde snel en angstig in en uit, en knipperde met haar ogen. Dit was onverdraaglijk. Het was echt, maar het was enger dan de engste droom.

Toen werd er op de deur geklopt.

'Goedenavond, Lommy,' klonk de wrede, valse stem van de maharadja. 'Kan ik binnenkomen? Ik heb een paar gasten voor je meegebracht.'

Hoofdstuk tien

Molly verborg haar hoofd in haar armen zodat ze niets kon zien. Het was niet nodig om op te kijken. Alhoewel ze zich niet herinnerde dat ze als zesjarige of driejarige deze kamer was binnengekomen, waren haar herinneringen als tienjarige zo levend als net uitgekomen waterlelies. De maharadja had de deur opengemaakt. De Molly op het bed herinnerde zich dat ze zich als gehypnotiseerde tienjarige afvroeg wie de gehypnotiseerde hippie met het hondje onder zijn arm was en waarom Rocky een baby in zijn armen had. Ze herinnerde zich dat ze een meisje op het bed zag zitten met een hond die sprekend op Petula leek. De hond sabbelde zelfs op een steen, precies wat Petula ook graag deed.

'Ah, dus je bent er nog!' De maharadja grinnikte vals.

Petula ging rechtop zitten en jankte. Ze hield haar kop scheef en snufte verward in de lucht. Drie Molly's waren zojuist de kamer binnengekomen en Rocky en Bos, die normaal gesproken zo druk waren, stonden er als zombies bij, de een met een baby in zijn armen en de ander met een puppy die vreemd genoeg naar haarzelf rook.

Op het bed verborg Molly zich nog steeds achter haar armen en tuurde door een spleetje naar Rocky en Bos. Waren ze dat echt? Ze hadden precies dezelfde kleren aan als op die koude ochtend in Braamburgpark. Was het de maharadja echt gelukt om naar de toekomst te reizen en hen op te halen en mee te nemen naar het India van 1870? Waarom niet? Die pad van een Zackya had haar tenslotte ook hierheen gebracht. Maar waarom had de maharadja Rocky en Bos meegebracht? Om op te scheppen, veronderstelde Molly. Ze durfde er niet aan te denken wat voor een afschuwelijke plannen hij met hen had. Ze haatte de maharadja omdat hij haar leven in de war had geschopt, en nu ook dat van haar vrienden.

Molly weigerde op te kijken. Ze wist dat alles nog verwarrender zou worden als ze dat deed, omdat de anderen haar dan zouden herkennen, en op dat moment zou ze een driedubbele schok krijgen omdat ze verschillende uitvoeringen van zichzelf zou zien en tegelijkertijd hun herinneringen zou krijgen. En Molly wist dat dit zo eng zou zijn dat ze óf zou gaan gillen, óf zou flauwvallen.

Ze moest niet reageren, want dat was precies wat de reus wilde. Als ze zou gillen, zou hij denken dat hij had gewonnen – hij zou weten dat hij haar in de war had gebracht. Ze wilde niet dat hij zag hoe kwetsbaar ze zich voelde. Ze moest doen alsof ze zo gehard was als een ervaren krijger. Als zij de indruk kon wekken dat ze hard was als staal, harder dan iedereen die hij kende, dan zou hij haar misschien wat extra tijd gunnen, tijd waarin zij kon bedenken hoe ze hem kon verslaan, of zelfs vernietigen.

Terwijl Molly naar de V van licht keek die tussen haar over

elkaar geslagen armen door kwam, wist ze dat ze nog nooit zo woedend op iemand was geweest. En toen deed de maharadja iets wat alles nog veel erger maakte: hij klapte in zijn handen.

In één keer raasde de spanning door Molly's lichaam en op het moment dat de angst uitbrak bij de jongere Molly's, verstijfde de Molly op het bed. Toen de reus in zijn handen had geklapt, waren ze uit hun hypnose bevrijd en drong de realiteit van hun situatie tot hen door. Op dat moment vulden Molly's gedachten zich met afschuwelijke herinneringen.

De tien jaar oude Molly keek geschrokken om zich heen en liet haar haarborstel uit haar handen vallen. Even vroeg ze zich af of ze droomde, maar haar angst was een klaarwakkere angst. Ze begreep dat ze de afgelopen paar uur gehypnotiseerd was geweest en dat ze nu bevrijd was. Ze wist ook dat ze terug in de tijd was gereisd. Maar het hoe en waarom was haar een raadsel. Ze keek naar Rocky en schrok omdat hij ouder was geworden.

'Ben jij dat?' fluisterde ze.

Hij had een diepe rimpel in zijn voorhoofd en staarde geconcentreerd naar de baby in zijn armen. 'Ja,' zei hij langzaam.

De tienjarige Molly keek naar de zesjarige naast haar en de driejarige die haar hand vasthield. 'En deze kinderen... ze lijken op mij – zijn zij mij, Rocky?'

Rocky knikte.

De tienjarige werd ijskoud vanbinnen. 'Waarom? En hoe?'

'Ik weet het niet precies. Dit is Bos en dat meisje op het bed is een oudere versie van jou. Zij is de elfjarige Molly.'

Voor de Molly op het bed waren deze herinneringen zo levendig en zo ontzettend verwarrend dat haar maag samenkromp.

De grote maharadja sloeg het hele tafereel grijnzend gade.

'Ha, hoe is het mogelijk, hè Molly?' zei hij spottend en trots tegelijkertijd. 'Grebijp je hoe ik dit voor elkaar heb gekregen?'

Molly deed haar ogen dicht. Ze wist dat ze haar emoties onder controle moest zien te krijgen en dat ze de nieuwe herinneringen en gevoelens die door haar lichaam en haar gedachten raasden moest negeren. Ze concentreerde zich op haar ademhaling. Ze ademde in en heel langzaam weer uit. Ik ben ik, op dit moment, dacht ze. Ik ben ik en zij zijn mijn verleden. Zij zijn hier, maar ik ben ik nu. Ik ben de laatste Molly. Ik ben ik. Zij zijn mij ook, maar ík heb alles onder controle. Ik heb het langst geleefd. Ik ben de oudste. Ik heb alles onder controle. Hun gedachten, die mijn herinneringen maken, zijn doordrongen van angst maar ik kan daartegen. Ik hoef niet bang te zijn, want ik begrijp wat er gebeurt, en dus heb ik alles onder controle. Zij begrijpen het niet, maar ik wel. Ik heb alles onder controle. Molly concentreerde zich.

Ze ademde diep in en heel langzaam en bedachtzaam weer uit. Toen keek ze op.

Haar tienjarige ik herkende de Molly op het bed en gilde. Maar Molly hield de gedachten van haar tienjarige ik tegen. Ze weigerde toe te geven aan de verwarring die die herinneringen veroorzaakten.

'Natuurlijk begrijp ik hoe je dit gedaan hebt,' zei ze, en ze ging rechtop zitten. Ze leek zo kalm als de zee op een windstille dag. 'Toen je assistent mij hiernaartoe bracht, tijdens dat tijdreisje, besefte ik direct wat voor een trucjes iemand hier-

mee kan uithalen. Wie denk je eigenlijk dat ik ben? Een halvegare? Ik neem aan dat je nog nooit iemand bent tegengekomen
met dezelfde talenten als jij, meneer...? Ah, dat doet me eraan
denken dat je je helemaal nog niet netjes aan me hebt voorge-
steld. Heel onbeleefd.' Molly trok een ijzeren gordijn om haar
gedachten. Ze schreeuwden om gehoord te worden, maar
Molly sloot de herinneringen van de jongere Molly's buiten.

De maharadja was onthutst. En hij kon het niet verbergen.
Hij was een slechte verliezer. Hij vond zijn spel met het geheugen briljant – onnavolgbaar. Dezelfde truc had de grootste, machtigste maharadja's en hun prinsessen veranderd in
snikkende slappelingen. Sommigen van hen waren door de
ervaring dolgedraaid. Maar ze waren hoe dan ook allemaal
schimmen geworden van wie ze ooit geweest waren. En nu
was er dit kind van elf, dat geheel niet onder de indruk leek te
zijn en dat zei dat zij het ook wel kon, en ze was niet eens in
de war doordat ze zichzelf in verschillende jongere verschij-
ningen had gezien. Hij kon het nauwelijks geloven. Hij keek
Molly onderzoekend aan. Loog ze? Speelde ze toneel?

'Waarom stellen jouw jongere ikken zich zo aan? Je hard-
heid is toneelspel,' concludeerde hij.

'Meneer de maharadja, als je niet eens de beleefdheid hebt
om je op een nette manier voor te stellen, dan zie ik mij ge-
noodzaakt je meneer M te noemen. En om je vraag te beant-
woorden: het spreekt voor zich dat ze in de war zijn, omdat ze
niet begrijpen wat er met hen gebeurt. Ik ben een volleerd
hypnotiseur. Zij weten niets van hypnotiseren, de wereld stilzetten of door de tijd reizen. Wat had je dan verwacht? Ik ben
een andere persoon dan deze Molly's. Zij zijn mij voordat ik

ook maar iets van hypnotiseren wist – voordat ik hard werd. Je vergeet dat ik in New York heel wat heb doorgemaakt. Je hebt geen idee. Ik ben niet bang omdat ik het begrijp. En zij zijn bang omdat ze dat niet doen. En nog iets: ik vind het een beetje overdreven om Petula als puppy te kidnappen.'

Molly slikte. Haar handen werden klam, wat altijd een slecht teken was. Ze had nog nooit op deze manier tegen iemand gesproken en vond dat ze klonk als een personage uit een sciencefictionsoap dat tegen een buitenaards wezen praat.

De tienjarige Molly keek vol ontzag naar haar elfjarige ik. Het meisje leek zo sterk en zelfverzekerd. Ze kon zich niet voorstellen dat zij ooit zo hoogdravend zou praten. Het deed haar denken aan de gevangengenomen generaal uit een film die ze vaak met Rocky had gezien.

Ondertussen stond de maharadja nog steeds verbaasd toe te kijken. Maar er was een nieuw idee als een zaadje in zijn gedachten ontkiemd; het groeide in zijn hoofd en kronkelde zich rond zijn plannen. Hij keek even naar de baby in de armen van de donkere jongen. Tot nu toe had hij nooit de wens gehad om een erfgenaam te hebben. Dit kwam deels doordat hij niet dacht dat hij er eentje nodig had. Zijn doel was om naar de Bubbel van Licht aan het begin van de tijd te reizen en zichzelf keer op keer te verjongen. Misschien bleef hij wel duizenden jaren leven. Hij had ook nooit een kind willen hebben omdat het hem verschrikkelijk leek om een kind te hebben dat minder briljant was dan hij. Maar deze baby zou een wonderkind worden, dat was duidelijk. Een begaafd hypnotiseur met een sterk, leergierig karakter. Hij had geen erfgenaam nodig, maar het kon goed zijn om een metgezel te hebben.

Tot nu toe had hij alleen Zackya gehad. Als kind had de maharadja veel problemen gehad. Hij had een chemische stoornis in zijn hersenen, waardoor hij vaak door het lint ging. Hij was te driftig, te groot en te gevaarlijk om het soort zoon te zijn met wie zijn ouders konden pronken. Ze schaamden zich zelfs zo erg voor hem dat ze hem, wreed en onmenselijk als ze waren, opsloten. Hij groeide op zonder ooit iemand te zien, behalve dan de bedienden die hem eten brachten, een hele rits kindermeisjes en leraren, en Zackya. Zijn vader en moeder meden hem alsof hij een besmettelijke ziekte had. Mensen ontweken hem en daarom kreeg hij een hekel aan iedereen. Maar deze baby was anders. Zij had het vermogen om zich te ontwikkelen. Hij kon haar vormen en zij kon zijn evenbeeld worden, en als ze groot was zou ze hem begrijpen en van hem houden. Voor de eerste keer in lange tijd voelde hij genegenheid voor een ander levend wezen. En plotseling wist hij precies wat zijn volgende stap zou zijn.

'Mijn naam,' zei hij beleefd, 'is de waharadja van Maqt... de maharadja van Waqt.' Op dat moment begon de driejarige Molly onbedaarlijk te snikken. 'Hou je kop, ík ben aan het woord,' snauwde hij. En hij duwde het kleine meisje richting de Molly op het bed.

Molly bevond zich in de vreemdste situatie die ze ooit had meegemaakt: ze moest *zichzelf* optillen. Ze hield zichzelf vast en het kleine meisje stopte met huilen. En op dat moment voelde Molly dat de angst vervangen werd door warmte. Ze voelde vanbinnen de aanwezigheid van een herinnering, al was het nog zo onduidelijk, van toen ze nog heel klein was en getroost werd. Het was heerlijk. Haar knuffel gaf haar, ergens ver weg, een beter gevoel. Molly kon het nauwelijks geloven: ze knuffelde de kleine Molly.

'Maak je geen zorgen,' fluisterde ze. 'Maak je maar geen zorgen.'

Rocky kon zijn ogen niet geloven. En hij had niet in de gaten dat Waqts handen dichterbij kwamen. In een flits greep de maharadja de baby en liep naar de andere kant van de kamer.

'Geef haar terug!' riep Rocky, en hij rende naar de maharadja toe.

'Waag het niet om haar van me af te pakken!' De reus vuurde de woorden op Rocky af alsof zijn mond een machinegeweer was. Hij deed zijn voet omhoog om Rocky tegen te houden. 'Als je dichterbij komt, moet ik haar in een andere tijdzone achterlaten en dan zie je haar nooit meer terug.'

Rocky stond in één klap stil en de zesjarige Molly rende naar het bed. Ze begreep niet hoe ze hier terecht was gekomen, maar ze begreep wel dat het het beste was om zo ver mogelijk bij de reus vandaan te blijven en naar het meisje op het bed te gaan. Toen de oudste Molly een arm om het meisje heen sloeg, voelde ze opnieuw een stroom van warmte en veiligheid door haar lichaam gaan.

Rocky begon langzaam en heel duidelijk te spreken.

'Geeft u haar alstublieft terug, wilt u haar – teruggeven? Het zou – zoveel – beter –'

'Ha! Dacht je nou echt dat je mij kon hypnotiseren met die aanstellerige stem van je? Ha!'

Rocky werd rood van woede.

'Wat ga je met die baby doen?' zei Bos, die weer een beetje bijkwam en de pup aan de tienjarige Molly gaf.

'Wie is die baby eigenlijk?' zei hij. Zijn bril gleed naar het puntje van zijn neus. 'En hé, wat doen we hier? Dit is slecht karma man, om mensen te stelen en naar verschillende tijdzones te brengen en zo. Ik bedoel, we vinden het prima in onze eigen tijdzones. Kunnen we niet gewoon teruggaan?'

De maharadja negeerde Bos. Hij tikte met zijn knokige vinger op het voorhoofd van de baby.

Molly kon het niet langer verdragen. Eén foutje, één verkeerde beweging en de reus kon de baby in zijn armen vermoorden. Die baby was zij. Als hij haar als baby vermoordde, dan kon de Molly die zij nu was niet bestaan. Alle Molly's in de kamer zouden ophouden te bestaan. Zouden ze in rook opgaan? Wat zou er gebeuren? Molly wilde het niet weten. Ze moest zichzelf terug zien te krijgen. Ze concentreerde zich, dwong haar gedachten de andere kant op te gaan en zette de wereld in één flits stil. Ze had de wereld stilgezet.

Maar natuurlijk reageerde de reus bliksemsnel, sneller dan het licht. Hij was beter dan iedereen die ze tot nu toe tegenover zich had gehad. Iedereen in de kamer was verstijfd als ijspegels, behalve de maharadja van Waqt en de slapende baby in zijn armen.

'Lekker puh!' zei hij op een pesterig toontje, en hij draaide zijn hoofd naar Molly om haar recht in haar ogen te kijken. Ze weerstond zijn blik. Als de energie tussen hun ogen zichtbaar zou zijn geweest, dan zou je twee knetterende stroomstoten hebben gezien: Molly's groene en de maharadja's bruine, met een bloedrode vonk in het midden.

'Spaar je de moeite. Je kunt me niet verslaan,' zei Waqt. 'Ik ben onoverwinnelijk. Je kunt me niet verrassen. Nooit. Ik ben altijd op mijn hoede. Altijd boorvereid op een aanval, uit welke tichring die ook komt. Uit het heden, het lerveden of zelfs de koetomst. Daarom heb ik altijd een pistool bij me.' Hij tikte op de leren holster aan zijn riem waarvan Molly tot nu toe had gedacht dat er een mes in zat. 'Je weet nooit of er iemand uit de toekomst terug zal komen om mij uit te schakelen. Stel je eens voor dat er plotseling iemand opduikt en me verrast. Maar diegene weet niet dat ik hem altijd verwacht. Ik ben altijd en overal op boorvereid. Dus, Molly, je maakt niet de kinste mans.' Iedereen om hen heen stond zo stil als een steen. 'Je zou trouwens wel wat slimmere vrienden moeten zoeken. Die poging van die jongen om me te hypnotiseren sloeg nergens op! Hij kan wel wat lessen in de zuivere stemhypnose gebruiken.'

De lucht voelde fris aan. Molly was bang en eenzaam nu ze alleen was met Waqt, maar ze liet niets merken.

'Nu je vrienden stil zijn, zal ik je vertellen wat ik ga doen.' Hij legde de slapende baby op een van de kussens. Het werd doodstil. Toen kwam hij op Molly af. Hij duwde haar tegen de muur, deed een van de zilveren ringen om haar linkerpols en klikte de ring dicht. Toen pakte hij een sleutel die aan een haak naast de deur hing en liet hem in zijn zak glijden. Hij zette de tienjarige Molly met de pup in haar handen, de zesjarige Molly en de peuter als etalagepoppen bij elkaar en bracht ze toen naar de gang.

Vervolgens sleepte hij de bevroren Rocky naar de muur, en omdat Waqt zo groot was, kostte het hem niet eens moeite om ook Bos te verschuiven. Al snel had hij hen allemaal geboeid. Molly vertrok geen spier maar vanbinnen kookte ze.

'Wat ga je met de baby en de andere Molly's doen?' vroeg ze streng.

Waqt negeerde haar en tilde de baby op.

'WAAR BRENG JE ME NAARTOE?' schreeuwde Molly.

'Waar ik jou naartoe breng? Hoezo? Jij blijft gewoon hier.' De maharadja schudde van het lachen.

'DE ANDERE MOLLY'S,' gromde Molly woedend.

'O... bedoel je die. Ik neem ze mee. Ik ga voor de baby zorgen alsof het mijn eigen kind is. Dat is het goede nieuws voor jou, Lommy. Je blijft in elk geval leven, zij het op een iets andere manier. Je weeshuisherinneringen zullen in de loop der jaren natuurlijk verdwijnen. De drie jaar oude Lommy Loon zal de eerste zijn die niet meer weet dat ze ooit een wees was. Als deze baby jouw leven hier opnieuw leidt, en ze drie jaar oud is, zal haar leven de eerste drie jaar van het leven dat jij geleid hebt vervangen. En terwijl zij ouder wordt zullen al jouw heugdjerinneringen vervangen worden, want deze baby zal jouw verleden opnieuw leven, bij mij, in dit paleis. Het kind dat ik opvoed zal bijvoorbeeld geen herinneringen hebben aan die dikke, oude vrouw die stond te strijken toen ik in het weeshuis was, en ook niet aan die directrice.' De reus stopte even en trok een zuur gezicht. 'Natuurlijk zit ik wel met vijf Lommy Loons opgescheept. Dat is veel te veel. Dus op het moment dat ik van de kleinere Molly's genoeg over jouw karakter heb geleerd – misschien dat ik een paar testjes ga doen – en nadat ik ze als kindermeisjes gebruikt heb, zal ik ze waarschijnlijk om het leven brengen. Ik zal zorgen dat de peuter door een cobra gebeten wordt en als zij doodgaat, geloof het of niet, dan zullen de zes jaar oude en de tien jaar oude doodgaan, en jij ook.

Want als jij als peuter bent doodgegaan, dan kun je nu niet meer in leven zijn. Dat spreekt voor zich.' Zijn stem werd opeens heel vriendelijk, wat nog veel, veel enger was omdat deze zieke man geen greintje vriendelijkheid in zich had. 'Maar Molly,' spinde hij, 'is het geen prettige gedachte dat je toch op een bepaalde manier in leven blijft? Want ik laat deze maby Bolly in leven en dus zal je leven hervormd worden. Míjn baby, die ik Waqt zal noemen, zal een loemrijk reven leiden. Een leven in een paleis, met alles wat ze zich maar kan wensen!' Waqt deed de deur achter zich dicht en riep vanaf de gang: 'Ze krijgt een olifant als huisdier!'

Hoofdstuk elf

Molly liet de wereld ontdooien.

Toen ze dat deed, konden Rocky en Bos weer bewegen en kwamen ze er tot hun schrik achter dat hun linkerhand aan de muur vastzat.

'Man, dit is slécht,' kreunde Bos. De kinderen op de gang begonnen hard te huilen. Toen werden ze weer stil. Molly voelde iets vanbinnen verstommen en wist dat de kleinere Molly's weer onder hypnose waren gebracht.

Rocky trok aan de ring die rond zijn pols zat.

'Komt hij straks terug?' vroeg Bos. 'Wat is het plan?'

'Ik weet het niet,' zei Molly. Ze legde uit wat er zojuist was gebeurd.

'Had ik hem maar kunnen hypnotiseren,' zei Rocky. 'Maar hij was zo alert. Zodra ik begon, wist hij wat ik van plan was. Het nadeel van de zuivere stemhypnose is dat je zeker een minuut nodig hebt voordat je iemand in trance kunt krijgen.'

'Maak je niet druk,' zei Molly. 'Mij lukte het ook niet. Hij is goed, Rocky.'

'En hoe lang is hij van plan om ons hier als een stelletje marionetten te laten hangen?' vroeg Bos. 'Zo kan ik mijn zonnegroet toch niet doen?'

'Bos,' zei Rocky streng, 'dat is nu niet het belangrijkste.'

Molly's gezicht betrok. Er waren nog maar een paar minuten voorbij en haar pols waar de ring omheen zat, deed nu al pijn. Petula snuffelde even aan Molly's knie en jankte alsof ze wilde laten weten hoe graag ze haar zou helpen. Maar toen ze zag dat ze niets kon doen, liep ze terug en ging onder het schommelbed op haar stenen liggen sabbelen.

Molly keek naar Petula en wenste diep vanbinnen dat ze net zo vrij was als zij.

'Weet je, hij is zo'n mafketel. Hij laat ons hier vast gewoon omkomen van de dorst!'

'Tenzij het ons lukt om die ringen uit de muur te trekken,' zei Rocky. 'Dan hebben we wel grote zilveren armbanden om, maar dan zijn we tenminste vrij.'

'"Free Bird" – waanzinnig liedje is dat, man.' Bos draaide zich om en begon aan zijn handboei te trekken.

'We hebben iets scherps nodig,' zei Rocky en hij keek naar de zachte kussens om zich heen. 'Anders krijgen we die bouten nooit uit de muur.'

Molly keek even naar Petula.

'Petula's stenen!' riep ze. 'Hier, Petula! Laat eens zien wat je daar hebt?' Petula kwam gehoorzaam aangehuppeld.

'Los!' zei Molly. En Petula liet twee stukken gekleurd glas bij Molly's voeten vallen. Toen ze de vloer raakten, hoorde je een heldere KLING.

'Man, je moet niet op glas sabbelen, straks haal je je tong

nog open!' zei Bos. Het duurde even voordat Molly zich realiseerde wat Petula al die tijd had bewaakt.

'*WAUW!* Petula! Waar heb je die vandaan? Je bent ongelooflijk!'

'We moeten heel lang schrapen,' zei Rocky. 'Die stenen zijn helemaal niet scherp.'

'We hoeven helemaal niet te schrapen!' Met haar gymp schoof Molly de stenen naar zich toe. 'Rocky, kijk! Dit zijn tijdkristallen. Dat geloof je toch niet? Petula moet ze van het kussen hebben gepakt. Waqt liet me zien hoe je door de tijd kunt reizen en een van de bedienden kwam met een kussen vol stenen!'

Petula vond het fijn dat ze Molly zo blij had gemaakt. Ze ging netjes zitten en kwispelde met haar staart.

Omdat Molly besefte dat ze geen tijd te verliezen hadden, legde ze Bos en Rocky snel uit hoe een hypnotische reis door de tijd in zijn werk ging. Ze vertelde hoe het haar gelukt was om de pauw te vangen.

'Dus als ik terugga in de tijd, verdwijnt de ring rond mijn pols gewoon.'

'Maar Bos en ik blijven vastzitten.'

'Niet als ik de sleutel pak en meeneem naar de toekomst. Dan kan ik de boeien losmaken.'

'Wauw, net als met de pauw...'

'Ja, alleen moet ik er nu voor zorgen dat de sleutel weer op tijd aan het haakje naast de deur hangt, waar hij hoort. Anders ziet die ouwe tirannosaurus dat de sleutel weg is op het moment dat hij ons wil vastmaken en dan wordt hij achterdochtig.'

'Denk je dat je dat lukt, Molly?'

'Het moet me lukken.' Molly trapte haar gympen uit en wurmde haar voeten uit haar sokken. Toen greep ze met haar tenen van elke voet een steen vast. Ze ademde diep in en concentreerde zich.

'Tot straks,' zei ze. Er klonk een doffe BOEM en toen was ze verdwenen.

Molly draaide achterover door een koude tijdwind. Ze richtte haar aandacht op de groene edelsteen onder haar rechtervoet. Omdat ze in dezelfde kamer bleef – zonder de hemel boven zich, die de vorige keer donker en licht en weer donker was geworden – veranderden de kleuren nauwelijks. Ze probeerde zich het gevoel te herinneren dat ze had gehad toen ze de pauw ging halen. Het besef van tijd dat ze toen had gehad, had ze nu weer nodig. Ze voelde zich door het moment gaan dat ze zojuist had beleefd, het moment waarop de maharadja haar had uitgedaagd. Ze voelde de angst toen ze aan zijn pistool dacht. Maar ze wist dat ze daar niet aan moest denken omdat ze anders nooit goed kon aanvoelen wanneer ze moest stoppen. De kleur van de kamer veranderde. Molly stopte. Het eerste wat haar opviel was dat haar handen los waren. De kamer rook naar schimmel. De muren waren aardebruin en helemaal kaal. Molly bukte zich snel en haalde de stenen onder haar voeten vandaan. Ze liep naar de deur, waar het sleutelhaakje nog niet zat. Toen wilde ze weer vooruitreizen. Ze herinnerde zich hoe rood Zackya was geworden toen hij in de juiste tijdzone probeerde te belanden, en nu wist ze hoe hij zich gevoeld had. Ze besloot zich te ontspannen. Misschien dat ze het moment beter aanvoelde als ze heel rustig was. Molly klemde haar vingers rond de rode steen.

Een draaikolk van kleuren sleurde haar voorwaarts in de tijd. Weer stopte ze. De maharadja was in de kamer! Hij stond met zijn rug naar haar toe en de jongere Molly's stonden naast hem naar het bed te staren. Rocky was in de kamer, en Bos ook. Ze waren allemaal gehypnotiseerd en geen van hen zag haar. Daar, op het bed, zat de elfjarige Molly, met haar armen over haar hoofd. De maharadja begon vals te grinniken.

'Ah, dus je bent er nog?' zei hij tegen de Molly op het bed. Hij merkte niet dat er achter hem nog een Molly was. Molly kon het nauwelijks geloven. *Ze was in een moment beland dat ze nog maar kortgeleden had beleefd.* Ze liep achterstevoren de kamer uit. Haar hart klopte in haar keel. Halverwege de trap concentreerde ze zich op de groene steen, en het volgende moment klonk er een korte BOEM en was ze verdwenen.

Ze stak haar onzichtbare antenne uit en probeerde te voelen hoe ver ze ging. Ze wilde een heel klein tripje terug in de tijd maken. Ze stopte en rende de trap op. Dit keer was de kamer helemaal leeg, en daar, aan de muur, hing de sleutel. Molly rende eropaf en haalde hem van het haakje.

Ze concentreerde zich weer op de rode steen en ging al snel vooruit. Ze probeerde de omgekeerde weg aan te voelen van de route die ze zojuist had afgelegd. Dit luisterde heel nauw. Ze wilde niet in de kamer komen terwijl de maharadja er nog was. Ze probeerde haar hoofd leeg te maken en al haar zintuigen af te stemmen op het juiste moment tussen de toekomst en het verleden. Het moment waarop ze haar vrienden had achtergelaten.

Toen stopte ze. En voor haar stonden Rocky en Bos, met hun handen in de boeien. Ze rende naar hen toe. Petula sprong tegen haar op.

'Hoe lang ben ik weg geweest?' vroeg Molly.

'Ongeveer drie minuten!' zei Rocky. 'Maar je ziet er anders uit. Je huid is...'

Molly maakte hun handboeien los. Drie minuten? Dus ze was drie minuten nadat ze was weggegaan teruggekomen. Ze wilde drie seconden nadat ze was weggegaan terugkomen! Maar drie minuten was best goed. Beter dan goed zelfs.

'Hoezo zie ik er anders uit? Nee, laat ook maar. Vertel het straks maar.' Nog voordat Molly het contact met haar antenne kwijtraakte, greep ze de groene steen vast en de wereld draaide weer achteruit.

Ze schoot door de minuten en uren die ze even daarvoor had gevoeld. Ze deed haar ogen open. Daar was het lege haakje aan de muur. Ze hing de sleutel terug en sloot haar ogen. Zou het haar lukken om op precies het goede moment weer naast Rocky en Bos te staan?

In een draaikolk van kleuren ging ze weer vooruit. Een bepaald gevoel in haar onzichtbare antenne wees haar de weg. Maar deze keer was er nog iets: hoe dichter Molly het moment naderde dat de maharadja en haar jongere ikken in de kamer waren, hoe sterker ze ze kon voelen. Toen dat gevoel een hoogtepunt bereikte, wist ze dat ze het moment had bereikt dat ze zojuist had beleefd: de zesjarige en de tienjarige Molly, de peuter en de baby waren in de kamer. Alsof er op een soort gevoelsinstrument verschillende toetsen werden ingedrukt, kon ze de vier Molly's op verschillende toonhoogtes voelen. Hun klanken vibreerden ergens binnen in haar. Molly dacht ook dat ze exact kon aanvoelen waar zijzelf vandaan was gekomen. En zo wist ze wanneer ze moest stoppen.

Rocky en Bos keken verbaasd op. Ze hadden geen handboeien meer om.

'Man, dat is gaaf! Hoe doe je dat? Je plopt gewoon te voorschijn!'

'Hoe lang is het geleden dat ik jullie handboeien heb losgemaakt?' vroeg Molly, en ze trok snel haar sokken en gympen weer aan.

'Ongeveer een uur,' zei Rocky. Hij keek benauwd en bezorgd, maar tegelijkertijd opgelucht omdat Molly terug was.

'We dachten dat je misschien verdwaald was. Maar Molly, er is nog iets,' zei Rocky. 'Je huid. Het lijkt wel of je plotseling rimpels hebt gekregen. Op sommige plekken is het zo droog dat het wel schubben lijken. Kijk!' Rocky liep met Molly naar de muur, die versierd was met spiegeltjes. Toen ze haar spiegelbeeld zag, deinsde ze van schrik achteruit.

'Je moet waarschijnlijk gewoon meer water drinken.' Bos tuurde naar Molly's wang en prikte erin. 'Of misschien is het een of andere schubinfectie die de kop opsteekt als je gestrest bent.'

'Of misschien krijg je dit als je door de tijd reist,' zei Molly langzaam. Ze voelde aan de droge korstjes bij haar oor. Toen werd hun gesprek onderbroken door een geluid dat van de binnenplaats kwam.

'Spreekuur is afgelopen. Laten we maken dat we wegkomen,' stelde Rocky voor.

101

Hoofdstuk twaalf

De gang, die versierd was met edelstenen, was donker en behalve het geluid van de pauwen uit de paleistuinen was het stil. Ze slopen de trap af en wachtten even. Ze keken naar links en naar rechts, en hadden geen idee welke kant ze op moesten. Rocky liep weer naar de andere kant van de gang en trillend van angst duwde hij tegen de deur. De deur gaf mee en Petula huppelde naar binnen.

Ze kwamen in een kamer waar het heel muf rook. Aan het plafond hing een grote kroonluchter die onder het kaarsvet zat. Rechts stonden twee houten kamerschermen waar duizenden lichtjes doorheen schenen. Aan de linkerkant zagen ze een deuropening, half verborgen achter een gordijn. Op hun tenen liepen ze snel naar de andere kant van de kamer richting de deur. Toen Molly's ogen aan het schemerdonker gewend waren, zag ze dat er aan de muren, die beschilderd waren met een lotuspatroon, koppen van dode dieren hingen. Een hert met een enorm gewei, een wild zwijn met scherpe slagtanden, luipaarden die met ontblote tanden bewegingloos de kamer in gromden. Langs de muur lagen tijgervachten op de vloer, met de koppen er nog aan. Een streep licht viel op een Victoriaanse oude foto van een jachtpartij. Op de foto leunde een trotse Waqt met zijn geweer over zijn schouder tegen een dode olifant.

'Hoe eerder we hier weg zijn, hoe beter,' zei Molly.

En alsof iemand haar antwoordde, klonk er plotseling gegrom uit de hoek van de kamer. Iedereen sprong van schrik opzij en draaide zich om, om te zien wat voor een afgrijselijk beest daar zat.

Maar het was geen beest. Daar, op de vloer, zat een man met zijn benen gekruist. Hij had een oranje, voetloze maillot aan en een halflange vaalwitte jurk die aan de onderkant gerafeld was. Hij had een sjaal van kasjmier om en droeg een verkleurde zijden tulband met groene en gouden strepen waar een slappe, zwarte veer in zat.

Het vreemdste was dat er pal boven de man een groot portret hing van een Indiase prins die precies dezelfde kleren droeg. Beide mannen hadden een groene broche op hun tulband die met edelstenen was ingelegd. Beide mannen waren behangen met kostbare juwelen. Het verschil was dat de levende, ademende man er vies en onverzorgd uitzag. Zijn lange, warrige baard golfde over zijn borst en zijn snor viel als zwarte plukken zeewier over zijn kaken. Aan de wazige blik in zijn ogen zag Molly dat hij onder hypnose was. Toen keek ze naar het bordje dat onder het schilderij hing en las:

De maharadja van het Rode fort

Op dat moment wist ze zeker dat hij de echte eigenaar van het fort was.

'Kom op,' zei Rocky, die al bij het gordijn stond. 'We moeten hier weg zien te komen, Molly.'

'Maar deze man is de echte maharadja!' Molly boog zich voorover naar de man die wezenloos voor zich uit staarde. 'Hallo, kunt u mij horen?' Petula snuffelde aan zijn zijden sloffen. 'Het is afschuwelijk. Het lijkt wel of hij honderd borden curry op zijn jurk heeft gemorst.'

'Snel, Molly, er komt iemand aan.'

De maharadja op de grond kreunde.

'O, kon ik uw hypnose maar opheffen,' zei Molly met spijt in haar stem. 'Maar die is vast verzegeld met een tijd-stop-beveiliging of een tijd-reis-beveiliging waar je een wachtwoord voor nodig hebt. En dat weet ik niet.'

'Molly, man, je kunt maar beter komen,' zei Bos, die heen en weer sprong alsof er een slang in zijn T-shirt zat. 'Ik voel gewoon aan alles dat er mensen zijn die eh... er een soort van aankomen.'

Geluiden in de gang kondigden aan dat hij niets te veel had gezegd. Koperen deuren die open werden gegooid sloegen tegen muren. Nog even en hun ontsnapping zou ontdekt worden. Er zat niets anders op dan de gehypnotiseerde maharadja achter te laten. Molly sprong op en ging achter haar vrienden aan de gang in.

Ze liepen door een blauw-witte gang met zes deuren aan weerskanten.

'Welke kant op?' vroeg Molly, uitzinnig van angst. 'Er zijn zoveel deuren!'

'De hoofdingang moet rechts van ons zijn,' concludeerde Rocky, en hij deed een van de deuren open.

Ze zagen een grote tuin met een groen gazon en borders vol bloemen. Uit het gebouw hoorden ze iemand roepen. Het was de hese stem van Zackya. 'Sla alarm. De gevangenen zijn ontsnapt!'

Molly, Rocky en Bos renden met Petula achter zich aan over het gras. Aan het eind van een zuilengalerij, aan de andere kant van de tuin, zagen ze de ingang van het paleis. Ze hoorden trommels slaan en de pauwen vlogen de bomen in en begonnen te krijsen.

Vier wachters met tulbanden op kwamen over de zuilengalerij aangerend en trokken hun zwaarden uit de schede.

Molly haalde haar rode edelsteen uit haar zak.

'Oké, snel – Bos, hou mijn schouder vast. Rocky, hou Petula vast en pak mijn andere schouder beet. *En laat niet los, wat er ook gebeurt!*'

'Schiet op, man!' drong Bos aan. Hij sprong van de ene voet op de andere en begon hysterisch te giechelen. 'Die mannen komen eraan en ze zien er niet echt uit alsof ze je ten dans gaan vragen.'

'Bos, even stil, oké?' smeekte Molly. 'Probeer kalm te blijven. Ik heb nog nooit zelf met andere mensen door de tijd gereisd, dus als je dit wilt overleven, moet je gewoon even je mond houden.'

Op dat moment vloog de deur van de blauw-witte gang open en verscheen Zackya.

Molly gooide haar plan honderdtachtig graden om. Ze greep naar de heldere steen om haar nek en paste haar andere vaardigheid toe: ze zette de wereld stil.

Zackya voorzag haar actie en verzette zich. Binnen een paar seconden stonden ze in een bevroren landschap tegenover elkaar. De wachters stonden stil als grote speelgoedpoppen. Onbeweeglijk en stijf. Een paniekerige uitdrukking zat op de gezichten van Bos en Rocky gepleisterd. Het gekrijs van de pauwen stierf weg en het werd doodstil.

Zackya meed Molly's blik. Molly hield de rode steen achter haar rug. Ze bedacht dat Zackya natuurlijk helemaal niet wist dat zij de tijdkristallen had. En ze zag dat hij bang was voor haar hypnotische gaven.

'Je kunt niet aan mij ontsnappen,' zei hij.

'Maar ik kan je wel ophouden, Zackya.'

'O ja? En hoe lang dan? De wereld stilzetten is heel vermoeiend, zelfs voor een zeer ervaren hypnotiseur zoals ik. Dus bij jou zal het niet lang duren voordat het te koud wordt en je het moet opgeven.' Hij trapte tegen een steen, die tegen Molly aan kwam. Ze haalde haar schouders op. Ze kon niet ontkennen wat hij gezegd had, ook al onderschatte hij haar gaven. In plaats daarvan loog ze.

'Ik héb het ook koud en ik bén moe, maar ik val nog liever flauw dan dat ik me aan jou overgeef.'

Zackya lachte en trapte tegen een andere steen. Eigenlijk voelde hij zich heel ongemakkelijk. Hij wilde niet testen wie de kou het langst kon verdragen, wie de wereld het langst stil kon zetten – zijn reumatische knie deed nu al pijn. En hij wilde ook niet proberen om Molly te hypnotiseren.

'Wat is het wachtwoord om de gehypnotiseerde maharadja te bevrijden?' vroeg Molly op dwingende toon.

Zackya schudde zijn hoofd. Hij vond dit helemaal niet prettig. Hij vroeg zich af wat hij moest doen om Molly te stoppen. Toen kreeg hij een idee.

'Ik weet niet wat het wachtwoord is, maar ik weet het goed gemaakt: als jij de wereld weer in beweging brengt, vertel ik je iets over de gehypnotiseerde maharadja.'

Molly deed alsof ze twijfelde. 'Waarom zou ik daarmee akkoord gaan?'

'Omdat, mejuffrouw Moon, je uiteindelijk toch zult moeten opgeven. Op deze manier heb je ten minste iets nieuws om over na te denken als je straks weer opgesloten zit.'

Molly trok een zuur gezicht en knikte.

Zackya was opgelucht dat hij Molly had overgehaald en dat hij haar straks weer gevangen kon zetten zonder dat hij iets tegen de maharadja hoefde te zeggen, en dus begon hij het verhaal te vertellen van de eenzame man die binnen zat. Maar hij kon het niet laten om eerst iets over zichzelf te vertellen.

'Voor ik begin, wil ik eerst iets uitleggen over mij en Waqt,' begon hij. 'Je denkt waarschijnlijk dat Waqt een hekel aan me heeft. Hij mag me dan een hond noemen en op me spugen, maar ik ben de enige in zijn leven die hij een vriend zou kunnen noemen. En hoewel ik ooit een onaanraakbare was, uit de laagste kaste, ben ik nooit een paria geweest, zoals hij. Het zit namelijk zo, mejuffrouw Moon: Waqts koninklijke ouders hebben hem als kind verstoten en opgesloten als een krankzinnige.' Zackya wees naar het gebouw achter hem. 'Die man die daar binnen zit, is Waqts jongere broer. Toen hij jonger was, leidde hij het leven van een prins, terwijl zijn oudere broer, de reus, aan zijn lot werd overgelaten.' Zackya kreeg plotseling een vreemde, zachte uitdrukking op zijn gezicht en

107

toen vertrok zijn mond, alsof hij iets bitters proefde. 'Waqts vader en moeder dachten dat ze konden doen alsof hij en zijn uitbarstingen niet bestonden als ze hun monsterlijke kind opsloten. Al die kinderjaren was ik bij hem en ik zag zijn afkeer en zijn haat groeien. Hij heeft wel zevenenvijftig kindermeisjes versleten en minstens zoveel leraren. Geen enkele volwassene kon hem aan.'

'Hoe heeft Waqt dan leren hypnotiseren?'

'Hij vond een boek. Hij zat altijd te lezen. Toen ontsnapten we. We gingen naar China, waar hij van een oude meester leerde hoe hij door de tijd moest reizen. Uiteindelijk gingen we terug.' Hij stopte even. 'Ze zeggen weleens dat wraak een gerecht is dat je het best koud kunt eten. Nou, toen we terugkwamen was het verleden koud geworden, maar Waqt was niet vergeten wat zijn ouders hadden gedaan. Zijn haat woedde nog in hem als een bosbrand. Dat was de reden dat hij zijn broer hypnotiseerde en de macht greep.'

'En jij? Haat jij zijn broer en zijn ouders ook?'

Zackya kneep zijn ogen een beetje toe. De koude, stille wereld om hem heen drong weer tot hem door. 'Ik heb je meer informatie gegeven dan je verdient, Molly Moon. Ik denk dat het nu tijd is om jouw deel van de belofte na te komen en de wereld weer in beweging te zetten.'

'Nee, geef me eerst antwoord. Haat jij zijn broer en zijn ouders?'

Zackya mopperde. 'Goed dan. Nog één tipje van de sluier, mejuffrouw Moon. Zijn ouders zijn dood, maar ik haat ze nog steeds. Omdat zij een monster van hem hebben gemaakt, ben ik nu elke dag bang dat Waqt me hypnotiseert. En ik kan geen kant op, ik moet hem wel helpen om zijn kostbare stenen te vinden, want zoals je kunt zien, zal onze huid eraf vallen als we niet naar de Bubbel van Licht aan het begin van de tijd kunnen gaan. Als je door de tijd reist, wordt je huid schubachtig. Natuurlijk zal Waqt me op een dag belonen en me mijn vrijheid teruggeven. Tegen die tijd zal ik ook naar de Bubbel van Licht zijn gereisd. Mijn huid zal weer glad en jong zijn. En tegen die tijd zal elk paleis en elk fort in India van Waqt zijn. Hij zal er ook een paar aan mij schenken. Dus dan ben ik jong én machtig. Dát is waar ik op wacht.' Zackya spuugde op de grond. 'En nu, mejuffrouw Moon, moet je de wereld weer in beweging zetten.'

Molly voelde de bewegingloze handen van Rocky en Bos op haar schouders. Ze keek voor de zekerheid of Rocky Petula nog steeds onder zijn arm had.

'Ik hou er niet van om beloftes te breken,' zei ze tegen Zackya, 'maar ik hou er wel van om vrij te zijn.' En terwijl ze die woorden uitsprak, concentreerde ze zich op de rode steen en zette de wereld weer in beweging.

Op het moment dat haar omgeving weer tot leven kwam, liet ze haar gedachten meevoeren door de rode steen.

'Wauw, oké, ik zal mijn mond houden,' zei Bos.

Molly riep de warme tijdwind op om hen te omringen. Een seconde later klonk er een BOEM en waren ze op weg.

Zackya's mond viel open. Hij rende naar de lege plek waar Molly en de andere gevangenen zojuist nog hadden gestaan, knielde en raakte het gras aan. Hij wilde naar zijn tijdreisapparaatje en zijn edelstenen grijpen, maar op het moment dat hij achter zich naar het fort keek, bleef zijn hand halverwege steken. Het zweet parelde op zijn voorhoofd. De maharadja had hem bevolen direct naar zijn privévertrekken te komen. Waqt wilde een paar tests doen met de jongere Molly Moons. Misschien kon hij beter eerst Waqts bevel opvolgen.

Zackya besloot dat hij naar de maharadja zou gaan zonder iets over de ontsnapping te zeggen. Zodra hij daar aan zijn verplichtingen had voldaan, zou hij zijn apparaatje gebruiken om Molly en de anderen op te sporen. Hij zou ze achter slot en grendel hebben voordat iemand ook maar had gemerkt dat ze weg waren.

Hoofdstuk dertien

'Zo,' zei Waqt. 'Ik haal je nu ongeveer een uur uit je trance. Ik hoop dat je dat waardeert.'

De tienjarige Molly keek verbaasd naar de grote, geschubde man die voor haar stond en wierp toen een blik op zijn assistent, die al net zo'n reptielenhuid had. De assistent was net komen aanlopen met een notitieblok en een pen in zijn handen.

'Je bent laat, Yackza,' snauwde de reus.

Molly vroeg zich af of ze droomde. Had ze echt een elfjarige versie van zichzelf gezien? En een oudere Rocky? De kleinere meisjes naast haar stonden dicht tegen haar aan en verborgen hun gezicht in de zijde van de vreemde, nieuwe jurk die ze aanhad. Waren zij jongere versies van haarzelf? Er klopte helemaal niets van. Ze moest wel dromen, concludeerde ze. En toch was ze klaarwakker. Alsof dit echt gebeurde. Molly keek de kamer rond. Het was een prachtige kamer, met gekleurd ingelegd marmer in de muren en gouden stoelen.

'Wie bent u?' vroeg ze. 'En wat doe ik hier?'

'De enige reden waarom jij hier bent, is dat je me iets kunt leren over hoe het rakakter van deze baby zal zijn als ze groter wordt.'

De tienjarige Molly besloot om niet in te gaan op wat hij had gezegd. 'Waarom hebben we Indiase kleren aan?'

De reus negeerde haar vraag.

Molly schudde haar hoofd. Ze had geen idee waar ze was en ze was helemaal in de war. Was ze gek aan het worden? Misschien verbeeldde ze zich alles en zat ze in het echt gewoon in het weeshuis. Misschien was de reus die voor haar stond een vertekend beeld van Addersteen, de directrice van het weeshuis.

'Is dit een van uw gemene straffen, juffrouw Addersteen?'

De grote man lachte als een krankzinnige. 'Oooooooo, wat graaaaaappig!' riep hij. 'Je hebt echt gevoel voor humor, mejuffrouw Moon!'

Molly schudde haar hoofd. 'Het was mijn schuld niet dat het water over de rand van het bad liep, juffrouw Addersteen. Het is niet eerlijk. Wat u ook doet, wilt u er alstublieft mee ophouden?'

'Is het water over de rand van het bad gelopen? Is het water over de rand van het bad gelopen? HA! Ha ha ha!' Waqt gierde het uit.

'Ik zal je uit de droom helpen. Ik ben juffrouw Addersteen niet. Ha! Ik ben de maharadja van Waqt. Geboren in 1835. Driftig aangelegd. Groot, donker en knap – vind je niet? Vijftien jaar lang opgesloten door mijn ouders. Moet je je eens voorstellen. Ik heb behoorlijk veel gereisd, en dat is nog zacht uitgedrukt. Europa, Afrika, China, de toekomst, het verleden! Maar genoeg over mij. We zijn hier vandaag voor jou, om jou te analyseren. Jij gaat me nu iets over zejelf leren. We willen erachter komen welke talenten de maby Bolly in zich heeft.' Hij zette zijn handen in zijn zij en knikte naar de bediende bij de deur.

Zes mannen met verschillende spullen kwamen de kamer binnen. Een zette een Chinees telraam neer. Anderen klapten een lage tafel uit en legden er een groot blok dik papier op, een smalle, zwarte doos en een paar dikke verfkwasten.

De maharadja ging met gekruiste benen bij de tafel zitten en bood Molly ook een zitplaats aan. Molly gehoorzaamde nerveus. Als dit dan toch een droom was, kon ze net zo goed meedoen.

Waqt nam een kwast en opende de doos. Er zat een pot met water in en een pot met opgedroogde, zwarte inkt.

'De Chinese schilderkunst,' zei hij – hij maakte zijn kwast nat en depte hem even op het papier, dat de inkt direct absorbeerde. 'De Chinese schilderkunst is een kunst die mensen met een artistieke aanleg van nature beheersen.' Met een streek naar links en een streek naar rechts gaf hij de omtrekken van een landschap aan: steile rotsen, een wolkenlucht met een puntige dennenboom en een wolf op de voorgrond. 'Ik heb altijd al aanleg gehad. In China heb ik mijn talent verfijnd. Nu moet jij me laten zien wat jij kunt.'

De tienjarige Molly kreeg een knoop in haar maag. Ze had een hekel aan dit soort testjes. Ze wist dat ze toch nergens echt goed in was.

'Ik kan niet zo goed schilderen.'

'Kom, kom. Pak die kwast nou maar,' zei Waqt.

Molly boog zich naar voren en begon met een bibberende

kwast te schilderen. Ze probeerde een berg te maken, maar het leek op een bobbel. Haar zon had meer weg van een peer en haar dennenboom leek op een kerstboom zoals kleine kinderen die tekenen. In plaats van een wolf schilderde ze een poppetje.

'O...' zuchtte Waqt vol afschuw. 'Ik zie dat de baby geen aanleg heeft voor kunst. SCHRIJF DAT OP, YACKZA!' riep hij.

Toen gingen ze naar het telraam. Hier wilde Waqt testen of de tienjarige Molly aanleg voor wiskunde had. Molly was niet zo goed in rekenen en het feit dat ze nog nooit een telraam had gebruikt, maakte het er niet beter op. Ze zat te klunzen met de kralen.

'HOPELOOS IN WISKUNDE!' bulderde Waqt. 'Schrijf op, Yackza.'

En zo ging het verder. Er werd een sitarspeler gehaald, die Molly uitlegde hoe ze op het snaarinstrument moest tokkelen, maar het lukte haar niet om ook maar één noot goed te spelen. Een Indiase danser kwam haar dansles geven. Maar Molly's pogingen om de sierlijke bewegingen na te doen waren verschrikkelijk. Waqt liet haar ophouden.

'HOPELOOS!' riep hij uit.

Helemaal aan het eind klapte hij in zijn handen, waarop twee mannen een grote geborduurde zak vol gekleurde edelstenen voor Molly's neus legden.

'Voel je iets bij deze edelstenen?' vroeg de reus. 'Als je wilt mag je ze aanraken.'

Molly pakte een van de rode stenen. Er zat een soort litteken op de zijkant. 'Erg mooi,' zei ze, en gespannen legde ze hem terug.

'Is dat alles wat er in je opkomt?' Molly knikte. 'Schrijf dat op, Yackza. Voordat ze leert hypnotiseren betekenen de stenen niets voor haar.' Toen vroeg hij: 'Heb je er ooit aan gedacht om door de tijd te reizen?'

Molly fronste naar de man die voor haar stond en voelde zich plotseling heel boos worden. Wie dacht hij wel dat hij was, om haar zo te ondervragen? Op kwade toon antwoordde ze: 'Waarom zou ik u vertellen waar ik wel en niet over heb nagedacht? Ik weet het niet.'

'Hmm. Gedreven en argwanend. Heb je dat, Yackza?' Toen draaide hij zich weer naar Molly, boog zich voorover en wachtte op haar antwoord. 'Je bent misschien een taaie, maar ik wil het nog steeds weten: heb je er ooit aan gedacht om door de tijd te reizen?' Zijn gezicht was zo dichtbij dat ze de sporen van make-up kon zien waarmee hij kennelijk zijn walrussenhuid probeerde te verbergen.

'Ik denk...' Molly pijnigde haar hersens wat ze moest zeggen. Ze wilde niet zeggen dat deze man gek was, ze wilde hem niet laten zien hoe bang ze voor hem was. Ze dacht aan haar vriend Rocky en aan hoe graag ze zou willen dat hij nu bij haar was. Ze wilde zeggen dat hij wel geweten zou hebben wat hij moest zeggen als hij hier was geweest. En toen schoten haar plotseling de woorden te binnen van een liedje dat hij ooit had verzonnen, en ze herhaalde het. 'Ik denk... dat de tijd nu is, en nergens anders,' zei de tienjarige Molly.

De reus keek haar onderzoekend aan en glimlachte achterdochtig. 'HA! Poëzie. Dus je hebt toch nog ergens aanleg voor. Schrijf dat op, Yackza.' Toen klikte hij met zijn vingers en bracht Molly weer onder hypnose. Rocky's stem klonk zachtjes na in haar hoofd:

'De tijd is nu, en nergens anders,
en er is geen groter geschenk dan de tijd,
want het leven kan over zijn in de ruimte van dit rijm.
En er is geen groter geschenk dan mijn vriendschap.
Geef me jouw liefde en ik koester die voor altijd.'

De elfjarige Molly deed haar ogen open om te kijken of de anderen nog bij haar waren. Ze reisden vooruit in de tijd. Rocky, aan haar rechterkant, had zijn ogen dicht maar Bos had de zijne wijd open. Vol bewondering keek hij naar de kleuren die om hen heen draaiden. Zijn mond had de vorm van een O en hij keek als een verbaasde goudvis. Zackya's wachters bleken niet achter hen aan te zijn gekomen. Molly ontspande zich en vroeg zich af wat ze nu moesten doen. Ze besloot dat ze het best ergens in de toekomst konden stoppen, zodat ze een plan konden bedenken.

Ze liet zich leiden door haar onzichtbare antenne en kreeg het idee dat ze minstens honderd jaar vooruit waren gereisd. Toen stopte ze.

De zon stond lager. Het was een warme ochtend. De muren van het Rode fort wierpen korte schaduwen op de grond. De tuin waar ze in stonden werd zo te zien niet meer onderhouden en de pauwen waren verdwenen. Het was er droog en er stonden bankjes langs de muren. Een kleine Indiase jongen, in rode katoenen kleren, wees naar Molly en haar vrienden en begon te schreeuwen: 'Mama. Die mensen en die hond kwamen uit het niets! Maaaammmma!'

'Ja, ja,' zei zijn vader, en hij draaide zich om. Hij legde zijn hand zachtjes op het hoofd van de jongen en lachte om de fantasie van zijn zoon.

'Maar kijk dan, papa: ze heeft een heel groot kristal.'
'Dit is cool!' zei Bos. 'Volgende keer kunnen we terug in de tijd gaan en de oude Indiase yogi's ontmoeten!'

'We zijn nog lang niet uit de penarie,' zei Molly, en ze haalde haar kristal van haar nek en deed het in haar zak. Rocky gaf Petula aan haar. 'Vergeet niet dat Zackya ook een tijdreiziger is. En er is iets wat ik jullie nog niet verteld heb. Toen hij mij gehypnotiseerd had, liet hij me een soort paarse metalen pil doorslikken. Die zit nog steeds in mijn maag. Zackya heeft een speciaal apparaatje waarmee hij zijn paarse pillen kan opsporen. Een opspoorapparaatje. Hij is er niet zo handig mee, maar hij kan ermee overweg. Het zou me niets verbazen als hij nu al achter ons aan zat. Het apparaatje geeft aan in welke tijd wij zijn.'

'Geeft het precies aan welke richting je op gaat?'

Molly haalde haar schouders op en streek haar haren uit haar gezicht. De hitte was benauwend. 'Er is nog van alles gebeurd toen ik de tijd stilzette,' zei ze gehaast. 'Zackya vertelde me over Waqt en de gehypnotiseerde maharadja. Hij is Waqts broer en – o ja, nog iets: als je door de tijd reist, word je sneller oud.'

'Wauw, dus daardoor heb je opeens rimpels gekregen!'

'Bos, je zegt het alsof ik de loterij heb gewonnen!' zei Molly. 'Ik wil er straks niet uitzien als een oude vrouw!'

'Rustig maar.' Rocky keek naar Molly's wang. 'Zo snel zal het wel niet gaan. Zackya en Waqt reizen al jaren door de tijd.'

Molly knikte. 'Zelfs in China.'

'Jij hopt alleen een beetje heen en weer door de tijd,' zei Rocky opgewekt, 'dus zo erg zal het niet worden. Op dit moment zit het alleen bij je oor en dat zie je niet eens echt.'

Molly keek naar het Rode fort. Het was nu een echte toeristenattractie geworden, met alles erop en eraan. Er waren stalletjes bij het hek waar ballonnen, ansichtkaarten, souvenirs, frisdrank, *batasha*-snoep en noten werden verkocht. Ze wist niet goed wat ze nu het best konden doen. Maar ze wist wel dat ze niet in de buurt van het fort moesten blijven.

'Ik vertel straks wel wat Zackya me verteld heeft. Maar laten we hier eerst weggaan.'

En dus begonnen ze te lopen. Aan de kant van de weg stonden twee koeien die alleen aandacht hadden voor zichzelf.

'Koeien mogen hier gewoon vrij rondlopen,' legde Bos uit, maar Molly en Rocky trokken hem snel mee, weg van de poort, voorbij de taxi's – een paar mooie, witte oldtimers – die op een ritje stonden te wachten. 'Volgens hindoes zijn koeien heilig. Hun eigenaren laten ze overal rondscharrelen en brengen het voedsel naar hen toe. En niemand eet ze hier.'

Rocky negeerde Bos en trok Molly aan haar mouw. 'We kunnen het best opgaan in de menigte. Laten we die kant op gaan, daar zijn volgens mij winkels. Hoe meer mensen er om ons heen zijn, hoe veiliger we voor Zackya zijn.'

Ze liepen onder een boog door met een bord waarop stond: CHANDNI CHOWK. OUD-DELHI. Hier was het een drukte van jewelste en de mensen krioelden als bijen in een korf door elkaar. Er waren horden riksja's en talloze karren die door sterke mannen voortgetrokken werden. Op de karren lag de koopwaar torenhoog opgestapeld: brandhout, jerrycans, oud ijzer en nog veel meer.

De mensen staarden naar Molly en Rocky, die er in hun westerse kleren maar vreemd uitzagen. Alhoewel dit het moderne India moest zijn (Molly wist niet precies welk jaar) waren de kleren die de mensen in Oud-Delhi aanhadden allesbehalve modern. Sommige mannen droegen *lungi's* – flodderige doeken die ze om hun middel hadden geknoopt – en een paar hadden eenvoudige broeken en bloezen aan. De meesten droegen lange sarongs. De vrouwen droegen allemaal sari's of *salwar kameez* – lange jurken met een broek eronder. Een man op een riksja vervoerde drie kinderen in stijve schooluniformen, en liet zijn bel klingelen toen hij erdoor wilde. Zijn jonge passagiers wezen naar Petula en giechelden toen ze Bos zagen.

'Ik word hier echt heel zenuwachtig van,' kreunde Molly. 'Als Zackya achterhaald heeft in welke tijd we zijn, kan hij ons zo vinden, want iedereen wijst naar ons.'

Op dat moment klonk er een schreeuw uit de straat achter hen, gevolgd door nog meer geschreeuw en een laag loeiend geluid.

Hoofdstuk veertien

'Kom op!' riep Bos. Hij duwde Molly en Rocky naar achteren tot ze met hun rug tegen een winkelmuur vol met tinnen koekenpannen stonden. Voor hen zagen ze de menigte uiteenvluchten voor iets wat steeds dichterbij kwam. Het lage loeiende geluid klonk steeds harder.

'Is het Waqt?' vroeg Molly aan Bos. 'Moeten we niet wegrennen? Ik heb die paarse pil in mijn maag. Hij kan ons hier zo vinden.'

'Het is Waqt niet. Ga op dat randje staan. Kijk!'

Rocky en Molly, die Petula tegen zich aan drukte, gingen op het randje staan. Ze zagen een zee van hoofden, die, als water dat op een wonderbaarlijke manier wijkt, uiteenging. Zes zwarte koeien renden door de vrijgekomen strook en veroorzaakten een grote chaos. Ze hadden al twee riksja's en een fruitstal omvergelopen. Ze waren kennelijk op hol geslagen, niet uit woede maar uit angst; ze waren bang – iets wat zich verderop in de straat bevond, had ze aan het schrikken gemaakt. Een paar mannen probeerden de beesten te kalmeren.

Het lukte een van de mannen om een grote doek voor de grootste koe op te houden, zodat ze de andere kant op ging en een steegje in rende. De andere koeien volgden haar. En zo plotseling als de mensen in paniek waren geraakt, zo plotseling was alles in de drukke, rommelige straat weer normaal.

'Man! Dit maak je alleen in India mee!' riep Bos opgewonden. 'Zoiets zul je in een Amerikaanse of Europese stad nooit zien. Koeien die door de winkelstraat galopperen! Dat is echt te gek, man. Ik hou van die heilige koeien, echt waar.'

Zackya stond bij de ingang van Chandni Chowk. Hij had toestemming gekregen om de maharadja alleen te laten en nu wilde hij Molly Moon opsporen. Hij moest zorgen dat hij de ontsnapte gevangenen weer opgesloten had voordat Waqt doorhad dat ze weg waren, maar er waren wat problemen. De gehypnotiseerde wachters die hij uit 1870 had meegenomen, hadden voor opschudding gezorgd. Hun ouderwetse kledij en hun zwaarden hadden een paar toeristen de stuipen op het lijf gejaagd. Onder hen waren twee vrouwen, die met hun gegil een stelletje koeien hadden laten schrikken, die op hun beurt naar de drukke winkelstraat waren gerend. Nu gaf een oude Indiase vrouw, die niet bang was, Zackya een uitbrander, waardoor hij niet kon kijken wat zijn opspoorapparaatje aangaf.

'Je zou je moeten schamen, om die koeien zo te laten schrikken!' wierp ze hem in het Hindi voor de voeten. 'Kijk wat voor ellende jij en die andere acteurs hebben veroorzaakt. Kijk al die mensen nou. Er had wel iemand gewond kunnen raken.' Ze stak haar vinger in de lucht. Zackya keek op. Hij wierp haar een gemene, hypnotiserende blik toe.

'Wapplieglupglup glaap,' zei de vrouw, nog steeds met opgeheven vinger. Toen was ze stil.

Zackya draaide zich om en keek op zijn zilveren apparaatje. Het werkte niet goed. Het gaf aan dat het meisje, Molly, in deze tijd was, maar als hij vroeg waar hij haar kon vinden, knipperde het ding nauwelijks. Hij zette het af en riep zijn wachters.

In de koele steegjes van Chandni Chowk was het veel rustiger dan in de straten. Bos leidde Molly en Rocky door een steegje dat zo smal was dat er maar één riksja door kon. De afbrokkelende muren van de vervallen huizen rezen aan weerskanten op. Zwarte elektriciteitskabels krulden als spaghettislierten hoog boven hun hoofd. Ze zaten net zo in de knoop als Molly's gedachten. Want ze was erg in de war en wist niet wat ze het beste konden doen.

'Kunnen we niet beter teruggaan?' stelde ze voor.

'Wat, in deze kleren?' zei Rocky. 'We vallen net zo erg op als buitenaardse wezens. Voordat we naar Waqts tijd teruggaan, moeten we Indiase kleren zien te vinden.'

Ze keken het steegje in. Aan beide kanten was elke vrije ruimte gebruikt om een winkeltje te maken. Molly had nog nooit zulke smalle winkeltjes gezien. Vaak waren ze niet breder dan de winkelier zelf, als die met uitgestrekte benen op een krukje zat. Sommige winkels waren breder en daar lagen prachtige kleden op de vloer. De klanten die naar binnen gingen, trokken eerst hun schoenen uit.

'Dat is makkelijk,' zei Bos glimlachend, 'dan hoef je geen vloeren te dweilen. India is echt gaaf, hè?'

'Denk je dat we hier een kledingwinkel kunnen vinden?' vroeg Molly toen ze voorbij een winkel kwamen waar sieraden en rode en gouden sjerpen verkocht werden.

'Tuurlijk, we komen er vanzelf een tegen.'

En dus liepen ze door. Petula bleef dicht bij Molly. Onderweg vertelde Molly aan de anderen wat ze over Waqts verleden te weten was gekomen.

'Zielige vent, zul je bedoelen,' zei Bos toen Molly het verhaal had verteld.

'Gestoorde vent,' zei Rocky. Hij stond stil. 'Wauw, wat is dát? Het ruikt naar suiker en donuts!' Molly liep gehaast door, maar Rocky bleef bij een bakkerij staan waar bladen vol gebak onder witte, doorzichtige doeken waren uitgestald.

Naast een blad met koekjes stond een grote zilveren pot waar een melkachtige vloeistof in zat. In het midden dreef een kleinere pot met ijs erin, zodat de witte vloeistof koud bleef. Aan de andere kant van de toonbank was een piepklein houtoventje met een koperen ketel erboven. Een winkelier met een lila shirt keek naar Rocky en glimlachte.

'We hebben niet veel elektriciteit hier in Oud-Delhi,' legde hij uit. 'Dus zo houden we onze spullen koel en vers. En we gebruiken een ouderwets vuurtje om op te koken. Heb je ooit Indiase delicatessen geproefd?'

Rocky schudde zijn hoofd. 'U spreekt heel goed Engels,' merkte hij op.

'Natuurlijk!' lachte de banketbakker. 'Veel Indiërs spreken goed Engels.'

Rocky keek hoe de man een handvol deeg nam en er een balletje van rolde. Hij liet het balletje in de ketel vallen, waar hete olie in zat. De man viste het balletje er weer uit en deed het in een schaal met siroop, waar nog meer goudkleurige meelballetjes in zaten.

'Mijn klanten vinden deze het lekkerst. We noemen ze *gulab jamun*. Hier, neem er maar eentje.'

Rocky schudde zijn hoofd. 'Ik heb geen geld.'

'Niet alles in het leven kost geld!'

Het deegballetje was zalig en Rocky had nog heel lang kunnen blijven om de koopwaar van de man te proeven, maar Molly trok hem aan zijn mouw.

'Dank u,' zei Rocky terwijl hij weggetrokken werd. 'Die man was erg aardig.'

'Net als de man die die noedels maakt,' knikte Bos, nog kauwend op wat hij zojuist had gekregen. 'Was dat niet heerlijk, Petula?'

'Maar we moeten opschieten,' zei Molly. 'Kom op. We zijn niet op vakantie.' Terwijl Rocky bukte om zijn veters vast te maken, liep zij naar een kleine, dikke, kale man die maskers verkocht. 'Sorry, mag ik u wat vragen? In welk jaar leven we?' Tijgers, leeuwen, vogels en olifanten van papier-maché keken op haar neer.

'Het is 1974, natuurlijk!' De man lachte. 'Wil je een masker proberen?' Hij hield een spiegel voor haar gezicht. Molly keek er even in en zag de schubbige huid bij haar oor. Ze wilde alweer wegkijken, toen ze opeens zag dat ze een litteken in haar nek had van zo'n tweeënhalve centimeter lang. Ze staarde in de spiegel, raakte het aan en vroeg zich af hoe ze eraan kwam en wanneer het gebeurd kon zijn.

Op dat moment drong het met een schok tot haar door: als

ze nu in het jaar 1974 waren, en Waqt zich met haar jongere ikken in het jaar 1870 bevond, dan was haar eigen geschiedenis van 1870 nu wel voorbij. Ze moest nu natuurlijk álle herinneringen hebben van haar tienjarige ik in 1870, want die tijd was voorbij. En toch kon ze zich niets herinneren van de tijd die ze als tienjarige in India moest hebben doorgebracht. Ze kon zich niet herinneren hoe het gegaan was – *hoe het was afgelopen*. Alsof haar herinneringen achterop waren geraakt en nog onderweg waren van 1870 naar deze tijd. Was dit litteken uit 1870?

De man hield een olifantenmasker omhoog.

'Proberen?'

'Nee, bedankt.'

Molly werd plotseling overvallen door een vreselijke angst. Ze vond dit helemaal niet leuk. Haar jongere ikken zaten gevangen in het verleden, haar herinneringen waren voor haar verborgen en nu was er dit vreemde, paarse litteken in haar nek. Molly wist plotseling zeker dat ze direct terug moest naar 1870 en Waqt moest vinden. Ze wist dat ze niet eerder kon rusten voordat ze de jongere Molly's had gered en Waqt op de een of andere manier had gevangen.

Ze had geen idee hoe ze hem moest verslaan en dat maakte haar doodsbang. Het was iets anders dan een eng, wild dier in de val lokken. Een tijger van papier-maché loerde naar haar. Het beest deed haar denken aan Waqts jachttrofeeën en aan zijn geweer.

De oplossing moet in de edelstenen liggen, dacht Molly. Als ze Waqts stenen konden stelen zodat hij niet meer door de tijd kon reizen of de wereld kon stilzetten, zou hij geen kans maken. Zonder de edelstenen zou hij niets anders zijn dan een erg machtige hypnotiseur. Gewoon een maharadja met honderden krijgers. Molly slikte en ging met haar vingers langs het litteken.

'Hé, jullie!' riep ze. De anderen waren weer ergens door afgeleid. Ze stonden naar een man te kijken die in een ijzerwinkel bij een vuur iets aan het repareren was. 'Ik denk echt dat we terug moeten gaan.' Molly deed haar best om niet te zenuwachtig te klinken. 'Nu,' zei ze vastberadener.

'Oké, oké,' zei Bos, die aan kwam slenteren. 'Kom maar op met je tijdwinden.'

Molly vond een mooi, stil plekje in een zijsteegje en al snel schoten ze weer door de decennia. Molly stak haar onzichtbare antenne uit en probeerde te voelen 'wanneer' haar andere ikken waren. Ze voelde hun trillingen en stopte. De tijdwinden gingen liggen.

Naast hen stond een heilige koe. Ze loeide. De lucht was koeler dan eerst maar het was nog steeds warm. Molly was precies in de tijd beland waar haar andere ikken waren. Hierdoor kon ze hun herinneringen weer krijgen. Ze herinnerde zich direct dat ze tien was en dat ze door Waqt op de proef werd gesteld. Ze huiverde en vertelde de anderen dat zij van Waqt moest schilderen, met een telraam moest rekenen, dat ze moest dansen en op de sitar moest spelen.

'Waqt is schoolmeestertje aan het spelen!' zei Bos.

Molly keek het steegje in. De elektriciteitsdraden waren verdwenen maar de winkeltjes waren nog net zo klein en er hing dezelfde mengeling van geuren. Zelfs de maskerwinkel was er. Molly bedacht dat de man die binnen een masker van een luipaard aan het beschilderen was, misschien wel de over-over-overgrootvader was van de kleine, dikke man die haar in het moderne India had aangesproken. Ze wilde weten in welk jaar ze waren, dus liep ze naar hem toe.

Hij legde zijn penseel neer, deed zijn handen tegen elkaar en boog zijn hoofd een beetje. 'Namaskar,' zei hij.

Molly nam aan dat dit de manier was om gedag te zeggen. Ze deed precies hetzelfde: 'Namasker.' En toen voegde ze eraan toe: 'Het spijt me, maar in welk jaar leven we?'

Zackya stond ongeduldig midden op de weg. Het zilveren opspoorapparaatje dat onder zijn kleren verstopt zat liet een bliepje horen. Geïrriteerd stak hij zijn hand in zijn zak om het te voorschijn te halen.

'Dus je gaat weer naar een andere tijd, Moon...' mompelde hij terwijl hij naar het schermpje keek. Hij keek om zich heen naar zijn wachters en liet de dichtstbijzijnde weten dat ze zich snel moesten verzamelen. De vierde wachter was nog bezig om een man achter een krantenstalletje te ondervragen, maar Zackya wilde niet langer wachten. Hij vroeg de drie gehypnotiseerde wachters om de tijdreispositie in te nemen en dat deden ze. Ze legden hun handen op elkaars schouders. En met een BOEM nam Zackya hen mee van het jaar 1974 naar het jaar 1870.

Hij had helemaal geen medelijden met de wachter die achterbleef in een tijd die hij niet kende. De wachter was slechts in een lichte hypnose, dus zou hij over een paar weken uit zijn trance komen en denken dat hij gek was geworden. Hij zou als negentiende-eeuwer vastzitten in de jaren zeventig van de

127

twintigste eeuw. Als hij zou zeggen dat hij uit een andere tijd kwam, zou niemand hem geloven. Zackya wist dit, maar het kon hem helemaal niets schelen. Het enige wat hij wilde was Molly Moon te pakken krijgen.

Molly herhaalde haar vraag: 'Welk jaar is het?'

De man dacht na. 'Halfvier.' Molly bedacht dat in 1870 nog niet zoveel Indiërs haar taal spraken. 'Dank u,' zei ze. Ze boog en bracht haar handen naar elkaar, alsof ze ging bidden.

'Hé, je bent een natuurtalent, Molly,' zei Bos.

'Deed ik wat ik moest doen?'

'Jep. Namaskar betekent "hallo... met respect..." zoiets. Mijn yogaleraar zei het altijd.'

Molly voelde in haar nek. Het litteken zat er nog steeds. Ze begreep er niets van.

Op dat moment voelde ze iets in de zak van haar broek bewegen – de zak waar ze de rode edelsteen en haar heldere kristal in bewaarde. Ze sloeg met haar hand op haar zak, maar het was te laat. Molly draaide zich om en zag een jongen van haar eigen leeftijd in een lang oud, bruin hemd met rode verfvlekken erop. De jongen rende weg.

'NEE!' riep ze uit. 'Die jongen heeft de stenen gestolen!'

Hoofdstuk vijftien

Rocky schoot er als een racket vandoor. Voor zich hoorde hij de voetstappen van de dief op de keien. Zijn eigen gympen stampten op de grond en toen hij de bocht om ging, veroorzaakte hij een hele stofwolk. Hij kreeg steken in zijn zij van het rennen maar trok zich er niets van aan. Want hoe langer hij rende, hoe meer het tot hem doordrong hoe belangrijk de stenen waren. De rode steen was hun ticket naar de eenentwintigste eeuw. Ze móésten hem terug hebben. Toen hielden de voetstappen op.

Rocky was buiten adem en twijfelde. Hij was bij een kruispunt aangekomen waar drie steegjes samenkwamen. Er stond een bananenboom. Rocky vroeg zich af welke kant hij op zou zijn gegaan als hij de jongen was. In het ene steegje stonden drie zwarte koeien te dralen met een zwerm vliegen om zich heen. Het tweede steegje was kennelijk de schuilplaats van een mager aapje, dat aan een stuk brood zat te knabbelen. In het laatste steegje was het druk en er waren winkeltjes. Rocky besloot die kant op te gaan. Maar na een paar passen bedacht hij zich. De voetstappen waren *gestopt*.

Ondertussen kwamen Molly, Petula en Bos er ook aan gerend. Rocky stond stil. Hij had zijn handen in zijn zij en keek omhoog. Zijn borst ging op en neer.

'Gaat het, Rocky?' vroeg Molly. Ze was bang dat hij weer een astma-aanval zou krijgen.

Rocky knikte.

'En wat ga je nu doen?' klonk een pesterig stemmetje van boven. Een kwajongen met een bruin gezicht klom nog verder de bananenboom in. Petula blafte.

'Niets,' zei Rocky hijgend. 'We willen alleen de stenen terug.' Hij begon heel langzaam te praten, want als het hem zou lukken om zijn stem lang genoeg om de zakkenroller heen te laten cirkelen, kon hij hem met zijn woorden dwingen om naar beneden te komen. 'Waarom – breng – je – de – stenen – niet – gewoon – naar...'

De jongen viel hem in de rede. 'Bedoel je de edelstenen?'

'De kristallen.' Molly veegde haar haar uit haar ogen. Ze zag dat de jongen zich aan een tak omhoogtrok. Hij was nu zo hoog dat hij bij de ramen van het gebouw ernaast kon komen. Er was geen tijd meer om hem te hypnotiseren, niet met haar ogen en niet met Rocky's stem. Hij klom steeds verder en keek hen niet aan. 'Je spreekt onze taal erg goed,' zei ze, in de hoop dat hij zou stoppen met klimmen.

De dief keek met een achterdochtige blik naar beneden en vroeg zich kennelijk af waarom iemand die hij net beroofd had complimentjes maakte. 'Misschien...' zei hij. 'Wat kan jou dat schelen?'

Het enige wat misschien nog zou werken, was hem omkopen, dacht Molly.

130

'Als je die edelstenen teruggeeft, heb je er echt veel meer aan dan wanneer je ze meeneemt,' zei ze. 'Met de rode steen kan ik je meenemen naar een andere tijd: naar de toekomst, als je dat wilt. Lijkt dat je wat?'

De jongen fronste zijn wenkbrauwen en keek naar hen. Dat was de belachelijkste leugen die hij ooit had gehoord.

Rocky viel haar bij. 'Wat Molly zegt klopt. Molly kan door de tijd reizen, want ze is meesterhypnotiseur. En met die doorzichtige steen kan ze de wereld stilzetten. Echt waar. Bos en ik kunnen dat niet. We hebben de rode steen echt nodig, want wij komen uit de toekomst.'

De jongen in de boom keek naar het vreemde stelletje onder hem met hun gekke hond, en hij begon te lachen. 'Ik heb heel wat leugens gehoord, maar zoiets geks nog nooit!'

Bos begon ook te lachen.

'Bos, dit is niet grappig,' zei Molly. 'Als we die stenen niet terugkrijgen, zijn we zo goed als...'

'Wacht maar,' zei Bos, en hij stak zijn hand in zijn zak. Hij haalde er een zwart apparaatje uit. 'Heb je ooit zoiets gezien?'

Hij drukte een knopje in en het cassetterecordertje in zijn hand begon te spelen. Er kwam snelle Amerikaanse popmuziek uit.

Magpie Mann! He'll steal your hart and your soul... Oooo aahhh zong de zanger Billy Bob Bimble. De jongen boven in de boom viel bijna naar beneden van schrik.

Op dat moment klonk er geschreeuw. Molly en de anderen draaiden zich om. Ze zagen een agent in een bruin uniform op hen af komen. Hij had een wapenstok in zijn handen. De jongen in de boom klauterde op de tak die naar het hoge raam liep. Hij maakte een snelle sprong, maar zijn hemd bleef achter een korte tak haken en hij viel half naar beneden, naar de tak eronder. Molly hield haar adem in. De agent stond nu naast haar en riep naar de jongen.

'Ik zei toch dat ik je te pakken zou krijgen!' brulde hij in het Hindi. 'Vanavond slaap je in een cel, vuile dief!'

'Man, pak dat kind niet te hard aan,' zei Bos. Maar de kleine, gedrongen agent negeerde hem en bleef met zijn stok zwaaien.

Molly wist dat zijn geschreeuw de aandacht van andere mensen zou trekken en dus riep ze het warme, tintelende gevoel op dat je nodig hebt om iemand te hypnotiseren. Al snel voelde ze de hitte door haar lichaam stromen. Ze tiktc dc agent op zijn schouder. Hij draaide zich geërgerd om, keek haar aan en kon zich niet tegen Molly's gave verzetten. Hij was gehypnotiseerd. Hij was zo mak als de malende koeien in het andere steegje. Omdat Molly geen Hindi sprak, drukte ze haar vinger tegen haar lippen. 'Ssst.'

De jongen in de boom bungelde aan een tak en keek verbaasd toe. Molly begon tegen hem te praten.

'Ik heb je hulp nodig. Ik spreek geen Hindi en ik moet hem een paar hypnotische aanwijzingen geven.'

'Je houdt me voor de hek, hè?' zei de jongen. 'Je staat aan zijn kant. Hij doet iets heel stoms wat hij normaal nooit zou doen, zodat ik je geloof.'

'Zoals ik al zei: jij moet hem zeggen wat hij moet doen. Ik spreek geen Hindi.'

Zijn ogen begonnen ondeugend te fonkelen. 'Oké dan.'

Molly tikte de man op zijn schouder. Ze bracht haar hand

naar haar oor en wees naar de boom om duidelijk te maken dat hij naar de jongen moest luisteren.

'Doe je broek uit,' zei de jongen in het Hindi, zodat behalve de agent niemand hem verstond. De man knikte en begon direct de knoop van zijn broek los te maken. De broek zakte op zijn enkels en er kwam een oranje onderbroek te voorschijn. De jongen gilde het uit van het lachen. Maar toen keek hij weer argwanend. 'Huil als een babyolifant!' commandeerde hij, opnieuw in het Hindi.

'Waaaoohaah!' trompetterde de agent.

De jongen glimlachte. 'Huppel als een koe!' De man huppelde rond met zijn broek op zijn enkels. Molly moest toegeven dat het een grappig gezicht was. Ze keek even naar Rocky en probeerde haar lach in te houden.

'Hé man, maak het niet te gek,' zei Bos. 'Je moet hem niet vernederen. Wat nou als iemand hem zo ziet? En straks struikelt hij nog over zijn broek.'

De jongen klom langzaam uit de boom. Zijn ogen straalden van plezier. 'Doe je broek maar weer aan en stop met huppelen,' zei hij tegen de politieman. De man stond direct stil en trok zijn broek omhoog.

De jongen stond inmiddels op de grond en keek naar Bos' broekzak. 'Wat was dat ding dat kan zingen?' vroeg hij.

Molly keek naar hem. Hij had groene ogen net als zij, alleen hoorden die van hem bij een knap, bruin gezicht zodat ze nog feller leken te fonkelen, en hij had een rechte, mooie neus, in plaats van een aardappelneus zoals zij. Hij had een oud, lang hemd aan dat onder de verfvlekken zat. Hij was zo mager dat je door zijn kapotte shirt heen zijn ribben kon tellen. Ze vroeg zich af hoe het zover was gekomen dat hij mensen op straat moest beroven.

'Het is een draagbaar cassetterecordertje,' legde Bos uit, en hij hield het apparaatje in de lucht. 'Echt heel gewoon in de eenentwintigste eeuw.'

De jongen keek naar Molly's T-shirt en Rocky's spijkerbroek. 'Dus jullie willen beweren dat jullie uit de toekomst komen?' Hij kneep zijn ogen een beetje toe en keek hen door zijn wimpers aan, alsof hij er nog steeds rekening mee hield dat ze hem erin probeerden te luizen. De agent liet een boer.

'Ik geloof niet dat jullie uit de toekomst komen.' Hij stopte even. 'Maar ik geloof wél dat jij hypnotiseur bent.'

'Waarom zeg je niet tegen de agent dat hij je vanaf nu moet behandelen als een brave jongen die niets tegen de wet doet?' stelde Molly voor.

Zijn wenkbrauwen gingen omhoog. 'Oké...' Opnieuw zei de jongen iets in het Hindi. 'Vanaf nu zul je me behandelen als een god en tegen alle andere agenten zeggen dat ik de braafste jongen van Delhi ben. En elke keer als je me ziet, zul je me een paar roepies geven. Je kunt nu wel gaan.'

De agent knikte en maakte een diepe buiging. Toen kwam hij overeind, haalde een handje muntjes uit zijn zak en gaf ze aan de jongen. De jongen staarde naar het geld in zijn hand.

'Mijn hemel, je bent echt hypnotiseur!' En alsof het geld in zijn hand de sleutel tot zijn vertrouwen was, zei hij: 'Komen jullie echt uit de toekomst?'

'Jep,' zei Molly. De politieagent liep weg.

'En neem je me mee naar jullie tijd?' De jongen wist nog steeds niet zeker of hij geloofde dat dit kon, maar hij zag wel in dat hij er wat aan zou hebben als Molly en de anderen vrienden van hem werden.

'Ik neem je een keer mee op reis, ja, en dan breng ik je weer terug naar deze tijd.' Maar zonder mijn stenen kan ik dat niet.' Molly hield haar hand op. 'Heb je je weleens afgevraagd hoe de wereld er over honderd jaar uit zou zien?' vroeg ze uitdagend.

De jongen twijfelde. Toen nam hij de cassetterecorder van Bos aan en gaf de rode en de doorzichtige steen aan Molly. Molly nam ze dankbaar aan. Ze deed de rode steen in haar zak en hing de heldere steen om haar nek.

'Maak je geen zorgen,' zei ze. 'Ik hou me altijd aan mijn beloftes.'

Zackya keek naar zijn opspoorapparaatje en gromde. Het apparaatje gaf aan dat Molly in dezelfde tijd was als hij en hij wist dat dat klopte, maar het instrument gaf ook aan dat Molly op hetzelfde moment ten oosten en ten westen van hem was.

'Stom vijfentwintigste-eeuws ding!' snauwde hij. Hij stopte het apparaatje in zijn zak. 'Ik krijg je wel te pakken, mejuffrouw Moon. Je kunt niet ontsnappen. Ik kijk in elke put, in elke cobrapot. Ik zal niet rusten voor ik je gevonden heb.'

Hoofdstuk zestien

De jongen draaide aan het knopje van de cassetterecorder en lachte. Toen keek hij naar de gympen van Molly en Rocky.

'Wat een verschrikkelijke schoenen dragen jullie in de toekomst!'

'Dit model is het nieuwste van het nieuwste,' zei Molly, 'maar waarschijnlijk zien ze er inderdaad gek uit.'

'Haal jij je voeten nooit open als je op bloten voeten loopt?' vroeg Rocky.

'Nee joh! Mijn voetzolen zijn zo hard als koeienhoeven,' zei de jongen. 'Kom, jullie zullen wel dorst hebben na al dat geren. Ik neem jullie mee naar het theestalletje van vrienden.'

Molly knikte. 'Dat zou heel erg leuk zijn, maar we hebben nogal haast. Eigenlijk worden we achtervolgd.'

De jongen trok zijn wenkbrauwen op. 'Dan is het een geluk dat ik jullie waardevolle stenen heb gestolen, want nu hebben jullie mij leren kennen. Ik kan jullie helpen.' Er verscheen een spottend glimlachje op zijn gezicht. 'Mijn diensten zijn niet duur. Laten we eerst een kopje *chai* drinken. Onderweg kunnen jullie me vertellen wie er achter jullie aan zit en wat jullie van plan zijn.'

En zo begon hun vriendschap. Ze liepen door een web van straatjes en steegjes, steeds dieper het hart van Chandni Chowk in, waar het licht nauwelijks kon komen. Petula was nu minder zenuwachtig en haar nieuwsgierigheid won het van haar angst. Ze dartelde opgewonden rond en probeerde alle geuren die ze rook thuis te brengen. Een plaats als deze had ze nog nooit geroken. De geuren waren ingewikkeld en rijk, en vertelden honderden verhalen.

De jongen heette Ojas, wat, zo vertelde hij, Hindi was voor 'schittering' of 'glans' of 'gloed'. In het begin wilde hij Rocky en Bos aanspreken met *sahib* en Molly met *memsahib*, omdat dat de beleefde vorm was waarmee je mensen uit een hogere stand aansprak. Maar Bos, Molly en Rocky wilden daar niets van weten en stonden erop dat hij hun voornamen gebruikte. Tijdens hun wandeling leerden Molly en Rocky meer over het Indiase kastenstelsel.

'O, kennen jullie dat niet?' zei Ojas lachend. 'Nou, ik kan er wel wat over vertellen. Onder de hindoes bestaat het systeem al eeuwen. Het deelt mensen op naar rang. Iemand kan tijdens zijn leven nooit van kaste veranderen. De hoogste rang is die van de brahmanen of priesters, daarna komen de bestuurders en krijgers. Onder hen staan de boeren en handelaren en als laatste komen de bedienden en landarbeiders. Dat is mijn kaste. Elke kaste is weer onderverdeeld en de laagste van de laagste kaste doet het smerigste werk, zoals het riool schoonmaken. Niet erg leuk.' Ojas trok een vies gezicht. 'De laagsten van de laagsten worden de onaanraakbaren genoemd.' Ojas ging na een grote stapel kisten de hoek om. 'Iemand uit de hoogste kaste zal zelfs niet in de schaduw van een onaanraakbare lopen, omdat die zo laag gevonden wordt.'

Molly herinnerde zich dat Waqt had gezegd dat Zackya een onaanraakbare was geweest voordat hij hem bevrijd had.

'Het kastenstelsel zal in de toekomst minder belangrijk worden,' zei Bos terwijl ze zich langs een heilige koe wurmden.

'O! Daar ben ik blij om,' riep Ojas. 'Kom maar mee, we gaan via dit gebouw, dat is korter.'

Ojas had geen ouders. Vroeger had hij bij zijn vader gewoond, die *mahout*, een olifantenwachter, was geweest in het Rode fort van de maharadja.

'Mijn vader is gestorven aan een gezwel in zijn maag,' legde Ojas uit.

'Heavy, man,' zei Bos, die achter de jongen aan door een donkere gang liep die vol wasgoed hing.

'Ja.'

Even zei niemand iets. Toen verbrak Molly de stilte. 'Sprak je vader Engels met je?'

'Ja,' zei Ojas. 'De maharadja van het Rode fort was een aardige man, die het leuk vond om zijn bedienden iets te leren. Uit welke kaste ze ook kwamen, ze leerden allemaal Engels spreken. Mijn vader heeft het mij weer geleerd. Ik had een goed leven voordat mijn vader overleed. Daarna werd alles anders. De aardige maharadja werd gek, en zijn broer – die zich om de een of andere reden de maharadja van Waqt noemt – nam zijn plaats in. *Waqt* betekent "tijd" in het Hindi.'

'De maharadja van de Tijd!' zei Rocky. 'Over opscheppen gesproken... echt iets voor hem.'

'Dus je weet wie hij is?'

'We worden achternagezeten door zijn assistent,' zei Molly.

'En Waqt heeft iets van mij gestolen...' Molly vroeg zich af of ze Ojas moest vertellen over haar jongere ikken, maar ze besloot het niet te doen. Hij zou haar toch niet geloven. 'En dus zitten wij weer achter Waqt aan.'

'O ja?' zei Bos, en hij krabde op zijn hoofd.

'Ja. Tenminste, ík wel. Ik moet op de een of andere manier al zijn stenen te pakken zien te krijgen en vervolgens Waqt zelf.'

'Zoals jij het zegt, lijkt het heel makkelijk. Alsof we een konijntje moeten vangen,' zei Rocky.

'De maharadja van Waqt staat bekend om zijn wreedheid,' waarschuwde Ojas. 'Weet je zeker dat je hem wilt uitdagen? Misschien is het beter om te wachten tot de maharadja van het Rode fort beter wordt. Wie weet kan hij je helpen.'

'De echte maharadja is niet ziek,' zei Rocky. 'Hij is gehypnotiseerd en zit gevangen in het Rode fort. We hebben hem gezien.'

'Gehypnotiseerd?'

'Ja, door Waqt.'

'Dat is nog eens nieuws,' merkte Ojas op terwijl hij zijn weg over een stapel stenen zocht en door een gat in de muur naar een ander steegje kroop.

Plotseling stonden ze voor een theestalletje.

Het leek meer op een soort open kast, met een fornuisje in het midden dat op hout brandde. Er stond een ijzeren ketel op waar stoom uit kwam. Aan de achterkant hing een rij tinnen mokken. Naast een suikerpot stond een aardewerken schaal met een zeef erin en in het open kastje stonden stapels aarde-werken borden, kopjes en theepotjes. Op de vloer zat een klein jongetje dat met een kapot kopje en wat stenen speelde. Toen hij Petula zag, begon hij te glunderen. Zijn moeder stond naast hem. Ze had een gele sari aan. Om haar polsen en enkels zaten talloze gouden arm- en enkelbanden en ook in haar oren en neus droeg ze gouden sieraden. Op haar voorhoofd had ze een *bindi*, een rode heilige stip. Een donkere baby, die ook een armbandje droeg, zat op haar heup. De vrouw lachte naar Ojas toen ze hem zag en het jongetje zwaaide. Ojas bracht zijn handen naar elkaar en boog zijn hoofd. Toen zei hij iets in het Hindi. De vrouw bewoog haar hoofd heen en weer en lachte. Ze draaide zich om en ging thee zetten.

'We hebben geen geld,' zei Molly. 'Misschien kunnen we iets van jou lenen, Ojas.'

'Maak je niet druk,' zei Ojas. 'Vorige maand heb ik haar zoontje gered dat bijna onder een Britse koets met paarden was gekomen, dus nu geeft ze me altijd gratis chai.'

'Zijn er nu al Britten in India, in 1870?'

'O ja. Die zijn hier al heel lang... sinds 1600 ongeveer. Voor die tijd was het land in handen van de mogols. Het lijkt wel of iedereen India wil hebben. De mogols heersten hier vijfhon-derd jaar! Ze hebben prachtige moskeeën gebouwd, maar de meeste Indiërs zijn hindoes, geen moslims. En nu zijn de En-gelsen er. Ze sterven bij bosjes door de hitte en allerlei ziek-tes. De Portugezen, de Fransen en de Hollanders zijn hier ook, maar het is de Engelsen gelukt om het grootste deel van het land in handen te krijgen. India heeft heel veel waar ze handel in kunnen drijven, vandaar. De Engelsen verdienen veel geld aan India. Het is een groot land en tarwe, katoen en koffie-bonen groeien hier heel snel. En er zijn prachtige kostbare ste-nen, en marmer en hardhout. Jullie hebben een dikke koningin, koningin Victoria. Op foto's kijkt ze altijd heel chagrijnig. Ze zou een keer naar India moeten komen, dan wordt ze mis-schien een beetje gelukkiger!'

De theemevrouw goot de kopjes vol chai – thee met suiker, kaneel, gember, kruidnagel en kardemom. Ojas slurpte van zijn thee en ging verder.

'Koningin Victoria heeft vriendschap gesloten met de Indiase adel die ervoor zorgt dat zij aan de macht blijft. De Engelsen hebben ook veel mooie dingen gemaakt. Sommige gebouwen zijn heel indrukwekkend, maar ze zijn lang niet zo mooi als onze tempels en paleizen. O, maar de treinrails die ze hebben aangelegd wel. Dat is echt geweldig!'

'Maar als dit land nu wordt bestuurd door de Engelsen, hoe kan het dan dat er zoveel Indiase maharadja's zijn?' vroeg Molly.

'De maharadja's hebben hun eigen vorstendommen. India is zo groot dat er genoeg te verdelen valt. Iedereen kan een stukje hebben!'

De vrouw in de gele sari bood hun een plakje cake en een glas zoete limonade aan. Ze zette voor Petula een kom water op de grond.

'Ah! Suikerrietsap,' verzuchtte Bos. 'Man, dat heb ik in geen jaren gedronken! En ik heb goed nieuws voor jou, Ojas. In de twintigste eeuw komt er in India echt een onwijs goede, vreed-zame man die Gandhi heet en hij zal India bevrijden. In 1947 wordt India onafhankelijk.'

Ojas kneep zijn ogen een beetje dicht terwijl hij in zijn hoofd een rekensom maakte. 'Dat duurt nog zevenenzeventig jaar! Tegen die tijd ben ik een oude man. Of dood.'

'O, man, dat is een *bummer*!'

Ojas had geen idee wat Bos bedoelde en schommelde een beetje met zijn hoofd heen en weer, zoals de vrouw ook had gedaan. Molly en Rocky lachten.

'Wat aardig van die mevrouw,' zei Rocky. 'Had ik maar iets om aan haar te geven.' Hij zocht in zijn zakken en vond een balpen. 'Misschien kan ze dit later aan een rijk iemand verkopen – ik bedoel, een balpen is een waanzinnig ding, als je uit 1870 komt.' Hij liet Ojas en de vrouw zien hoe de pen werkte door op zijn arm te tekenen, die toch al onder de krabbels zat.

Terwijl de vrouw giechelde en een lijntje op Ojas arm tekende, werd Molly plotseling overvallen door een nieuwe herinnering. De herinnering kwam zo onverwacht dat ze zonder het te willen haar hoofd schudde alsof er een oorwurm in haar oor zat.

'Wat is er?' vroeg Rocky.

Molly deed haar ogen open. 'Ik zie beelden van een stoomtrein. Het is een heel luxe wagon. Het is een koninklijke trein, of zoiets. Ik stap in en ik heb een baby op mijn arm.'

'Is Waqt ook in de trein?'

'Ja, dat is een van de sterkste beelden. Het ziet er stom uit, want hij moet zich heel klein maken. Hij is zo lang dat hij er nauwelijks in past. Alsof er een giraf in de coupé zit. De trein vertrekt. Ik herinner me het lawaai en de stoom.'

'En, Molly, zijn we in dezelfde tijd als zij?'

'Ja.' Ze knikte.

'Dus vertrekken ze op dit moment. Wat zullen we doen? We moeten naar het station zien te komen.'

Molly en Rocky keerden zich allebei naar Ojas.

'We moeten met een trein mee,' zei Molly. 'We spreken geen Hindi. Kun je ons helpen?'

'Hoe weet je dat de maharadja van Waqt in die trein zit? Ben je een tovenaar?' vroeg Ojas.

'Dat leg ik je later wel uit. Ik ben geen tovenaar, maar we hebben haast. Wil je ons helpen?'

Ojas hield zijn hoofd een beetje schuin en deed één oog dicht. 'Omdat je die agent voor me gehypnotiseerd hebt, zal ik je helpen op die trein te komen. Maar vergeet dat reisje naar de toekomst niet dat je me hebt beloofd. Vertel me onderweg naar het station maar wat Waqt van jou heeft gestolen en hoe je weet waar hij nu is. Als ik denk dat ik je kan helpen, zal ik je mijn prijs geven. Misschien wil je me wel in dienst nemen als gids.'

'Prima idee,' zei Molly, 'alleen hebben we geen geld om je te betalen.'

Ojas sloeg de kruimels van zijn handen. 'Ik weet zeker dat het met alles wat jij kunt niet zo moeilijk is om aan geld te komen.'

Vijftien straten verder maakten Zackya en zijn mannen vorderingen. Hij en zijn wachters waren een man in uniform tegen het lijf gelopen die op een stoepje zijn vingers zat te tellen. De man knikte en hij had een troebele blik in zijn ogen. Zackya herkende de symptomen van hypnose en dus begon hij hem te ondervragen.

143

Hoofdstuk zeventien

Ojas leidde Molly, Rocky, Bos en Petula zonder problemen door een andere buurt vol steegjes. Ze liepen flink door en on dertussen legde Molly uit dat de maharadja haar jongere ikken had gekidnapt. Ojas luisterde en vroeg zich nog steeds af of zijn vrienden niet gewoon gek waren.

'Dus je wilt Waqt achtervolgen zonder dat hij iets in de gaten heeft?' zei hij, ervan uitgaande dat in elk geval dat deel van haar verhaal klopte.

'Ja.'

'In die kleren?' Ojas klakte afkeurend met zijn tong.

Molly keek naar de dansende muis op haar shirt. Haar hersens draaiden op volle toeren.

'Zeg Ojas, zijn er hier gemene kledingverkopers?'

'Ik ken er eentje, maar maak je geen zorgen, er zijn ook heel aardige verkopers.'

'Waarom is die gemene verkoper zo gemeen?' drong Molly aan.

'O, wat stel je toch vreemde vragen! Maar goed. Die ene is

heel rijk en gemeen. Hij heeft een winkel vlak bij de markt en hij is altijd chagrijnig. Hij slaat zijn vrouw en kinderen. Ik heb een hekel aan hem omdat hij me een keer een draai om mijn oren heeft gegeven toen ik even op zijn stoepje zat om een doorn uit mijn voet te halen!'

'Spreekt hij Engels?'

'Ja, maar hij is niet aardig, Mollee. Je begrijpt me niet.'

'Jawel. Vertrouw me nou maar. Breng je ons erheen?'

'Oké, als extraatje,' zei Ojas. 'Maar Mollee, hierna zul je me voor mijn diensten moeten betalen.'

'Prima,' zei Molly, 'breng ons er nu maar snel heen.'

Even later stonden ze in een grote winkel met kasten tegen de muren vol opgevouwen kleren. Bos deed het zijden gordijn dat voor de ingang van de winkel hing achter zich dicht en Petula rook aan het vloerkleed.

'Hallo, is daar iemand?' riep Molly.

Een man met brede schouders en een bierbuik kwam slaperig achter de toonbank vandaan. Bij wijze van groet haalde hij zijn neus op en rochelde het slijm uit zijn keel.

'Goedemiddag,' zei Molly. 'We willen graag wat kleren hebben.'

De winkelier had een brutale hondenkop. Met een afkeurende blik keek hij naar Molly's muizenshirt en spijkerbroek, en grijnsde. Langzaam kwam hij in beweging, en toen zag hij Ojas. Even keek hij heel kwaad, maar toen besefte hij kennelijk dat zijn klanten waarschijnlijk zouden weglopen als hij de jongen eruit zou gooien.

Voordat hij er erg in had, stond Molly voor hem. Ze prikte met haar vinger in zijn borst en staarde in zijn uitpuilende ogen.

145

Zijn gezicht vertrok. Hij wilde kwaad worden, maar de man was een makkelijke prooi. Binnen een mum van tijd drong Molly's wonderlijke blik door tot de kern van zijn gedachten en kon hij niets anders meer doen dan een beetje stompzinnig knikken.

'Nu ben je volledig in mijn macht,' zei Molly. 'Ik wil voor ons allemaal kleren hebben. En daarna willen we wat geld hebben. Behoorlijk wat, eigenlijk.'

Ojas knikte. Hij had al die tijd geweten dat hij Molly een goede prijs zou kunnen vragen voor zijn hulp.

De slaapwandelende man knikte naar het meisje, dat nu in zijn ogen een godin was. In trance begon hij kleren van de planken te halen. Ojas keek vol verbazing toe hoe de man een lange rode blouse met opstaande kraag uitzocht voor Rocky, met een bijpassende pyjama-achtige broek.

'Is deze *kurta churinder* iets voor u, meneer?'

Hij vond een soortgelijke outfit voor Ojas, maar dan in het grijs.

Ojas stopte de kleren in een tas. 'Ik bewaar ze voor later,' zei hij.

Bos zocht een witte kurta churinder uit en Molly kreeg een staalblauwe sari.

'Dit is niet goed,' zei ze toen ze de meterslange stof bekeek die de man haar gaf. 'In mijn eentje lukt het me nooit om zo'n ding vast te krijgen.'

'Wat doe je nou, meneer de winkelier!' kwam Ojas tussenbeide. 'Meisjes in India dragen geen sari's, alleen vrouwen dragen sari's.'

De gehypnotiseerde man bood Molly een halflange wijde blouse aan met een bijpassende broek.

'Deze *salwar kameez* misschien?'

Toen was iedereen klaar. Molly had een sluier die ze voor haar gezicht kon doen en de jongens hadden allemaal kleine tulbanden. Verder had iedereen Indiase leren schoenen, behalve Ojas, die liever op blote voeten bleef lopen. Molly kreeg een beurs vol munten en ze zocht een katoenen tas uit die sterk genoeg was om Petula in te dragen, voor het geval ze plotseling moesten verdwijnen.

Toen ze weggingen, keek Molly naar de winkelier. Ze had het zo druk gehad met de kleren dat ze er niet aan had gedacht welke mooie instructies ze de man wilde meegeven. Dus bedacht ze er snel een paar.

'Vanaf nu zul je tegen niemand meer iets onaardigs zeggen. Je zult je gedragen als een heilige...'

'Ze hebben hier geen heiligen,' viel Bos haar in de rede.

'Als een engel?'

'Ook geen engelen. Wat denk je van een jaïnist?'

'Wat is dat?'

'Jaïnisten zijn een soort hindoes die geweld afwijzen en respect hebben voor elk levend wezen. Ze doen hun best om nooit op een insect te trappen en dragen zelfs kapjes voor hun mond zodat ze niet per ongeluk een vlieg of een mug doorslikken. Ze houden met iedereen rekening.'

De winkelier stond geduldig op zijn instructies te wachten.

'Je zult je gedragen als een jaïnist. En je bent extra aardig voor je vrouw en kinderen, omdat je ze zo vaak geslagen hebt. En je zult veel vaker zingen dan je nu doet, en je zult muziek maken. Je zult leren om op de... op de...'

147

'Op de *shehnai* te spelen?' stelde Bos voor. 'Dat is echt een heel gaaf Indiaas blaasinstrument. Een soort hobo.'

'Op de shehnai te spelen,' zei Molly tot slot. En toen, zonder dat iemand het in de gaten had, pakte ze haar doorzichtige steen, bevroor de wereld en zei: 'En de instructie is beveiligd met de woorden "tamboerijnspeler".' Nu wist ze zeker dat de instructies stand zouden houden. Ze liet de wereld weer bewegen.

Toen ze het straatje uit liepen, hoorde ze de man zingen.

'Hij heeft geluk gehad dat hij door jou gehypnotiseerd is!' zei Ojas. 'Hij heeft een nieuw leven gekregen en dat is veel meer waard dan de spullen die je hebt meegenomen.'

'Ja, dat vind ik ook,' knikte Molly, en ze rinkelde met de zware gouden munten in haar beurs.

Zackya en zijn mannen stonden bij een theestalletje. Ze hadden dorst gekregen van hun zoektocht.

'Hé, jij daar,' zei Zackya brutaal in het Hindi tegen de vrouw. 'Zeg op: heb jij een meisje met een vreemde hond gezien?'

De vrouw in de gele sari gooide een stokje naar de andere kant van de steeg en zei tegen haar zoontje dat hij het moest gaan halen. Ze wilde niet dat hij iets over Ojas en zijn vrienden zei. Toen hij lachend achter het stokje aan ging, schudde ze haar hoofd.

'Wilt u thee met cake?' vroeg ze, terwijl ze achter haar rug de balpen achter de suikerpot probeerde te verstoppen. Naast de suikerpot stond ook een klein aardewerken potje met poeder. Het was een traditioneel kruid dat 'de darmen schoonspoelde'. Met andere woorden: als je het dronk, kreeg je diarree. Om haar vrienden te helpen, deed de vrouw een flinke hoeveelheid poeder in het theekopje van de brutale man, die niets in de gaten had. Met een beetje geluk zorgde dit voor flink wat oponthoud.

Zackya dronk zijn thee. Terwijl de vrouw de stok nog een keer weggooide en haar zoon er als een hondje achteraan ging, drong het plotseling met een schok tot Zackya door dat hij Waqt nu zou moeten vertellen dat Molly Moon was ontsnapt.

Een kilometer verderop liep Ojas met Molly en haar vrienden achter zich aan richting het station. Het was een flink eind lopen en er was slechts één droge, stoffige weg, waar het heel druk was. Er waren buffels met karren erachter, kamelen die wagens voorttrokken en zelfs olifanten met overdekte zetels op hun rug. In haar nieuwe kleren voelde Molly zich veel meer op haar gemak. Ze vond het leuk om de vrouwen te zien, die grote koperkleurige potten op hun hoofd droegen, en de kinderen, die op blote voeten langs de weg renden. De lucht was gevuld met de geuren van wierook, kruiden en houtvuur, en de hete maartzon scheen op hen neer. Ze kwamen langs een slangenbezweerder die voor een grote ronde mand zat en zo mooi speelde dat zijn tamme cobra begon te dansen. Molly wilde dat ze rustig kon genieten van alles wat ze zag, maar ze wist dat ze moesten opschieten. De herinneringen die in haar hoofd opkwamen, vertelden haar dat de jongere Molly's en Waqt zich snel van Delhi verwijderden.

Toen ze bij het treinstation van Delhi kwamen, deed Molly haar sluier over haar gezicht.

'Blijf hier zo onopvallend mogelijk aan het eind van het perron staan,' zei Ojas, en hij verdween in de menigte.

Hordes Engelsen drongen het station binnen. De vrouwen waren gekleed in onhandige Victoriaanse jurken die heel strak om hun middel zaten en tot op de grond vielen. Ze droegen grote oncomfortabele hoeden met tule voor hun gezicht. De mannen die hen begeleidden droegen witte pakken en warme helmvormige hoeden. Soldaten in pofbroeken en hoge leren laarzen stonden in groepjes te praten. Hier en daar zaten kinderen met stijve kleren en hoedjes op te puffen van de hitte.

'Het is een schande!' klaagde een oude Engelse vrouw tegen haar bleke echtgenoot. 'Die reus heeft onze locomotief gestolen!'

Molly zag een paar locomotiefloze wagons op een zijspoor staan.

'Hij is zo verdomde groot dat niemand hem durft tegen te spreken,' antwoordde de man met een afgebeten, krakende stem.

'Als ik erbij was geweest,' zei de vrouw op zachtere toon, 'had ik hem met mijn parasol ergens geprikt waar het ontzettend pijn doet!'

'Mijn liefje, wind je niet te veel op, dat is alleen maar slecht voor je spataderen. Er is een andere trein onderweg en die gaat in precies dezelfde richting: naar Jaipur.'

Op dat moment klonk er geschreeuw.

'Dief! Houd de dief!' Een lange man wees door de menigte naar een straatjongen die wegrende.

'Maar... dat kan niet!' zei Rocky. 'Dat is Ojas!'

Molly concentreerde zich direct op haar doorzichtige steen en het leven op het perron kwam in één keer tot stilstand en veranderde in een tableau. De hoed van de Victoriaanse man hing in de lucht terwijl hij op het punt stond achter Ojas aan te rennen en de mensen om hem heen stonden stil als beelden. Hun geschrokken uitdrukkingen waren op hun gezichten gebeiteld.

Het duurde even voordat Molly Ojas had gevonden. Tijdens het rennen was hij heel laag gebleven, dus hij zat goed verstopt tussen de mensen. In zijn hand had hij een krokodillenleren portemonnee. Molly greep hem bij zijn arm en bracht hem zo weer in beweging. Toen hij er weer vandoor wilde gaan, trok ze hem terug. Op dat moment zag hij de stille wereld om hem heen.

'Wat... wat is er met die mensen aan de hand?' vroeg hij, en hij keek met open mond van verbazing rond.

Molly was woedend. 'Waarom deed je dat, Ojas? Je wíst dat we niet te veel aandacht mochten trekken. Dit is geen spelletje, begrijp je dat? We hebben gezegd dat we jouw hulp nodig hadden. Dit helpt ons helemaal niet. Je had wel gepakt kunnen worden. Je weet dat we je nu kunnen betalen. Je hoefde die stomme portemonnee helemaal niet te stelen. En je mag sowieso niet stelen – dat is slecht.'

'Slecht? SLECHT?' riep Ojas uit. 'Jij hebt net een winkelier beroofd. Je hebt me geholpen om geld van die agent af te troggelen. Doe niet zo uit de hoogte en neerbuigend. Je bent net zo slecht als ik. Het enige verschil is dat ik niemand heb op de wereld en dat ik voor mezelf moet zorgen. Het is niet makkelijk om op straat te leven. Ik moet elke kans grijpen!'

Molly stond met haar mond vol tanden. Ze had zich niet in Ojas verplaatst. Ze liet haar hoofd zakken.

'Hoe dan ook, ik was niet van plan om met jullie mee te

gaan,' zei Ojas. 'Al dat geklets over Waqt die jongere delen van jezelf uit het verleden had gehaald – ik geloofde er niks van. Het klonk belachelijk. Ik dacht dat je niet goed bij je hoofd was.'

'Ja... het klinkt ook belachelijk,' zei Molly, en ze zuchtte. Ze keek naar een jongetje dat een blaaspijp in de lucht hield. Ze volgde de schietlijn van de pijp en zag een erwt in de lucht hangen die op weg was naar de nek van een dikke vrouw.

'Ojas... het spijt me. Je hebt gelijk. Ik ben hypocriet. Maar wil je ons toch op die trein zetten? En vind je het erg om die portemonnee terug te stoppen in de hand van die man? Ik geef je het geld wel. Je kunt je nieuwe kleren aantrekken zodat niemand je straks herkent. Daarna nemen we afscheid.'

'O, nee!'

'Alsjeblieft, Ojas.'

'Mollee, je had me eerder moeten laten zien dat je mensen kunt bevriezen. De vogels hangen in de lucht en de rook van die locomotief lijkt wel van steen!'

'Er was geen tijd voor.'

'Nee, maar nu ik dit gezien heb, geloof ik de rest van je verhaal ook.'

'Echt waar?'

'O, ja, en nu ik weet dat je niet gek bent, zal ik met jullie meegaan.'

'Doe je dat?'

'Ja, ik heb geen familie om naartoe te gaan en ik heb wel zin in een avontuur. Maar vergeet niet dat je me wel moet betalen. Tienduizend roepies.'

Molly knikte. 'Afgesproken, maar op één voorwaarde: dat je geen dingen meer doet die verboden zijn of aandacht trekken.'

'En neem dat reisje naar de toekomst ook maar op in je contract.'

'Dat zal ik doen,' zei Molly, en na die woorden schudden ze elkaar de hand.

Vijf minuten later zat de portemonnee weer in de hand van de man en stond Ojas in zijn nieuwe grijze kurta churinder aan de achterkant van het station. Molly liet de wereld weer bewegen.

Even was het een chaos op het perron. De man ontdekte dat hij zijn portemonnee gewoon in zijn hand had en alle andere reizigers controleerden hun eigendommen.

Toen kwam de trein binnen, stomend als een enorme kokende waterketel op wielen, en iedereen was het incident vergeten.

Het was een prachtige locomotief. Eerst kwam de getraliede stootplaat en een lange schoorsteen van messing, daarna de ronde rug met de watertanks erbovenop. Op de zijkant stonden de woorden DE DELHI-EXPRESS. Hierachter was een groot ijzeren hok vol steenkolen en de cabine van de machinist. Een stoker schepte de steenkolen in de vuurkist, waardoor het water in de tanks werd verhit. De machinist liet de trein stoppen en trok aan de stoomhoorn, waardoor de stoom ontsnapte en het station in waaide. De wachtende passagiers kwamen in beweging. Iedereen begon te duwen en te trekken om zo snel mogelijk binnen te komen.

'Waarom gaan we niet gewoon terug in de tijd en stappen we op de trein die Waqt heeft genomen?' vroeg Rocky.

'Te gevaarlijk,' antwoordde Molly. 'Ik heb eraan gedacht. Als hij weet dat we hem achtervolgen, zijn we er geweest. Dan

153

hangen we. Maar kom op, de trein zit al bijna vol. Ik heb geen idee of we nog wel een plekje kunnen vinden.'

De Engelsen, die zich gedroegen alsof de trein van hen was, hadden inderdaad de vier eerste wagons al in beslag genomen. Dat waren de beste coupés, met ventilatoren. De twee warmere wagons zaten snel vol met Indiërs, waar de Engelsen niet naast wilden zitten.

'Kijk nou! Rassenscheiding! Wauw, afschuwelijk, hè?' zei Bos. 'Ojas, gelukkig kan ik je vertellen dat mensen van verschillende rassen in de toekomst gewoon naast elkaar zitten. Wij zijn wereldburgers, man!'

'Maar wij kunnen nergens meer zitten,' merkte Molly op. 'De wagons puilen uit.'

'Geen probleem,' lachte Ojas. 'Wij gaan bovenop zitten.'

Molly keek hem aan. 'Boven op de trein?'

'Helemaal goed geraden, Mollee. Bovenop ben je dichter bij de goden.'

'We kunnen altijd nog naar de toekomst reizen en een straaltrein nemen, of wat ze tegen die tijd ook hebben,' zei Rocky tegen Molly. Maar toen schudde hij zijn hoofd. 'Maar weet je wat, Molly? Het lijkt me wel leuk op het dak.'

Hoofdstuk achttien

Waqts trein was super-de-luxe. Hij had zijn eigen, speciale wagons die altijd bij het station van Delhi stonden. Als hij ergens heen wilde, hoefde hij alleen maar een locomotief van een andere trein te pakken, en dat had hij net gedaan.

Hij lag languit op een kussen en dacht glimlachend aan de kwade mensen op het propvolle perron.

In zijn coupé was het heerlijk koel. In het midden van de wagon stond een grote kist met een klomp ijs erin. Een punkah-jongen zat op de vloer en trok aan een touw dat verbonden was met een waaier boven het ijs. Zodoende waaierde er een koel briesje richting Waqt en zijn medepassagiers.

Tegenover Waqt zat de tienjarige Molly, met de pup Petula op haar schoot. De zesjarige Molly en de driejarige zaten naast haar en de baby lag in een wiegje pruttelende geluidjes te maken.

De deur van de coupé ging open en drie bedienden kwamen binnen. Zonder iets te zeggen legden ze een witlinnen kleed op tafel en zetten er schalen met Indiase gerechten op. Er was

155

een schaal met *kip tikka* en een met *seekh kebabs, pappadums* (linzenwafels) en *raita* (geklopte yoghurt met kruiden) om de pappadums in te dopen. En er waren heerlijke toetjes met saffraan.

Toen de pup Petula het eten rook, deed ze haar ogen open. Ze sprong van Molly's schoot en begon bij de tafel te blaffen. De maharadja gooide een kussen naar haar toe.

'HOU OP, BIES VEEST!' riep hij. Zonder veel woorden te gebruiken gaf hij de punkah-jongen opdracht om met de pup te spelen.

Het magere jochie sprong op en trok de pup naar zich toe. Hij haalde een steentje uit zijn zak en gooide het een eindje weg, zodat Petula het kon halen. Ze pakte het en begon er tevreden op te sabbelen.

Waqt keek met zijn bloeddoorlopen ogen naar zijn gehypnotiseerde gasten. Zijn blik bleef steken bij de driejarige Molly.

'Hmm. Nu we hier toch zitten, kunnen we net zo goed wat testjes met jou doen.' Hij haalde een paar eetstokjes uit zijn zak. Hij hees zichzelf overeind en omdat hij te groot was om rechtop in de trein te kunnen staan, króóp hij naar de kleine Molly toe. Hij knipte met zijn vingers.

De driejarige Molly was in één klap klaarwakker. De uren daarvoor was ze onder hypnose geweest, natuurlijk, maar al die tijd had ze naar de maharadja gekeken. Ze was tot de conclusie gekomen dat de reus heel erg leek op de schildpad die ze een keer op televisie had gezien. Nu ze eindelijk weer kon praten, zei ze: 'Jij hebt echt een heel, heel, heel grote kartonnen doos nodig als je je winterslaap gaat houden.'

De maharadja was stomverbaasd. Hij besloot dat hij vandaag niet in de stemming was voor een driejarige. Hij knipte met zijn vingers en het kind was weer in trance. Hij draaide zich om naar de zesjarige en met een scherpe knip van zijn vingers bevrijdde hij haar.

De zesjarige Molly was ook in één klap wakker. De laatste keer dat zij uit haar trance was gehaald, was in de kamer met het schommelbed. Toen had ze dikke ogen gehad van het huilen maar nu was ze kalmer. Ze was niet meer zo bang voor de grote man. 'Wie ben jij? Heb jij me *gedopteerd?* Maar ik wil helemaal niet door jou gedopteerd zijn. Kun je me terugbrengen naar Braamburg? Ik wil niet in Afrika wonen.'

'Dat lijkt me logisch,' zei Waqt. 'Maak je geen zorgen, ik heb je niet geadopteerd. Ik leen je alleen, om te kijken hoe getalenteerd je bent.'

Verbaasd keek Molly naar de gehypnotiseerde Molly's, die zo veel op haar leken.

'Waarom zijn zij half in slaap? Je hebt die grote een keer wakker gemaakt en zij heet ook Molly, hè?'

'Aha, heel alert,' zei Waqt, en hij wees naar haar met zijn stokjes. 'Maar goed, heb je honger? Want jij gaat me laten zien hoe handig je met je handen bent. Dit zijn kostjes. Iedereen in China eet met kostjes.'

'Zijn we in China?'

'Nee, maar ik ben vijftien jaar in China geweest om te leren hoe je door de tijd kunt reizen.'

'Vijftien jaar! Was je er niet zo goed in?' vroeg Molly met een onschuldig stemmetje.

Waqts nekharen gingen rechtovereind staan. 'Laten we maar eens kijken hoe goed jíj met deze dingen bent. Je moet ze zo vasthouden...' Hij kroop naar de tafel en liet zien hoe je met de stokjes een stukje kip tikka kon pakken. 'Nu mag je zoveel eten als je wilt, maar alleen als het je lukt om met kostjes te eten.'

De kleine Molly nam de stokjes en keek naar de tafel vol eten. Ze trok haar neus op. 'Is er ook ketchup?'

'Geen ketchup.'

'Zijn we in Afrika?'

'Gebruik de kostjes.'

'Zijn we in Australië?'

'Gebruik de kostjes.'

'Ik heb nog nooit gehoord van een land dat Gebruikdekostjes heet,' mompelde Molly bijna onverstaanbaar. Ze fronste naar de lange man boven haar en zei langzaam: 'En – ik – vind – dit – niet – lekker, dus waarom zou ik de stokjes gebruiken?' Ze draaide zich om, pakte Petula op en liep terug naar het fluwelen kussen. 'Hij zei niet eens "alsjeblieft",' mompelde ze.

Waqt stond met zijn mond vol tanden. Mensen gehoorzaamden hem altijd en hij was niet gewend aan kinderen.

'Hoe haal je het...' Toen schoot hem te binnen dat hij wilde dat de baby een dapper kind werd en geen bang kind. 'Goed,' zei hij ten slotte. 'Koppigheid is goed. Het volgende dat je me gaat laten zien, is of je aanleg voor vreemde talen hebt. Zeg me na: *Elvaleah maleleia ey nuli.*'

De jonge Molly drukte de pup tegen zich aan en deed haar ogen dicht. Ze had Frans op school, maar ze was er niet erg goed in. Net zoals ze niet goed was in sommen maken of schrijven. Ze vond het niet leuk om getest te worden en ze werd weer bang voor de man.

'Braaf hondje,' fluisterde ze in Petula's oor. Met het hondje tegen zich aan was ze minder bang. Het deed haar denken aan Rocky en mevrouw Trinkelaar, de huishoudster van het weeshuis.

'Kom op, zeg me na: Elvaleah maleleia ey nuli,' beval Waqt. Het kleine meisje keek naar hem op. 'Ik zeg die gekke woorden niet na. En 'k wil naar huis,' zei ze.

Waqt gromde en knipte met zijn vingers. 'Goed... ga dan maar weer in trance.' Hij keek even naar de slapende baby.

'Jij bent niet echt moeders mooiste, hè?' zei hij tegen de baby. 'Een aardappelneus, dicht bij elkaar staande ogen, en niets wijst erop dat je een wonderkind bent. Geen schilder, geen musicus, geen danser en geen wiskundige.' Hij perste zijn lippen op elkaar omdat hij moest toegeven dat de baby die hij wilde grootbrengen op geen van de onderdelen uitblonk. Toen gingen zijn lippen van elkaar en verscheen er een valse lach op zijn gezicht. 'Maar je talent voor hypnotiseren maakt alles goed. Kleine Waqta, hoe lelijk je ook bent, je wordt een briljante hypnotiseur. Daarom neem ik je nu mee naar Jaipur, waar we met de maanceremonies beginnen om je in te wijden in mijn wereld: de kristalceremonies! Ik heb het gevoel, Waqta, dat jij een geweldige aantrekkingskracht op de kristallen zult hebben.' De baby maakte een pruttelend geluidje.

De kristalfonteinen. Waqt aanbad ze. Slechts een paar hypnotiseurs wisten waar de tijdkristallen vandaan kwamen. En Waqt was een van hen. Hij was in China ingewijd in de wereld van de kristalfonteinen. Het had hem nooit verbaasd dat er zulke fonteinen bestonden. Want overal ter wereld kon je scherpe rotsen vinden die er heel normaal uitzagen maar waar bij het licht van de volle maan de heldere, rode en groene kristallen te voorschijn kwamen. Meesterhypnotiseurs waren in staat om ze uit de rotsen te laten komen. Waqt wist zeker dat deze kleine baby dat ook kon en hij was heel opgewonden. 'Lijkt dat je wat, Waqta?' zei hij, en hij kietelde het kindje onder haar kin. 'Natuurlijk lijkt dat je wat.'

De pup Petula hield de reus in de gaten. De man en zijn geur stonden haar niet aan en haar instinct vertelde haar dat het helemaal niet goed was dat hij zo dicht bij de baby was en over haar heen ademde. Ze liep naar de wieg, ging naast de kleine Molly zitten en blafte beschermend.

'Blijf af,' blafte ze.

*

Kilometers achter Waqts trein klom de elfjarige Molly met Petula onder haar arm de ijzeren ladder op aan de achterkant van de Delhi-Express. Even verloor ze haar kracht omdat haar hoofd zich vulde met nieuwe herinneringen, maar ze verjoeg ze omdat ze zich niet in de war wilde laten brengen. Ze pakte Ojas' hand en hij trok haar omhoog. De zijkanten van de trein waren stijl als kaarsrechte kliffen, maar in het midden zaten ijzeren stangen waar je je aan kon vasthouden. Er zaten al een paar mensen op het dak. Toen ze langs hen liepen, snuffelde Petula aan een kip die onder de arm van een jongen geklemd zat, en een geit, die heel rustig naast zijn eigenaar zat. Petula kon ruiken dat deze dieren iets wisten. Met haar hondenverstand kon ze uit de geuren afleiden dat het deze reis harder zou waaien dan wanneer ze haar kop uit het raam stak als ze in de auto zaten. Ze maakte haar lippen nat en zocht dekking onder Molly's sluier.

Terwijl ze dat deed, ontdekte ze aan de rand van haar reukzin een gespannen geur die ze herkende. Hij riep beelden op van de man met de tulband. Hij kwam elke seconde dichterbij. Petula blafte naar Molly om haar te waarschuwen.

'We vallen er niet af, Petula. Ik hou je heel goed vast,' zei Molly.

Ze vonden een plekje op de derde wagon en gingen zitten. De locomotief vooraan blies op zijn hoorn en Molly en de anderen werden omringd door stoom. Een Indiaas meisje kraaide het uit van plezier, maar Molly kreeg het plotseling benauwd.

'Het is niet eng,' verzekerde Ojas. 'Hou je goed vast en buk als we onder een brug door gaan. Het komt allemaal goed.' Hij deed zijn ogen dicht, drukte zijn handen tegen elkaar aan en begon een gebed te prevelen.

Op het perron blies de stationswachter op zijn fluitje en de machine overschreeuwde dit geluid met een oorverdovend gegil. Toen begon de machine een zwaar stampend geluid te maken. De lange metalen stangen die met de wielen verbonden waren, begonnen langzaam te draaien en de trein kwam op gang.

Ze lieten het perron achter zich en Molly keek nog even om. Even dacht ze dat ze Zackya zag aankomen op een soort brancard zonder wielen die door vier bediendes werd gedragen, maar de trein had nu vaart gekregen en toen ze een bocht omgingen, verloor ze hem uit het oog.

De wind blies Zackya uit haar gedachten. Molly zag dat het landschap steeds goudkleuriger werd naarmate ze dichter bij het zuidwesten kwamen, waar de stad Jaipur lag. Molly dacht aan Waqt, die ergens voor hen op het spoor moest rijden. Ze had geen flauw idee wat ze zou gaan doen als ze hem hadden ingehaald. Ze hoopte alleen dat hij niet van plan was om een van de Molly's die hij had meegenomen te vermoorden. Zonder dat ze het wilde ging haar hand naar haar mond en ze beet op haar vingers. Wat zou er gebeuren als hij inderdaad een van haar ikken uit het verleden zou vermoorden? Terwijl haar sluier tegen haar oor flapperde, ging haar verbeelding met haar op de loop. Als Waqt een vinger afhakte van de zesjarige, vroeg ze zich af, zou zij dan plotseling een stompje hebben dat allang genezen was? Ze raakte het litteken in haar nek aan. Waardoor was dat gekomen? Het was duidelijk dat het een diepe snee moest zijn geweest. Waarom waren haar herinneringen *verdwenen* toen ze naar de volgende eeuw was gereisd en was dit litteken *verschenen*? Waar waren de herinneringen gebleven die met de komst van dit litteken waren verdwenen?

En terwijl de uren verstreken, kwam er een nieuwe vraag in haar op: waarom wilde Waqt per se baby Molly hebben? Waarom was hij niet tevreden met de driejarige, de zesjarige of zelfs de tienjarige? Misschien was het omdat de baby helemaal geen herinneringen zou hebben aan haar leven in het weeshuis. Maar een argwanend stemmetje fluisterde haar telkens in dat hij de oudere Molly's niet wilde adopteren omdat er iets mis met ze was. Sinds Lucy Logan helemaal niet zo blij was geweest om herenigd te zijn met haar verloren gewaande dochter, was Molly gaan denken dat zij, Molly, niet goed genoeg was. En nu gaf Waqt datzelfde signaal: dat Molly niet iemand was van wie je graag de moeder wilde zijn, of, in het geval van Waqt: iemand die je graag zou willen adopteren. Het gaf haar een slecht gevoel.

Terwijl de zon op haar gezicht brandde, kreeg Molly nieuwe herinneringen aan haar reis naar Jaipur als tienjarige. Dus wist ze dat Waqt haar, in elk geval tot nu toe, redelijk behandelde. De trein slingerde door het Indiase landschap. De rook van de locomotief kronkelde boven hun hoofden. De wind dreigde iedereen van het dak te blazen en Petula's oren flapperden als vleugels. Bos' dreadlocks sloegen tegen zijn wangen. Hij lachte en tuurde door zijn wimpers naar het prachtige heuvellandschap dat in het zonlicht baadde.

Ze zagen wilde zwijnen door de bosjes snuffelen. En ze zagen zelfs een glimp van een luipaard die snel tussen de bomen dekking zocht. Ojas moest boven de wind uit schreeuwen.

'Als je goed kijkt, zie je misschien een tijger! Of een neushoorn! En kijk dat groepje olifanten daar bij het water! Ik zei toch dat dit de beste manier was om te reizen?'

Het platteland was vol dieren. Een kudde herten sloeg op de vlucht toen de trein voorbijkwam en een beer, die boven op een heuveltop tegen een boom met een bijennest stond, knikte naar hen.

De trein kwam bij een klein tussenstation en stopte. Er werden dozen en zakken ingeladen en op het perron waren mensen die eten en drinken verkochten aan wie dat kon betalen. Molly rook de geur van curry en warm brood. Ojas nam wat van het geld en sprong naar beneden om eten en vers water te halen.

Petula schudde haar kop en wreef met haar poot over haar stoffige snuit. Ze keek hoe Ojas zich een weg door de mensen baande en naar de kraam liep die naar uien en brood rook. Ze concludeerde dat de trein een tijdje stil zou blijven staan en zag haar kans schoon om even de benen te strekken.

Ze stond op, rekte zichzelf uit en gaapte. Toen liep ze naar de voorkant van de trein.

Ze liep langs een kooi vol kippen, die in paniek raakten en kakelden. Petula schonk een van de beesten een hypnotiserende blik. Toen ze langs de passagiers liep die tegen elkaar aan gedrukt op het dak zaten, stak de een na de ander zijn hand uit om haar te aaien. Een oude vrouw gaf haar een sappig stukje lamsvlees. Petula knikte en nam het dankbaar aan. Een klein jongetje gaf haar een plakje mango. Petula nam het niet aan maar blafte een dankjewel.

Helemaal vooraan keek Petula even op naar de stoommachine en snuffelde. Ze kon de geur onderscheiden die uit het lunchpakket van de machinist kwam. Hij scheen iets te hebben met kaas erin.

Toen liep ze weer terug. De mensen waren net zo vriendelijk als ze op de heenweg waren geweest. De mensen zijn hier heel bijzonder, dacht Petula. Als de reus en zijn assistent er niet waren geweest, zou dit echt een van de fijnste plekken zijn waar ze ooit was geweest. Ze kon Molly al zien, die rechtop stond en haar zocht. Ze blafte en Molly zag haar.

Op dat moment werd Petula getroffen door een scherpe geur in haar neus. Het was een vreselijke stank en Petula wist van wie die lucht kwam: het was de nerveuze, ongeduldige lichaamsgeur van hun kidnapper, maar erbovenuit dreef de geur van rotte eieren. De lucht kwam uit de wagon direct onder Molly.

Petula zette het op een lopen. Ze moest Molly waarschuwen.

*

Molly zocht Petula en zag haar boven op de trein rennen. Op dat moment drong het langzaam tot haar door dat haar herinneringen waren veranderd. Bos en Rocky keken haar aan. 'Hé man,' zei Bos. 'Is jullie geheugen ook opeens, eh... veranderd? Ik herinner me nu dat die ouwe Zackya ook op deze trein is gestapt.'

'Ik ook,' zei Rocky.

'En ik ook,' knikte Molly. 'Ik herinner me dat hij in de wagon onder ons stapte. En we doken allemaal naar beneden, zodat hij ons niet kon zien. Toen we uit Delhi wegreden dacht ik dat ik hem bij het station zag aankomen. Hij had duidelijk de trein gemist...'

'... en hij heeft de opdracht gekregen om Waqt achterna te reizen...' vulde Rocky aan.

'... dus ging hij terug in de tijd en sprong op de trein voordat die wegreed. En daardoor verscheen hij plotseling in onze herinneringen. Hij heeft zijn eigen verleden veranderd, maar tegelijkertijd dat van ons.'

'Waanzinnig, man. Mijn gedachten maken gewoon een looping als ik erover nadenk.' Bos keek scheel terwijl hij het probeerde te begrijpen.

'Gelukkig weet Zackya niet dat Ojas onze vriend is.' Molly wreef met haar hand over haar maag toen ze aan de paarse, metalen capsule dacht. 'Ik hoop dat zijn apparaatje alleen aangeeft in welke tijd iemand zich bevindt, en niet op welke plaats. Anders ziet hij als hij het aanzet direct dat we boven hem zitten.'

165

Molly keek naar Petula die over het dak op haar af kwam rennen.

'Rustig aan, Petula,' fluisterde ze. 'Straks val je er nog van-af.'

Petula kwam hijgend bij haar en begon plotseling met haar poot op het dak van de trein te krabben.

'Ojas haalt water,' zei Molly. 'En eten.'

Petula zuchtte. Ze staarde naar het metalen dak en wilde dat ze erdoorheen kon kijken.

In de wagon onder hen lag Zackya languit op een muurbank te slapen. Het poeder dat de vrouw in zijn chai had gestrooid, begon al te werken en zijn maag borrelde. In zijn zak zat het apparaatje, dat hij uit had gezet. Het ding leek oververhit te zijn en hij had het opgegeven. Tegenover hem zaten twee rood aangelopen vrouwen met hoepelrokken. Ze keken bijzonder chagrijnig en wapperden met ivoren waaiers. Ze vonden de brutaliteit van de man en de gehoorzaamheid van hun echt-genoten walgelijk. Hun echtgenoten, in hun Victoriaanse vest-jes, stonden schaapachtig te glimlachen in de deuropening en ze keken alsof ze gehypnotiseerd waren, wat natuurlijk ook het geval was.

'Ik kan niet anders zeggen,' wist een van de vrouwen van-onder haar grote hoed uit te brengen, 'dan dat u de manieren hebt van een wild zwijn.'

Alsof hij wilde laten weten dat hij het helemaal met haar eens was, liet Zackya een scheet en snurkte weer verder.

'Dit gaat alle perken te buiten!' De vrouwen hielden hun zakdoeken voor hun mond, kuchten en verlieten de coupé.

*

Ojas kwam terug met water, roti-broodjes en een eenvoudige vegetarische curry. Ze aten snel, want eten op het dak van een rijdende trein zou neerkomen op een kijk-maar-of-je-in-de-storm-kunt-eten-experiment. Na een tijdje werd er gefloten en kwam de trein weer in beweging.

Vanaf het dak van de trein zagen ze brede lanen met bomen en groepjes huizen met een muur eromheen waar de Engelsen woonden. Ze zagen eenvoudige Indiase dorpen en grote paleizen waar de rijke Indiërs woonden. Ze zagen oude hindoetempels die leken op van die zandkastelen die je op het strand maakt door modder op één plek te laten druppelen. Ze zagen Indiase soldaten in uniformen en hier en daar een Britse officier en cavaleristen te paard. Ze kwamen langs groepen mensen in kleurrijke kleding die voor de tempels *puja*-ceremonies uitvoerden en ze kwamen langs talloze velden waar Indiase boerenfamilies aan het werk waren. Eindelijk, na zeven lange uren, kwamen ze aan in Jaipur.

Terwijl iedereen uitstapte, bleven Molly en haar vrienden zitten. De wind suisde na in hun oren en hun gezichten waren verbrand, droog en vies van het stof en de rook. Molly lette goed op of ze Zackya zag en uiteindelijk zag ze hem in de menigte naar buiten komen. Hij liep heel vreemd, alsof er iets mis was met zijn broek. En dat klopte. Terwijl hij had liggen slapen, had het kruid van de vrouw een enorme explosie uit zijn achterste veroorzaakt. De mensen deinsden achteruit als hij langskwam en Molly zag drie Indiase kinderen die hun neuzen dichthielden en giechelend naar hem wezen. Zackya haastte zich naar de taxistandplaats en ging vooraan in de rij staan zonder zich iets van de wachtende mensen aan te trekken. Twee Britse ambtenaren en hun chic geklede echtgenotes protesteerden, maar hun werd snel de mond gesnoerd met een flink portie hypnotisme. Zackya klom in een tweewielige loopriksja met een man ervoor en wees welke kant hij op wilde.

Maar voordat zijn riksja in beweging was gekomen, kwamen er drie jongens aangerend. Ze hieven hun handen op en gooiden gekleurde pakketjes naar Zackya. De pakketjes explodeerden op het moment dat ze hem raakten en Zackya zat ineens onder de rode, oranje en blauwe verf. De jongens huppelden in het rond en lachten. Zackya stond op en hief zijn vuist in de lucht.

'Wat was dat nou allemaal?' vroeg Rocky toen de riksja wegreed.

Ojas lachte. 'In maart viert India het Holi-feest. Iedereen gooit gekleurde inkt naar elkaar. Heb je de vlekken niet gezien op de kleren die ik aanhad? In Delhi is het feest al voorbij, maar hier gaan ze kennelijk nog even door.'

Terwijl ze in de rij stonden te wachten op een ossenkar, werden ook zij bekogeld en toen ze eindelijk instapten zaten ze onder de blauwe, rode en gele verf. Ojas was erachter gekomen dat Zackya in de richting van een paleis was gereden dat het Amber-paleis heette en dus gaf hij de oude boer opdracht om ook die kant op te gaan.

Toen ze bij het station wegreden, zagen ze dat het Holi-feest inderdaad nog in volle gang was. Meisjes dansten voor een menigte mensen. Anderen zongen vrolijke Holi-liedjes. Mensen renden achter elkaar aan en bekogelden elkaar met verf of schoten op elkaar met vreemde negentiende-eeuwse water-pistooltjes. Iedereen gierde van het lachen.

Toen ze de stad achter zich lieten, hobbelde de kar over wegen waar het gras hoog langs de kant stond en ze kwamen door velden waar suikerriet groeide. Ze reden langs bomen waar grote, dikke peulen aan hingen en waaronder een groepje geiten stond te grazen. Bos wees ze op mangobomen en pistachenotenbomen en een slang die niemand had gezien.

Iedereen was uitgeput van de lange treinreis maar Molly, Rocky en Bos waren extra moe van hun reis door de tijd, omdat door de tijd reizen een vermoeiende bezigheid was. Dus gingen ze op de zachte jutezakken liggen. De ossenkar hobbelde, in de verte klonk gezang uit een tempel en al snel vielen ze in slaap.

Toen Molly wakker werd, stond de zon laag aan de hemel. Rocky was al wakker. Hij glimlachte naar haar. Ze reden over een onverharde weg vol keien en de kar ging op en neer. Toen de weg naar rechts ging, kwamen ze in een droge, vlakke vallei. In de verte zagen ze een groot, grijs paleis staan. De weg liep langs een muur die in het dorpje onder aan de heuvel begon en eindigde bij de ingang van het paleis op de top van de heuvel.

Molly merkte dat ze in haar slaap nieuwe herinneringen had gekregen aan haar tienjarige ik. Ze herinnerde zich dat Waqt hen op een olifant had meegenomen naar het paleis boven op de heuvel en dat ze waren achtergelaten in een kamer die versierd was met schelpen. De baby had hij echter meegenomen.

Rocky huiverde toen ze het hem vertelde.

'Dit is gewoon te eng,' zei hij.

'Het is afschuwelijk. Mijn leven hangt af van Waqts grillen. Als hij een driftbui krijgt en hij besluit dat hij mijn andere ikken zat is, dan ben ik er geweest. En mijn ik, nu, op dit moment? Ik zal gewoon verdwijnen. En weet je, als dat gebeurt, als hij mij als peuter vermoordt, en als ik dus nooit opgroei in het weeshuis, dan zal jouw verleden ook veranderen. Dan worden we geen vrienden en dan zit je niet al die jaren aan mij vast, we zouden niet samen naar New York en Los Angeles gaan. En wie weet waar jij dan nu zou zijn...'

'Op de vlucht in Amerika,' zei Rocky. 'Dan zou ik geadopteerd zijn door die familie en dan zou ik weglopen.'

'Konden we maar iets bedenken om Waqt te pakken te krijgen.' Molly fronste. 'Het voelt zo machteloos om hem alleen maar achterna te zitten.' Petula likte aan haar hand en stak haar oren in de lucht om te voelen waarom Molly zo gespannen was.

'Je moet maar zo denken,' redeneerde Rocky, 'áls hij je als peuter vermoordt, dan merk je er niets van. Dan ben je er gewoon opeens niet meer.'

Molly sperde haar ogen wijd open, alsof ze een spook had gezien.

'Ook al doet het pijn, dan nog voel je er nu niets van. Je zou de herinnering krijgen dat hij op het punt staat je te vermoorden, denk ik – en dat zou een afschuwelijke herinnering zijn – en dan zou je dood zijn. Op dat moment zouden jij en ik en Petula en Bos niet hier in India zijn, want het verleden zou je uit deze scène weghalen. Alles zou zich aanpassen aan de Molly die als peuter is doodgegaan en geen van ons zou ook maar een flauw idee hebben van wat er had kunnen zijn. Dat is wat er zou gebeuren. Dus je moet je geen zorgen maken, Molly. Het heeft geen zin om je druk te maken.'

'Maar kijk dit dan, Rocky.' Molly liet hem het litteken in haar nek zien.

'Wanneer is dat gebeurd?'

'Toen we naar de toekomst gingen.'

'Maar kreeg je toen niet ook een herinnering van wat er is gebeurd?'

'Nee.'

'Vreemd.'

'Ja. Maar Rocky, als hij me vermoordt voordat ik opgroei, voordat ik het hypnoseboek vind, nou... dan had Cornelius alles kunnen doen wat Waqt wilde. En dat is slecht voor alle mensen in de wereld. Dus er is nóg een belangrijkere reden om Waqt tegen te houden als hij mijn jongere ikken wil vermoorden. Maar hoe dan ook, ik wil niet doodgaan. Ik moet nog zoveel doen. Ik wil helemaal niet door India reizen om een doodenge man achterna te zitten. Ik wilde een hypnotisch ziekenhuis beginnen. Dat was mijn plan.'

Rocky grinnikte. 'Misschien wordt hij wel je eerste patiënt.'

'En misschien kun jij er wel een mooi liedje over schrijven als dit allemaal achter de rug is.'

Molly voelde zich wat beter. Ze maakte Ojas wakker en vroeg of hij tegen de oude boer wilde zeggen dat hij haar in de ogen moest kijken, zodat ze hem kon hypnotiseren.

De toch al troebele ogen van de oude man werden nog troebeler en Ojas vertelde hem dat hij naar het paleis moest rijden en tegen de wachters moest zeggen dat hij een paar kleden kwam ophalen die gerepareerd moesten worden.

Molly, Rocky, Bos en Petula verstopten zich onder de berg jutezakken achter in de kar en Ojas ging naast de oude man zitten. Hij had zijn mooie nieuwe jasje uitgetrokken, zodat zijn bast bloot was, en hij had zijn oude broek aangedaan.

De kar reed over de weg met platte stenen omhoog, naar het Amber-paleis.

Hoofdstuk negentien

Zackya ijsbeerde door zijn privékamer. Hij had zijn vieze broek uitgetrokken, was in bad gegaan en rook nu naar kruidnagel en sinaasappelolie. Hij had nog nooit zo'n vervelend ongelukje gehad. Hij schonk nog een kopje kamillethee met honing in, in de hoop dat dat zijn zenuwen tot rust zou brengen. Maar het hielp niet, want op de binnenplaats onder zijn raam kon hij Waqt in zijn lange gewaad zien staan, druk gebarend en schreeuwend naar de oude priesters die om hem heen cirkelden.

Ze stonden naast de kristalfontein van het Amber-paleis. De fontein zag er niet bijzonder uit: het was een gewone rots met een lange scheur erin. Toch was hij van onschatbare waarde. Zackya had in zijn leven al honderden kristalfonteinen gezien. Want Waqt had in China een oude kaart in handen weten te krijgen waarop stond aangegeven waar ter wereld zich kristalfonteinen bevonden en wanneer ze opleefden. En dus had Waqt als een dolle de wereld rondgereisd, van de ene fontein naar de andere, om steeds op het juiste moment de kristallen te oogsten.

De fontein in het Jaipur-paleis kwam elk jaar bij volle maan in maart tot leven. Waqts hypnotische kracht zorgde ervoor dat de kristallen naar boven kwamen. Zackya was nooit gevraagd om bij deze ceremonies aanwezig te zijn, omdat Waqt van mening was dat Zackya's hypnotische kracht niet sterk genoeg was om de kristallen te magnetiseren. Zackya mopperde. Hij keek hoe zijn meester de andere priesters vertelde hoe de ceremonie uitgevoerd moest worden. Hij wist dat de maharadja vanavond nog opgewondener was dan anders omdat hij ervan uitging dat met vier Molly's in de buurt, en met name de kleinste Molly, de bron zou bloeien als nooit tevoren.

Hij is geobsedeerd door die baby, dacht Zackya. 'Het zal wel een teleurstelling worden,' mompelde hij terwijl hij toekeek hoe Waqt een handvol kristallen uit de speciale zak haalde en de stenen hier en daar op de rots legde. Zackya lette altijd goed op als zijn meester zijn bizarre ceremonies uitvoerde. In de vijftien jaar dat ze in China waren geweest, had hij gezien hoe zijn meester zijn eigen geloof had samengesteld – een religie die om de kristallen draaide. Hij had gezien hoe Waqt een schepje van het ene geloof had genomen, een scheutje van een ander en een snufje van weer een ander.

Wat Zackya nu de bibbers gaf, was het vooruitzicht dat hij de ceremoniële dag van zijn meester zou moeten bederven door hem te vertellen dat de elfjarige Molly verdwenen was. Dit zou misschien de druppel zijn. Vandaag zou misschien de dag zijn dat Waqt Zackya eindelijk zou hypnotiseren. Zackya draaide zich om. Het was zijn grootste angst om door Waqt gehypnotiseerd te worden. Hij wilde niet als een gehypnotiseerde zombie eindigen en hij haatte Molly omdat ze had weten te ontsnappen. Terwijl hij aan zijn kamillethee nipte, zag hij dat zijn hand trilde. Hij maakte zich klaar om naar beneden te gaan.

Door een gat in de jutezak kon Molly de hoge muren langs de steil oplopende weg zien. Op de top van de heuvel stopte de wagen en de boer legde in het Hindi aan de wachters uit dat hij de kleden kwam ophalen die gerepareerd moesten worden. De wachters lieten hem zonder iets te vragen door.

Nu reed de wagen over het laatste deel van de weg naar de ingang van het paleis, dat op een plateau lag. Molly waagde het tussen de zakken door te kijken en haar hart sloeg een paar keer over. Want om haar heen zag ze overal grote olifanten met beschilderde gezichten en gele hoofddeksels van zijde. Hun mahouts zaten erbovenop, met hun benen achter de grote oren geklemd. Ze waren met elkaar aan het kletsen en daardoor hadden ze niet in de gaten dat de zakken achter in de wagen vreemde vormen hadden. Eén olifant was nieuwsgierig en Molly voelde dat hij met zijn slurf tegen haar been duwde en begon te snuffelen. Zijn begeleider snauwde een commando en de slurf verdween. Terwijl ze verder reden, begon een andere olifant te plassen en een wachter, die op de grond stond, werd kleddernat. De wachter was laaiend en zwaaide met zijn zwaard in de richting van de ondeugende olifant. De mahouts lachten alsof ze nog nooit van hun leven zoiets grappigs hadden gezien. Die afleiding kwam Molly en de anderen goed uit, want zo konden ze doorrijden naar het paleis zonder dat iemand op hen lette.

Molly, Rocky, Bos en Petula lagen doodstil onder de zakken.

175

Molly voelde dat ze dichter bij haar andere ikken kwam. Er was een soort warmte, een prettig gevoel binnen in haar, net onder haar ribbenkast. Ze vroeg zich af of zij háár ook konden voelen.

Onder dit warme gevoel zat echter ook een vage, maar doordringende angst. Instinctief wist ze dat dit de angst was die zij als baby voelde. De baby huilde. Molly wilde het liefst meteen uit de wagen springen en zo snel mogelijk over het pad naar Waqt toe rennen, waar hij dan ook was. Ze wilde de baby uit zijn handen rukken. Ze wilde dat ze hem kon laten verdwijnen. Maar dat was onmogelijk. Ze wist dat ze geduldig moest zijn.

De wagen kwam bij een open plaats bij de dienstingang van het paleis. Molly hoorde de boer iets tegen iemand zeggen. Ook Ojas legde iets aan iemand uit en toen reed de wagen naar een stille, overdekte plek. Er klonken voetstappen.

Ojas porde Molly in haar zij.

'Kom snel met mij mee,' fluisterde hij. 'Dan kijken we waar Waqt is.'

Molly duwde de warme zakken van zich af en klom naar beneden. Petula jankte heel even.

'Ik zie je straks,' fluisterde Molly, en zij en Ojas renden over een pad dat overdekt was met riet. Aan het eind was een kleine zij-ingang naar het paleis. Ojas duwde de deur open en luisterde. Toen gebaarde hij dat Molly mee naar binnen moest gaan. Molly's hoofd vulde zich opnieuw met herinneringen.

De tienjarige Molly zat op een bank en keek naar een verhoogde binnenplaats. De grote maharadja stond voor haar, naast een rots. Hij had een baby in zijn armen. Het kleine meisje leek in zijn veel te grote handen meer op een miniatuurpoppetje. De balkons rond de binnenplaats stonden vol bedienden. Rond de reus stonden vijftien rare, oude, gerimpelde mannen met lange witte baarden en snorren en wapperende paarse gewaden. De maharadja gaf de baby door aan de mannen, die zachtjes zongen. Iedere man boog als hij de baby aanpakte en stapte naar voren om de baby bij de rots te besprenkelen met water, bloemblaadjes en zand. De baby huilde, maar dat kon kennelijk niemand iets schelen.

Ojas ging voorop de wenteltrap op.

'Ze zitten ergens bovenin,' legde Molly uit. 'Ik heb namelijk heel duidelijke herinneringen aan een plek op het dak van het paleis.'

'Nou, hoger dan dit kun je waarschijnlijk niet komen,' hijgde Ojas. 'Ik hoop maar dat we geen wachters tegenkomen.'

'Ik kan wachters hypnotiseren, weet je nog?' stelde Molly hem gerust.

Eindelijk kwamen ze bij een deur. Hij zat op slot. Ojas keek snel om zich heen en haalde een stukje ijzerdraad uit zijn zak.

'Heb ik toch nog wat handigs geleerd toen ik als dief werkte,' zei hij, en hij stak het ijzerdraadje in het slot.

Toen de deur openging, kwamen ze in een torenkamer met rode gordijnen langs de muren. Tot Molly's teleurstelling deed de ruimte haar niet aan de plek denken die ze zich herinnerde. Maar de plek die ze door het raam zagen, herinnerde ze zich wél. Want vanuit het hoge raamkozijn in de torenkamer keken Ojas en zij op de grote, centrale koninklijke binnenplaats.

De zingende stemmen van de bizarre mannen echoden door het paleis.

'OOOhhhdlllyyaaaaaaa! OOOOOhhhhdhhyyllllyyyaaaaaaa!'

Twee van de mannen hobbelden rond als vreemde, huppelende gieren. Erboven, aan de avondhemel, schemerde de maan, verlegen als een toneelspeler met plankenkoorts. Waqt hield de baby boven zijn hoofd en draaide haar rond en rond alsof hij de maan wilde lokken. Toen legde hij haar op een deken op een rots achter de andere Molly's. Ze keken wazig voor zich uit en waren zich – net als de toekijkende Molly – niet bewust van de wonderbaarlijke eigenschappen van de gescheurde rots. De oude priesters dansten. Terwijl ze als tollen in het rond draaiden, wapperden hun gewaden omhoog.

En toen kwam de rots tot bloei. Een voor een kwamen er negen kristallen uit de scheur naast de baby. Het waren net grote, glinsterende kevers; drie rode, drie groene en drie doorzichtige. Waqt sprong erbovenop en brulde het uit van vreugde.

*

Vanuit hun hoge schuilplaats hoorden Molly en Ojas Waqt brullen als een walrus, maar ze hadden geen idee waarom hij zo schreeuwde. Gespannen keken ze toe hoe hij zich over de baby boog. Toen zagen ze Zackya heel voorzichtig uit de menigte naar voren komen. Hij schuifelde tussen de rondtollende priesters door en toen hij bij Waqt was gekomen, gebaarde hij dat hij iets wilde zeggen.

Molly kon zien dat Zackya zijn zilveren apparaatje uit zijn zak haalde en het aan Waqt liet zien. Het leek of hij smeekte.

Waqt kneep zijn gele ogen tot spleetjes en snauwde naar zijn assistent: 'Wat is er, Yackza? Het kan maar beter iets belangrijks zijn, iets héél belangrijks.'

Zackya ging op zijn tenen staan en mompelde iets in Waqts oor.

'Ik had ook niet anders van je kunnen verwachten, domme lapzwans!' gromde Waqt woedend. 'Er is niks mis met dat apparaatje, er is iets mis met jouw hersens! Ik weet niet waarom ik me in 's hemelsnaam om jou heb kebommerd!' En toen, alsof er iets in hem brak, schreeuwde hij: 'IK ZOU ER NU EEN EIND AAN MOETEN MAKEN, SLAMPAMPER!' Zijn geschreeuw galmde over de binnenplaats en steeg op in de zware avondlucht. Het getrommel hield op. De priesters bogen zo diep dat er vijftien paarse bulten overbleven. De menigte was doodstil. Vier wachters met sabels sprongen naar voren en toen ze hun zwaarden trokken, sneed het snerpende geluid van het metaal door de lucht. Zackya probeerde de ernst van Waqts uitbarsting in te schatten en vroeg zich af of hij inderdaad op het punt stond geëxecuteerd te worden.

Was dit het einde? Op dat moment keerde Waqt zich van hem af en begon te mompelen. Zackya slaakte een zucht van opluchting.

'Ze is slim, die Molly Moon,' stelde Waqt voor zichzelf vast. Het idee beurde hem een beetje op. 'Slim genoeg om gebruik te maken van haar eigen herinneringen om mij te achtervolgen. Ha! Misschien zorgt zij wel voor een uitdaging! En ik hou ook van jissen en vagen.' Hij stapte op de gehypnotiseerde tien-, zes- en driejarige Molly's af en fluisterde: 'Vanaf nu vergeten jullie alles wat er hier in India met jullie gebeurt, tenzij ik zeg dat jullie het moeten onthouden.' Er kwam een ziek lachje achter uit zijn keel.

'Begrijp je,' ging hij verder – hij slingerde de woorden naar Zackya, die achter hem stond – 'nu kan ik worteltje en ezeltje spelen met de ontsnapte Molly Moon. Als ik haar wil laten weten waar ik ben, kan dat. Ik kan een van deze drie zich iets laten herinneren als een aanwijzing voor haar. Maar als ik dat niet wil, kan ik haar herinnering blokkeren en dan weet ze niet waar we zijn. Ha! Ha ha ha! Ze hoeft alleen maar de aanwijzingen te volgen die ik haar wil geven. Ah, wat een lol!'

Waqt had nooit spelletjes gespeeld toen hij jong was. Nu was hij net een verwend, monsterlijk kind dat halverwege het spel de regels verandert omdat hij wil winnen.

Boven in de torenkamer probeerden Molly en Ojas te ontcijferen wat Waqt allemaal zei. Maar op dat moment hoorden ze achter zich iemand kreunen.

Hoofdstuk twintig

Molly draaide zich om en zag achter de pilaar een kleine man in kleermakerszit naast een waterkruik op de vloer zitten. Hij droeg een vaalblauw gewaad, een halsketting met parels en twee enkelbanden met edelstenen erin. Ze wist onmiddellijk wie hij moest zijn. De situatie leek te veel op die van de maharadja in het Rode fort en het kon niet anders dan dat deze man de echte eigenaar van het Amber-paleis was.

De man was zo krom dat hij er waarschijnlijk al jaren zat. Zijn baard kwam tot aan zijn schoot en zijn ongeknipte witte haar golfde als een waterval over zijn schouders.

'Hallo...' begon Molly.

De oude man staarde naar de muur alsof hij een ei zag uitkomen.

Ojas bracht zijn handen naar elkaar, viel op zijn knieën en boog. 'Dit is de maharadja van Jaipur. Ik herken hem van het portret in Delhi. Twee jaar geleden werd bekendgemaakt dat hij tijdens het paardrijden aangevallen was door een poema. Maar al die tijd zat hij dus hier, met zijn prachtige juwelen, maar in vieze, oude kleren!' Ojas huiverde. 'Waqt heeft een hart van steen. Kun je iets doen om deze man te helpen?'

Molly schudde haar hoofd en pakte de hand van de oude man. 'Dat kan ik nog niet. Hij is gehypnotiseerd en Waqt heeft zijn instructies waarschijnlijk beveiligd met een speciale tijdstopbeveiliger. Als ik het wachtwoord zou weten, zou ik de trance kunnen opheffen, maar dat kan van alles zijn.'

Ojas hield zijn hoofd schuin omhoog. 'Waarom ga je niet terug in de tijd tot het moment waarop hij gehypnotiseerd wordt en luister je Waqt af?' stelde hij voor.

Het idee lag zo voor de hand dat Molly ervan schrok. Als de reus zijn hypnose in deze kamer voltooid had, dan zou ze hem, in theorie, inderdaad kunnen afluisteren.

'Het probleem is alleen...' fluisterde ze tegen Ojas. 'Het probleem is dat ik elke keer als ik door de tijd reis een soort schubben krijg.'

'O, oké. O, dat is niet goed, hè Mollee?' zei Ojas, en hij keek onderzoekend naar de schilferige huid bij Molly's oor.

'Ik wil geen schubbenhuid krijgen, zoals Waqt en...' Molly keek naar de maharadja die in zichzelf zat opgesloten. 'Oké, ik probeer het,' zei ze.

Ze liep naar de gordijnen en hoopte dat die er altijd al hadden gehangen. Ze keek erachter.

'Niet weggaan,' zei ze tegen Ojas. 'Ik ben binnen een paar seconden terug.'

'Een paar seconden?'

'Hmm. Nou, misschien lukt het me niet om precies in dezelfde tijd terug te floepen, dus je moet goed luisteren of er niemand aankomt. Als het te lang duurt, verberg je je hierachter, oké?'

Ojas knikte en Molly verdween achter het gordijn. Ze hield het groene kristal stevig in haar rechterhand en nadat ze een paar keer langzaam in- en uitgeademd had, en had bedacht hoe bijzonder het toch was dat ze echt door de tijd kon reizen, vertrok ze. Toen ze achteruit door de tijd suisde, met de tijdwinden om haar heen, stak ze haar onzichtbare data-antenne uit en probeerde ze een moment te vinden dat twee jaar geleden had plaatsgevonden. Ze stopte en gluurde achter het kleed de kamer in. Aangezien er niemand was, concludeerde ze dat ze te ver terug in de tijd was gegaan. Ze besloot heel langzaam vooruit te gaan, zo langzaam als ze kon zonder dat haar lichaam zichtbaar werd. Op die manier kon ze misschien het moment zien waarop de maharadja van Jaipur voor het eerst werd opgesloten in deze kamer. Ze hoopte dat ze de grote en duidelijke contouren kon zien van Waqt die de maharadja hypnotiseerde. Ze hield haar rode kristal vast.

Buiten flitsten dag en nacht voorbij. Molly dwong zichzelf langzamer te gaan. Plotseling kon ze de vorm onderscheiden van een man die met gekruiste benen op de vloer zat. Maar ze wilde hem binnen zien komen, en dus concentreerde ze zich op haar groene kristal en ging de andere kant weer op. Langzaam. Zo langzaam als ze kon. Plotseling zag ze door de mist van de bewegende tijd een reusachtige man achteruit de kamer in lopen. Omdat zíj terugging in de tijd, ging natuurlijk alles achterstevoren. De gebogen maharadja van Waqt liep de kamer op en neer en kroop toen over de vloer. Toen liep hij achteruit de kamer uit met de maharadja van Jaipur.

Het was alsof Molly een videoband terugspoelde en zag wat er ging gebeuren, maar dan achterstevoren. Molly stopte. De mist van de bewegende tijd verdween en ze zag nu alles heel duidelijk.

Ze zorgde dat niemand haar achter het gordijn kon zien en wachtte.

Toen hoorde ze Waqt de trap op komen. Hij was kwaad omdat de ruimte, zoals altijd, te klein voor hem was.

Hij sloeg de deur open en sleepte de maharadja achter zich aan naar binnen. Molly durfde nauwelijks adem te halen. Ze luisterde ingespannen of Waqt iets zei en tuurde door een gat in het gordijn. Haar oog viel op Waqts pistool.

'En vanaf nu ben je volledig in mijn macht,' zei Waqt tegen de gehypnotiseerde maharadja.

Toen zag Molly dat Waqt zijn rode kristal vasthield. Zonder iets te zeggen legde hij zijn hand op de schouder van de oude prins en klemde zijn vingers om de steen. Molly kon haar geluk niet op. Waqt stond op het punt om met de maharadja van Jaipur een uitstapje te maken naar een andere tijd. Hij wilde de hypnose extra beveiligen door het wachtwoord uit te spreken terwijl ze tussen twee tijdzones in zaten. Zonder erbij na te denken greep ook Molly haar rode kristal vast.

Achter het gordijn concentreerde ze zich op haar vreemde, nieuwe antenne en probeerde ze te voelen waar Waqt heen ging. Het was alsof je iemand in het donker achtervolgde.

Waqt en de maharadja van Jaipur bleven op dezelfde plek maar toch bewogen ze zich langzaam voorwaarts in de tijd en Molly volgde hen. Ze kon hun contouren door het gat in het kleed duidelijk onderscheiden, ondanks het feit dat in de rest

184

van de kamer de tijd voorbijflitste: ochtendlicht, avondlicht, kaarslicht. Molly schakelde haar gedachten uit en liet zich leiden door haar zintuigen. Als het haar lukte om ze bij te houden, kon ze het wachtwoord horen. Ze kon flarden verstaan van wat Waqt zei, maar als ze maar even afweek van zijn tijdzone, dan waren haar oren niet in dezelfde tijd als de woorden die hij uitsprak en dan verstond ze er niets van. Het was ontzettend moeilijk. Het was alsof ze iemand aan de telefoon had terwijl de verbinding af en toe wegviel.

'Je bent... in mijn... totdat... En nu... beveiligd zijn... de woorden.... "houwen"... Ik zeg het nog... "paan"... "houwen"...' Waqt stopte zijn vlucht door de tijd en Molly liet zichzelf naar voren schieten. Ze wilde niet langer bij Waqt in de buurt zijn. Met haar antenne als bedieningspaneel zocht ze het moment waarop ze Ojas had achtergelaten. Ze opende haar ogen en gluurde om het hoekje van het gordijn.

'Hoe lang ben ik weg geweest?' vroeg ze toen ze te voorschijn kwam.

Ojas keek geschrokken op. 'Je bent maar twee minuten weg geweest!' Hij keek naar haar gezicht en door de manier waarop zijn wenkbrauwen omhooggingen, wist ze dat ze meer schubben moest hebben gekregen.

'Perfecte timing,' zei ze zonder op zijn bezorgde blik te letten.

Buiten was de ceremonie nog steeds aan de gang. De vijftien mannen zaten allemaal op hun knieën en sloegen elkaar met lange groene veren.

Molly liep snel naar de oude maharadja en pakte zijn hand vast. Met haar andere hand omklemde ze het rode kristal en ze nam de maharadja een klein stukje mee vooruit in de tijd. Ze bleef tussen twee tijdzones in zweven omdat ze vermoedde dat de beveiliging alleen hier opgeheven kon worden.

'Je bent nu vrij en bent niet langer in de macht van de maharadja van Waqt. Ik bevrijd je met de woorden "houwen!" ... "Paan!" ... "Houwen!" ...' Er gebeurde niets. 'Met de woorden "houwen!" ... "Paan!"'

Molly bleef zo stil mogelijk zweven en dacht goed na. Ze had duidelijk iets gemist van wat Waqt had gezegd. 'Met het woord "kouwe!"' probeerde ze. '"Koude paan!" ... "Lauwe paan!" ... "Ik kou op paan!" "Ik hou van paan!"' Er gebeurde nog steeds niets. Molly gaf het op. Ze zou de maharadja van Jaipur later helpen. Nu moest ze haar energie sparen. Ze ging terug naar Ojas' tijd. Hij keek haar bezorgd aan.

'En?'

'Het lukt me niet.'

Ojas schudde verdrietig zijn hoofd. 'Het geeft niet. Je hebt het geprobeerd. Nu moeten we snel terug naar de wagen, Mollee. Kijk, de ceremonie is voorbij.' De binnenplaats was inderdaad leeg.

Molly streek even met haar hand langs de wang van de oude man. Ojas masseerde kort zijn voeten en zijn enkels met de enkelbanden.

'Hou vol,' zei Molly. 'We komen terug om u te bevrijden. En we zorgen dat Waqt niets meer kan doen. Maakt u zich geen zorgen. Hij is lang niet zo slim als hij denkt dat hij is. We pakken hem op een onverwacht moment.' De maharadja knipperde met zijn ogen en snifte. Ze hoopte dat hij haar had begrepen. Ze wist dat wat ze net had gezegd heel dapper klonk, en ze had het ook gezegd om zichzelf moed in te spreken. Diep vanbinnen voelde ze zich zo zelfverzekerd als een muis in de klauwen van een adelaar.

Toen snelden zij en Ojas de wenteltrap af en glipten ongezien het paleis uit.

Tot hun afschuw zagen ze dat de wagen was verdwenen.

Hoofdstuk eenentwintig

Molly's hart sloeg over. Waren Rocky, Petula en Bos betrapt? Ze keek naar boven, alsof ze het antwoord in de rode avondlucht zou kunnen vinden.

'Pssst...'

Molly slaakte een zucht van blijdschap. Achter een trap die naar een of andere ruimte onder het paleis leidde, zag ze het bruine gezicht van Rocky. Ojas en zij renden naar hem toe.

'Wat is er gebeurd?' vroeg Rocky. Petula sprong in Molly's armen en Molly knuffelde haar.

'Waqt voerde een vreemde ceremonie uit. We hebben een oude man gevonden die de echte prins van dit paleis is. Ik heb geprobeerd hem te helpen, maar het lukte niet. Wat is er met jullie gebeurd?'

'Er kwamen een paar mensen uit de keuken die iets tegen de boer zeiden. Ze gooiden een hele berg afval op de kar en zeiden tegen hem dat hij het moest wegbrengen. Ik kon natuurlijk geen stemhypnose toepassen omdat ik geen Hindi spreek. We zijn er gewoon uit gesprongen zonder dat ze ons hebben gezien.'

'Man, dat afval stonk!' zei Bos, en hij haalde nog een paar groene sliertjes uit zijn haar. 'Mijn dreadlocks stinken een uur in de wind!'

Petula hield haar neus in de lucht en analyseerde de geur. Ojas snifte ook.

'Dit ruikt heel lekker,' zei hij alsof hij zijn lievelingssoep rook.

'Als je van verrot eten houdt.'

'Nee, ik ruik iets veel lekkerders. Ruik je het niet? Het ruikt naar... olifanten!'

In de verte klonk tromgeroffel. Molly voelde dat de baby nu diep in slaap was. Ze was vast moe van alle enge dingen die ze had meegemaakt. Maar het vreemde was dat Molly geen nieuwe herinneringen kreeg van haar tienjarige, zesjarige en driejarige ik. Ze vroeg zich af hoe dat kon.

'Kijk!' zei Ojas, en hij wees naar de donkere traptreden. 'Dit is de achteringang van de olifantenstallen.' Als een uitgehongerd iemand die de geur van gebakken uitjes ruikt, rende hij de trap af. De anderen, die stemmen dichterbij hoorden komen, renden hem achterna.

'Daar waar olifanten zijn, is hoop,' zei Ojas.

'Daar waar olifanten zijn, is een hoop olifantenstront,' fluisterde Bos.

Terwijl ze afdaalden, werd de muskusachtige geur steeds sterker. Aan het eind van de trap kwamen ze bij een houten deur.

Toen ze de deur openden, zagen ze een heel grote olifantenstal met een marmeren vloer en marmeren muren die de ruimte verdeelden in twaalf enorme olifantenboxen, zes aan elke kant, met een brede loopruimte ertussen. Het was er schemerig. Onder hun voeten, op het versleten marmer, lag stro. Molly zette Petula op de grond.

'Blijf dicht bij me,' fluisterde ze.

Bij elke box stond een stenen pilaar met een uitgehouwen olifantenkop erbovenop. En op elke pilaar zat een koperen plaat waar een naam op stond.

'Ah, wat een mooie stallen!' verzuchtte Ojas bewonderend. 'Mijn vader heeft me weleens over deze stallen verteld.' Hij liep over het middenpad tussen de boxen door. Even keek hij heel verdrietig en leek hij met zijn gedachten ergens anders te zijn. Molly keek rond in de olifantenstallen. In elke stal lagen bergen stro en er zaten enorme ijzeren ringen in de vloer verankerd. Er waren drinkbakken en grote eetmanden voor olifantenhapjes, zoals bananen en mango's. Op de grond lagen afgehakte takken, bladeren en palmtakken waar de olifanten de bladeren vanaf konden trekken. Petula snuffelde overal rond, geboeid door alle sterke geuren.

Molly keek steeds even over haar schouder of er niemand aankwam. Aan de andere kant van de stal was een deur die half openstond. Het stof dwarrelde in het licht dat door een opening bovenin naar binnen viel.

Ze liepen naar de opening om naar buiten te kijken. Maar toen ze dat deden, hoorden ze een luid gesnurk door de ruimte galmen. Ze doken weg achter een van de pilaren.

Molly floot superzacht naar Petula en maakte zonder iets te zeggen een gebaar naar Ojas dat zoveel betekende als: wie denk je dat dat is? Toen wees ze naar de muur. Ojas hield zijn hoofd een beetje schuin, alsof hij de toon van het gesnurk probeerde te herkennen.

'Is het een slapende wachter?' fluisterde Molly.

'Ik dacht dat je niet bang was voor wachters?' zei Ojas glimlachend. Toen sloop hij naar voren en gluurde om het hoekje. Met een grote glimlach op zijn gezicht draaide hij zich weer om en gebaarde dat ze moesten komen.

Toen de anderen om de hoek keken, wisten ze waarom Ojas zo'n grijns op zijn gezicht had. Het was een prachtig gezicht. In de box zagen ze het gigantische achterwerk van een olifant. Haar kont was beschilderd zodat het leek of hij een felgekleurde broek aanhad met bloemen erop, en doordat olifanten van achteren heel ruim in hun vel zitten, leek het of de slobberige broek afzakte. De olifant leunde met zijn schouder tegen de muur en had haar ene achterpoot over haar andere geslagen. Ze stond er heel ontspannen bij. Ze had grote zilveren enkelbanden om haar poten. Daaraan zat een ketting die verbonden was met de ring in de vloer. Op haar rug lag een zachte rode deken en daarboven lag een *guddha*, een zadel, gemaakt van zakken die waren gevuld met stro. Boven op de guddha was een soort overdekte bak vastgemaakt waar je in kon zitten: de *howdah*.

'Ze heet Amrit,' zei Ojas, die op haar naamplaat keek.

'En wie is die *dude*?' vroeg Bos.

'Die wát?'

'Die man op de vloer.'

'O, díé "dude"... Die dude is haar mahout, maar hij slaapt nu omdat hij te veel gedronken heeft.'

'Je bedoelt dat hij ladderzat is?' vroeg Molly.

'Ja, hij is de teugels kwijt,' lachte Ojas, en hij wiebelde met zijn hoofd.

191

De dunne man die naast Amrit languit in het stro lag, was diep in slaap. Zijn mond hing open en er kwam een luid geronk achter uit zijn keel. Aan zijn lippen hing nog een grote blauwe fles, die tegen zijn tanden kwam als hij inademde. Ojas klakte afkeurend met zijn tong.

'Zo'n man zou nooit de verzorger mogen zijn van zo'n lief dier als deze olifant.'

'Slaapt de olifant ook?' vroeg Molly.

Bij wijze van antwoord opende de olifant haar kleine glinsterende ogen, ging weer op vier poten staan, tilde haar slurf op naar de hapjesmand en gooide een bananenschil naar haar gasten. De schil raakte Bos' voorhoofd.

'Hé man, ik heb je toch niets gedaan?'

Ojas lachte. Toen liep hij naar de olifant toe, glipte langs haar rechterkant naar voren en legde zijn hand op een van de slagtanden waar ook zilveren ringen om zaten. Ojas maakte wat geluidjes achter in zijn keel, klakte met zijn tong en aaide haar over haar grijze schouder.

'Brave meid.' De olifant bracht op haar beurt de punt van haar roze gestippelde slurf naar Ojas' hoofd en gezicht. Ojas wees naar haar hoofddeksel. 'Het was kennelijk de bedoeling dat ze met de andere olifanten mee naar buiten zou gaan. Deze mahout hier heeft haar dag verpest. Zullen wij haar meenemen?'

'Wíj?' zei Molly.

'Ja, met deze olifant is dat echt een makkie, zoals jullie zeggen.'

'Ik zeg nooit "makkie",' zei Rocky. 'Ik zeg *easy*.'

'Easy dan. *Amrit* betekent "nectar" in het Hindi. Zoete nectar! Ik denk dat dat betekent dat ze een lief karakter heeft. Het lukt me echt wel.'

'Man, dat lijkt me echt gigantisch gaaf!' riep Bos uit. 'Maar kan deze dame ons echt allemaal dragen?'

'O, jawel, deze olifant zou nog wel twee mensen extra kunnen meenemen.' Met de snelle bewegingen van iemand die precies weet wat hij doet, liep Ojas door het stro en maakte Amrits kettingen los. 'We moeten de andere olifanten volgen.' Hij pakte een lange stok waar twee haken aan zaten. 'Dit is een *ankush.* Maar maak je geen zorgen, het ziet er misschien eng uit, dat weet ik, maar voor een olifant is het alsof je hem heel zachtjes met een gebakvorkje prikt. Soms moet je het zelfs flink hard doen. Olifanten kunnen gevaarlijk zijn als ze niet luisteren, dus het is belangrijk dat je iets hebt waarmee je ze in bedwang kunt houden.'

Molly keek hoe Ojas de officiële tulband van de mahout losmaakte en zijn eigen tulband op het hoofd van de man zette. De man murmelde *mjum-mjum-mjum* en krulde zich op als een baby. Toen verzonk hij in een nog diepere slaap.

'Ojas heeft gelijk,' zei Molly. 'We moeten de andere olifanten volgen. De olifanten worden vast alleen voor Waqt zo mooi versierd. Dus als we bij hem in de buurt willen komen, is dit de beste manier. Zo zal niemand ons zien.'

Ojas pakte het jasje van de dronkelap, dat aan een haakje aan de muur hing.

'Ik denk dat je gelijk hebt,' zei Rocky.

Ojas duwde tegen de gigantische olifantenborst zodat het dier achteruit de stal uit begon te lopen. '*Peechay, peechay,*' zei hij, en tegen Molly en de anderen zei hij: 'En wat zou je anders kunnen doen? Je kunt naar de toekomst reizen en naar het verleden, maar op een gegeven moment moet je toch dicht bij Waqt zien te komen, Mollee. Heel dichtbij. Want op een gegeven moment moet je hem vermoorden, Mollee. Dat realiseer je je toch wel?'

Molly kreeg het in één keer ijskoud. Ze stond in het stro, in de stal die naar muskus rook, en keek hoe Ojas Amrit richting een opstijgblok duwde. Ze bleef gewoon staan kijken alsof hij niets gezegd had. Het effect van zijn woorden was te groot.

De gedachte dat Waqt vermoorden de enige oplossing voor deze situatie was, was wel een paar keer in haar opgekomen, maar het idee was zo afschuwelijk dat ze het direct ergens achter in haar hoofd had verstopt. Want zij was geen moordenaar. Ze kon niemand vermoorden. Hoe zou ze met zichzelf kunnen leven als ze iemand had vermoord? Maar misschien, dacht ze nu, zou ze zelf vermoord worden als zij hem niet zou vermoorden.

Toen ze uit haar gepeins ontwaakte, zaten Rocky en Bos al op Amrit. Molly pakte Petula op en liep naar het opstijgblok. Toen ze op de olifant klom, had ze een diepe rimpel in haar voorhoofd. Een giftig mengsel van gevoelens stroomde door haar lichaam.

Ojas was naar boven geklommen en zat met zijn benen achter Amrits oren. Achter hem zaten zijn nieuwe vrienden in de howdah. Ze zaten half verscholen onder de luifel en hadden zich in de warme, dikke dekens gewikkeld. Even was Ojas stil. Hij deed zijn ogen dicht en zei een gebed op voor Ganesh, de olifantengod. Hij bad voor een gezegende reis. Zijn vaders laatste woorden kwamen in hem op: *Ik zal altijd dicht bij je zijn, Ojas, en over je waken. Blijf altijd in jezelf geloven en vergeet nooit dat ik voor altijd van je hou.*

Ojas knipperde zijn tranen weg en klakte met zijn tong.

Amrit hoorde de stem van haar nieuwe meester – '*Agit! Agit!*' – en stapte eindelijk naar buiten.

Hoofdstuk tweeëntwintig

Het uitzicht was weids en schitterend. Toen Amrit met majestueuze passen het schuine gedeelte tussen de bovenste binnenplaats en de lager gelegen binnenplaats af liep, zag Molly van boven de hoofden van soldaten. Ze zag een paar soldaten op paarden die pakjes Holi-verf naar elkaar gooiden, alsof ze, nu Waqt weg was, eindelijk konden spelen. Ze zag bedienden rennen die voorbereidingen troffen voor de nacht, en over de paleismuren heen zag ze het landschap.

Ojas zat voorop, op de grote, grijze nek van Amrit. De oren van de olifant hadden een lieve roze tint en haar huid was hier veel zachter dan op de andere, grijze delen van haar lichaam. Terwijl ze liep, flapperde ze met haar oren. Molly raakte de grijze, leerachtige huid aan en zag dat die onder de dikke zwarte haren zat.

In de hindoetempel van het paleis brandde wierook en uit het gebouw hoorden ze het zachte gezang van gebeden komen. Amrit liep rustig onder de grote gewelven door, die speciaal voor de olifanten gemaakt waren, en kwam zo op het volgende hellende gedeelte.

196

Onder hen lag de grote vierkante paleisvijver, die glinsterde in het schemerlicht. In de verte zagen ze Waqts olifanten achter elkaar langs de rand van de heuvel lopen. Vóór elke olifant liep een fakkeldrager met een vuurtoorts, waardoor het leek of de heuvel versierd was met kerstlampjes.

Molly zag dat de grootste olifant, de derde van voren, de grootste howdah had. Ze nam aan dat Waqt hierin zat.

'Rocky,' fluisterde ze bezorgd. 'Ik heb helemaal geen herinneringen aan die olifantentocht van toen ik tien of zes was. Dat is toch raar? Zoiets blijft je toch je hele leven bij? Waarom kan ik me niet herinneren dat ik op een olifant heb gezeten? Misschien heeft Waqt mijn andere ikken in het paleis achtergelaten.'

'Als hij dat gedaan had,' zei Rocky, 'dan zou je je toch herinneren dat hij je in het paleis had achtergelaten?' Hij was even stil. 'Ik denk eerder dat Waqt je herinneringen geblokkeerd heeft, zodat jij niet weet waar hij is.'

Molly deed haar ogen dicht. 'Je hebt waarschijnlijk gelijk,' zei ze, en ze zuchtte. Terwijl Amrit rustig voorthobbelde richting de andere olifanten, drong het tot haar door dat de situatie nu nog ingewikkelder was geworden.

De tocht duurde lang. Het schommelen van Amrits lichaam en het gerinkel van haar enkelbanden wiegden Molly in slaap.

Toen ze wakker werd, stond de volle maan hoog aan de hemel. Ze ging rechtop zitten, masseerde haar schouders en schoof Petula, die op haar been lag, een stukje opzij.

Ze reden op een weg met bomen aan weerszijden en naderden een paar gebouwen die half verscholen lagen achter de populieren.

'Waar zijn ze, Ojas?'

'Maak je geen zorgen,' zei Ojas, en hij duwde zachtjes met zijn voet in Amrits nek. 'Zie je die vuren daar beneden? Daar is Waqt. Ik denk dat hij nog een ceremonie uitvoert. Dat is het astrologisch observatiecentrum van Jaipur. Het is gebouwd door een heel, heel slimme prins die de afstand van de aarde tot de zon en de sterren wilde meten. Hij heeft nog zo'n observatiecentrum gebouwd in Delhi. Dat heb ik gezien. Het zijn heel bijzondere en mooie plekken. Als we er zijn, kun je naar beneden klimmen. In het observatiecentrum zijn genoeg goede schuilplaatsen. Wat ben je van plan?'

Molly dacht na. 'Als het kan, steel ik Waqts kristallen. Alle kristallen die hij heeft. En misschien lukt het me om de andere Molly's te redden.'

'Ja. Het moet je lukken, Mollee. Het is donker en in die kleren zie je eruit als een Indiaas meisje. Waqt weet niet dat je hier bent. Hij heeft het veel te druk met zijn bizarre ceremonie.'

'Heb je ooit eerder zo'n ceremonie met van die enge paarse mannen gezien?' vroeg Molly.

Ojas lachte. 'Nee, nog nooit.'

'Wat voor geloof is het, denk je?' drong Rocky aan.

'Een nieuw geloof? Een zelfverzonnen geloof? Ik heb geen idee, Rocky!' Ojas lachte weer. Maar Molly vond het allesbehalve grappig. Wie weet wat voor vreemde ideeën Waqt erop na hield.

Terwijl Amrit verder liep, werd het observatiecentrum steeds beter zichtbaar. Achter de muur zagen ze heel hoge trappen die op glijbaantrappen leken, maar dan zonder de glijbaan. Boven op de grootste trap was een soort afdakje gemaakt.

198

Molly kon de andere olifanten nu goed zien. Op elke olifant zat een mahout met zijn benen languit op de kop van het dier, maar de passagiers waren verdwenen.

Toen Rocky rechtop op Amrit ging staan, zag hij de paarse mannen rond een vuur staan, hun spookachtige gezichten oplichtend in het schijnsel van de vlammen. Snelle trommelslagen dreunden door de stille nacht. Hij ging weer zitten.

'Jij gaat daar niet in je eentje naartoe,' zei hij. Molly glimlachte en zij en Rocky lieten zich naar beneden glijden.

'We zijn terug voordat je "paarse man in de curry" kunt zeggen.'

'Klinkt lekker,' murmelde Bos in zijn slaap.

'Als er iets met ons gebeurt, wil jij Bos en Petula dan helpen?'

Ojas keek even naar de slapende man en trok zijn neus op. Toen ging zijn blik naar Petula. Hij knikte.

Molly en Rocky kropen door het hek van het observatiecentrum.

*

Petula keek Molly en Rocky na. Ze vond het maar niks dat ze weggingen.

Om te beginnen rook ze de reus en de kidnapper-man. Maar er was nog iets. Iets onheilspellends. Want achter de sterke geur van de olifanten en het houtvuur, en achter de onschuldige geur van de gewone mensen, die naar specerijen en eten en bloemen roken, ving ze de geur op van een heel eng beest. Dat beest was een geit. Petula vertrouwde het helemaal niet.

Molly was op haar zevende een keer met oud en nieuw naar een vreugdevuur geweest en wat ze nu zag deed haar aan die keer denken. Alleen hadden de mensen nu geen sterretjes in hun handen maar fakkels, en in plaats van vuurwerk zag ze boven zich de ronde maan die als een bal van melk hoog aan de hemel stond. Rocky en zij liepen snel langs de toeschouwers, langs de olifanten en langs een van de vreemde trappen, en zochten een plek waar ze alles goed konden zien maar waar zij niet gezien konden worden. Rond het knetterende vuur stonden Waqts vriendjes in hun paarse gewaden. De vlammen wierpen demonische schaduwen op hun bebaarde gezichten.

Aan de rechterkant stond een kleinere kring spookachtige priesters met hun armen uitgestrekt en hun vingertoppen tegen elkaar. De stof van hun wapperende mouwen vormde een paarse muur van zijde. De trommels gingen sneller en sneller. Toen het ritme een climax bereikte, viel de cirkel van mannen plotseling op de grond. Waqt zat in het midden. Zijn gezicht was wit geverfd en hij zat in hurkzit op een lage, gespleten rots. Naast hem zaten de drie gehypnotiseerde, jonge Molly's. De baby lag op een deken op de rots. Waqt hief zijn handen op naar de maan en ging langzaam met zijn armen heen en weer, als lange slierten zeewier die bewegen door de deining van het water. Hij zag eruit als een duivel in een horrorfilm.

Toen tilde hij de zesjarige Molly op. Molly keek vol afschuw vanuit haar schuilplaats toe en durfde er nauwelijks aan te denken wat hij van plan was. Naast hem flakkerden de vlammen op. Met de zesjarige Molly nog steeds in zijn armen deed hij een stap richting het vuur. Steeds dichter- en dichterbij.

Toen draaide hij zich plotseling om en stapte achteruit het vuur in. De menigte slaakte een kreet. Waqt was in de vlammen verdwenen.

Molly wist waar hij was en wat hij deed. Maar het volgende moment kreeg ze de afschuwelijkste herinnering die ze tot nu toe had gehad.

Een harde stem schreeuwde: 'WORD WAKKER EN ONTHOU DIT! VOLG ME ALS JE DAT KUNT, MOLLY MOON!' Het drong tot Molly door dat deze woorden voor haar bestemd waren.

Ze herinnerde zich dat ze zes was en dat ze plotseling wakker werd in de handen van de reusachtige man. Hij hield haar hoog boven zich in de lucht. Zijn gezicht was wit gemaakt met poederachtige verf en hij lachte als een krankzinnige clown. Ze herinnerde zich dat ze huilde en schreeuwde. 'Ik wil naar huis!' En de angst van de jongere Molly nam de oudere Molly volledig in beslag.

Plotseling stapte Waqt weer uit het vuur.

'Hoe deed hij dat?' bracht Rocky hijgend uit.

De zesjarige Molly huilde en de pup Petula piepte toen ze haar zag. Waqt zette het meisje op de grond. De kleine Petula rende naar haar toe en het kind hield de hond tegen zich aan en drukte snikkend haar wang tegen de zachte, fluwelen vacht.

'Hij is gewoon uit de tijd gestapt,' legde Molly uit. 'Het leek of hij in het vuur stond, maar dat stond hij niet. Hij verliet gewoon de tijd van de vlammen zodat de vlammen hem niet konden raken.'

'Zijn priesters zijn wél onder de indruk.'

'Laten we zijn kristallenverzameling gaan zoeken.'

Ze slopen dichterbij en keken of ze ergens een zak, een kussen of een kist zagen. Toen trok Rocky aan Molly's mouw en knikte in de richting van een lage trap vlak bij Waqt. Zackya glipte achter de trap vandaan en liep zo onopvallend mogelijk naar de reus. Hij had zijn zilveren apparaatje in zijn hand. Hij ging op een blok staan zodat hij bij zijn meesters oor kon. Hijgend van opwinding fluisterde hij iets en hij wees over de toeschouwers heen naar de plek waar Molly en Rocky verstopt zaten.

Waqt gaf Zackya een tik tegen zijn hoofd en lachte naar het publiek. Molly wist zeker dat zijn lach voor haar was bedoeld. Toen draaide hij zich om en alsof hij haar op de proef wilde stellen, pakte hij een lang mes met een handvat van ivoor dat een van zijn priesters hem aanbood. Langzaam begon hij de treden van de hoogste trap op te lopen. De achterkant van zijn groene mantel sleepte als lange, regenboogkleurige pauwenveren achter hem aan en het lemmet van het mes glinsterde in het maanlicht.

Boven aan de trap stond een man in een paars gewaad. Hij hield een witte geit vast. Het geblaat klonk boven het geluid van de trommels uit. Het werd nu duidelijk wat Waqt zou gaan doen. De trommels gingen steeds sneller en de priesters begonnen te zingen.

'Oohhh Dahla... Ooohhhlaa Deahliea.'

Waqt boog zich over de weerloze geit.

'Oohhh Dahla... Ooohhhhlaallaa Deahliea.'

Langzaam sneed Waqt de keel van het beest door. Het mes viel kletterend van de treden.

Een priester haastte zich met een zilveren kom naar Waqts kant. Het bloed spatte in de kom.

Waqt kwam de trap af en liep naar de platte, gescheurde rots. Hij pakte de slapende baby op, plukte een pauwenveer uit zijn mantel en doopte de punt in de kom met bloed. Met een zwierig gebaar veegde hij het verse bloed over het hoofdje van de slapende baby. 'Vannacht, kleine Waqta, zullen we eens zien hoeveel kristallen je hier uit de rots kunt halen.'

Molly en Rocky keken vol walging toe. Geen van beiden wist dat de gespleten rots een kristalfontein was, noch dat Waqt de baby gebruikte om de kristallen uit de aarde te halen. Toen Molly Zackya's bekende paarse tulband door de menigte steeds dichterbij zag komen, wist ze dat het tijd was om te verdwijnen.

'Dat apparaatje geeft kennelijk precies aan waar jij bent,' zei Rocky.

Molly greep zijn hand en hield met haar andere hand haar rode kristal vast. Er klonk een BOEM.

Molly vloog zo langzaam als ze kon, heel voorzichtig, naar voren, maar ze stopte niet. De warme tijdwinden dreven heel langzaam voorbij en hun omgeving was een vreemde spookwereld geworden waarin alles in slowmotion bewoog.

'Dit is te bizar voor woorden,' zei Rocky. 'Kijk, daar heb je Zackya die tussen de mensen naar ons op zoek is, en Waqt die het te druk heeft met zijn eigen dingen.'

Even hadden ze tijd om na te denken. Ojas' stem klonk na in Molly's hoofd. *Op een gegeven moment moet je hem vermoorden, Mollee. Dat realiseer je je toch wel?*

Als ze dat wilde doen, had ze nu de mogelijkheid om heel dicht bij hem te komen. Ze kon door de tijdverschuivingen naar het mes lopen dat op de grond lag. Ze kon te voorschijn komen, het mes pakken, weer verdwijnen. Ze kon door de tijd-

203

verschuivingen naar Waqt toe gaan, tot ze vlak achter hem stond. En wat dan? Hem vermoorden? Molly zou nooit iemand dood kunnen maken. En áls ze het al zou willen, hoe kon een elfjarig, mager meisje een lang, scherp mes in een oude, taaie reus steken? Wie hield ze eigenlijk voor de gek? Ze zou geen idee hebben wat ze moest doen en waar ze het mes in zou moeten steken. Ze zou er een zootje van maken. Ze zou hem hoogstens schampen. En dan zou hij zich omdraaien en haar in kleine stukjes hakken.

'Wat moeten we doen, Rocky?'

Rocky fronste. 'Vooruitgaan in de tijd, naar morgen, naar het moment waarop er niemand meer in het observatiecentrum is? We kunnen naar de plek gaan waar de zesjarige Molly nu is en dan teruggaan naar nu. Als we aankomen, zullen we vlak bij haar zijn. We kunnen haar pakken, naar de anderen rennen en naar de baby, en zodra we ze allemaal aanraken, kunnen we verdwijnen. Dan hebben we de kristallen wel niet, maar dan hebben we in elk geval jou compleet!'

Dit plan klonk veel beter dan Waqt vermoorden. Molly concentreerde zich op het rode kristal. Als een pijl uit een boog schoot ze zichzelf en Rocky naar de volgende avond. De zon ging net onder.

Naast de grootste trap van het observatiecentrum stond een heilige koe rustig te grazen. Ze keek even naar de tijdreizigers en graasde toen weer verder. Molly en Rocky renden naar de plek waar de zesjarige Molly de vorige avond na haar beproeving was achtergelaten.

Molly hield haar groene kristal in haar hand en greep Rocky's schouder vast.

'Ben je er klaar voor?'

Koude tijdwinden suisden langs hen toen Molly en Rocky teruggingen naar de vorige avond. Ze kwamen op het juiste ogenblik aan en zagen dat de ceremonie nog aan de gang was. Door de tijdnevel konden ze Waqts kolossale contouren onderscheiden. Hij liep langs de rots waar de tienjarige en de driejarige Molly en de baby waren. Molly gaf zichzelf en Rocky nog een klein zetje vooruit in de tijd.

'Er moet een moment zijn waarop Waqt niet bij ze staat,' zei ze. Maar elke keer als ze een beetje vooruitgang boekte, was Waqt er ook. Het leek wel of hij als een slak aan de jonge Molly's zat vastgeplakt.

'Ga terug naar het moment waarop de zesjarige Molly alleen is,' zei Rocky. En dat deed Molly.

Ze keerden terug en Molly, die zich door alle spanning niet meer kon inhouden, omhelsde de zesjarige Molly. Rocky pakte snel de kleine Petula op en greep Molly's schouder vast. Het volgende moment schoot Molly alweer met de anderen vooruit in de tijd. Het kleine meisje gilde.

Met haar armen rond haar jongere ik fluisterde ze in haar oor: 'Maak je geen zorgen, Molly, ik ben naar je toe gekomen om je te redden. Alles wordt nu snel beter.' Toen Molly dit zei, herinnerde ze zich dat er ooit een ouder meisje was geweest dat dit tegen haar had gezegd. Het was een heel vreemde ervaring, maar ze schonk er geen aandacht aan omdat ze zich moest concentreren op hun ontsnapping. Ze nam de zesjarige Molly, Rocky en de kleine Petula mee naar de avond van de volgende dag en stopte. Opnieuw keek de koe op.

'Oké, Molly,' zei ze, 'gaat het?'

De zesjarige Molly veegde de tranen uit haar ogen en keek angstig om zich heen.

'Is die nare clown weg?'

'Ja.' Molly gaf haar jongere ik een knuffel.

De kleine Petula kwispelde en likte aan Rocky's gezicht. Rocky voelde aan zijn wangen hoeveel schubben hij had gekregen, maar zijn huid was zacht. Molly inspecteerde het gezicht en de nek van de jongere Molly en stroopte de mouwen van het meisje op.

'Heeft zij schubben gekregen?' vroeg Rocky.

'Ik geloof het niet,' zei ze. 'Haar ellebogen zijn een beetje droog, dat is denk ik het enige.'

'Wie ben jij?' zei de kleine Molly, en ze trok haar elleboog weg. 'Ik ken je helemaal niet. En ik vind China niet leuk. Ik wil naar mevrouw Trinkelaar.'

'We brengen je snel naar haar terug. En dan zie je Rocky weer en die verschrikkelijke, oude, nare juffrouw Addersteen.'

Dit maakte de kleine Molly aan het lachen en toen, helaas, aan het huilen. Rocky streelde over haar hoofd.

'Weet je,' zei hij, 'we zijn in India, niet in China. En we kunnen hier niet zo lang blijven, anders komt die nieuwsgierige koe naar ons toe om te vragen wat we hier doen.' De kleine Molly liet een halve lach en een halve snik horen. 'Dus,' ging Rocky verder, 'moeten we hiernaartoe.' Hij leidde het kleine meisje naar de muur bij de poort. Het enige wat ze nu moesten doen, was erachter komen waar Ojas Amrit precies had neergezet. Terwijl Molly probeerde te voelen waar Amrit de vorige avond was geweest, vormden zich kleine zweetdruppeltjes op haar slapen.

'Oké, kleine Molly. Hou mijn hand goed vast. Rocky houdt

kleine Petula vast. We gaan een stukje terug in de tijd om onze andere vrienden te redden.'

'Maar...' protesteerde de zesjarige Molly. En voor ze nog iets kon zeggen, vlogen ze weg.

'Dit is leuk,' zei Molly opgewekt tegen de kleine Molly. De wereld schoot voorbij.

Ze landden in een warme vollemaansnacht in maart 1870. En het eerste wat ze zagen was een angstaanjagend beeld.

Voor Amrit stond Zackya. Amrit schraapte met haar grote poot over de grond. Petula blafte als een gek.

Toen Zackya Molly zag, grinnikte hij. 'Ik wist dat je hier terug zou komen, domoor! Ik wist dat je je vrienden en je vervoermiddel niet zou achterlaten.'

Ojas gaf een kort commando. '*Baitho!*' De olifant knielde.

Molly dacht snel na. Ze trok het kleine meisje achter zich aan en sprong naar voren. 'Help haar!' riep ze naar Bos, en Bos trok de kleine Molly omhoog. Rocky dook, met de pup onder zijn arm, naar voren en klom ook op de olifant. Molly hield haar kristallen vast en sloeg haar arm rond de slurf van de olifant. Ze zweette. Ze spande zich tot het uiterste in en toen lukte het haar om de hele groep uit 1870 te laten verdwijnen.

Er klonk een harde BOEM op het moment dat Amrit verdween. Door dit lawaai heen klonk het schelle gekef van Petula.

'Zorg dat ze er niet af valt!' riep Molly naar Bos.

1890, 1900, 1930, 1950... Ze schoten vooruit. Molly klemde zich aan Amrits slurf vast. Petula bleef blaffen.

Ojas juichte van opwinding. De warme tijdwinden wervelden om hen heen en de kleuren van de wereld tolden in het rond.

Molly sloot haar ogen en probeerde in te schatten hoever ze waren. Ze besloot af te remmen.

Het drong tot haar door dat ze het geraas van auto's hoorde. Ze waren ontsnapt. Molly ontspande opgelucht haar handen. Maar terwijl ze dit deed, gebeurde er iets verschrikkelijks: twee grijphanden graaiden naar haar rechterhandpalm en gristen de kristallen weg. Petula kefte nog harder en angstiger. Molly draaide zich om en zag Zackya, met een worstelende en happende Petula onder zijn arm. Hij rende richting de poorten van het observatiecentrum. Hij keek om. Hij was zo uitzinnig van vreugde dat hij een dansje maakte.

'Je bent een ongelooflijke stommerd, mejuffrouw Moon!' zei hij spottend, met een gemene, triomfantelijke blik in zijn ogen. 'Ik ben gewoon met je meegereisd. En nu heb ik je kristallen én je hond!' Hij deed Molly's kristallen in zijn zak en klemde zijn hand rond Petula's snuit. 'Het enige wat ik hoefde te doen, was de olifant aanraken. De enige die het zag was je hond. Zij probeerde me aan te vallen. Nu ben je een gemakkelijke prooi voor de maharadja!' Hij huppelde rond.

Het was ondraaglijk Petula zo te zien. Molly zag haar grote glinsterende ogen achter Zackya's vuist. *Help me, Molly*, smeekten haar ogen. *Help me.* Molly durfde er niet aan te denken wat Zackya met haar van plan was. Dit was rampzalig. Als ze niet meer door de tijd konden reizen, waren ze ten dode opgeschreven. Wanhopig probeerde ze het langs diplomatieke weg.

'Zackya!' riep ze. 'Wacht alsjeblieft en luister! Neem Petula niet mee. Alsjeblieft niet. En neem ook mijn kristallen niet mee! Je weet toch dat Waqt geen respect voor je heeft...? Je verdient meer.' Zackya hield zijn hoofd een beetje schuin, als een vogeltje, en luisterde. Even dacht Molly dat ze hem kon overtuigen. 'Waqt heeft nog nooit rekening met je gehouden. Als je Petula en mijn kristallen meeneemt, wordt dat niet anders. Waarom kom je niet tegen hem in verzet? Bevrijd jezelf van hem! Als je Petula en de kristallen teruggeeft, doe je iets goeds. Waarom sluit je je niet bij ons aan? Samen kunnen we hem uitschakelen. Stel je voor, Zackya. Stel je voor dat je nooit meer bang hoeft te zijn dat hij je hypnotiseert of vermoordt. Stel je voor dat je vrij bent! Alsjeblíéft, Zackya.' Molly probeerde lang genoeg in zijn schichtige ogen te kijken om hem te kunnen hypnotiseren, maar het had geen enkele zin. Zackya schudde zijn hoofd en wees met zijn vinger in haar richting.

'Stommerd dat je bent. Je zult nooit in staat zijn om mij te helpen. Niet zoals Waqt dat kan. Ik móét naar de Bubbel in het begin van de tijd. Ik móét overspoeld worden door het licht van de jeugd. Moet je me zien. Ik zit onder de schubben en ik ben oud door al die keren dat ik door de tijd heb moeten reizen. Binnenkort is mijn lichaam zo versleten dat ik doodga. Voor het zover is, moet ik naar het licht reizen. Jij kunt me niet helpen, Moon. Je bent nog maar een kind. Zodra we genoeg kristallen hebben, zal Waqt me naar het licht brengen.' Hij schonk haar een tandeloze grijns en drukte Petula bijna plat.

In haar wanhoop zette Molly de wereld stil. Alles bevroor, behalve Zackya.

'Mislukt!' Hij lachte. 'Dit keer heb je niet met een stelletje beginnelingen te maken, Molly!'

Molly staarde hem aan met haar hypnotiserende ogen, die sterk genoeg waren om tot het binnenste van zijn hersens door te dringen. Hij wendde zijn blik af en zocht iets in zijn zakken. Toen hij weer opkeek, had hij een antihypnosebril opgezet. Molly's hypnotische blik kaatste terug.

Hij hield Petula uitdagend in de lucht en giechelde, alsof hij zojuist de beste grap van de wereld had uitgehaald. Toen verdween hij.

Hoofdstuk drieëntwintig

De tijdwinden draaiden om Zackya en Petula heen.

'Dit zou weleens een tijdje kunnen gaan duren,' zei hij. Hij gluurde naar zijn zilveren tijdreisapparaatje. 'Tussen jou en mij, Petula, ik ben niet 's werelds beste tijdreiziger. Laten we hier maar stoppen.'

De zon stond hoog aan de hemel. 'Ah, wat zei ik je? Het moet nacht zijn.' Hij mopperde en vertrok weer. Petula gromde, haar snuit nog steeds in de greep van Zackya's hand. Toen ze opnieuw stopten, stond de maan laag en begon het al licht te worden. Zackya keek voorzichtig rond in het observatie-centrum. De sporen van Waqts ceremonie waren nog te zien: bloemblaadjes, opgedroogd bloed en een smeulend vuur.

'Zo is het wel goed,' zei Zackya, en hij liep de weg op. 'Ik zal je meenemen naar mijn privévertrekken in het paleis. Daar zul je het best naar je zin hebben.' Petula gromde nog steeds.

'O, het went vast snel. Maar wat zal ik je te eten geven?' Hij zocht zijn weg over de stenen richting het kleine paleis dat bij het observatiecentrum hoorde. 'Hou je van kip? Gebakken, zonder kruiden? En je vindt het vast leuk om achter de pauwen aan te rennen. Misschien vind je gestoofde pauw wel een lekkernij! Als je het mij vraagt: hoe meer gestoofde pauwen, hoe beter. Het zijn zulke stomme, krijsende beesten.'

Om hem heen kondigden de ochtendkraaien de zonsopgang aan. Zackya luidde de bel bij de poort van het paleis. Terwijl hij wachtte, keek hij even naar Petula. 'Als je belooft dat je me niet bijt, haal ik mijn hand van je snuit.'

Petula was moe. Ze was trouwens toch nooit goed in bijten geweest. Toen Zackya zijn hand weghaalde, deed ze niets. Ze keek alleen naar hem met haar grote, glinsterende ogen.

'Braaf,' zei Zackya. Hij speelde met haar zachte, slaphangende oren. 'Zeg Petula, wil je mijn huisdier zijn?' Petula deed haar ogen dicht. Ze raakte nu echt in de war. Deze man had haar net van Molly gestolen en nu verwachtte hij van haar dat ze aardig tegen hem deed.

'Nou, dat is dan afgesproken,' zei Zackya. De poort ging open. De tranen sprongen in Petula's ogen.

Fluisterend, zodat de nachtwaker hem niet kon horen, zei Zackya: 'En weet je wat? Een van de eerste cadeautjes die je van mij krijgt is een oorbel!'

Hoofdstuk vierentwintig

Molly's mond stond open. Ze kon het niet geloven.

'Hij heeft Petula meegenomen naar een andere tijd!' riep ze uit, alsof de anderen het niet gezien hadden. 'En we kunnen haar met geen mogelijkheid achternagaan. Hij heeft de kristallen meegenomen. We zitten hier voor altijd vast!' Ze staarde naar de bosjes, alsof Zackya daar door een of ander wonder uit zou komen omdat hij zich had bedacht. 'Dit is een nachtmerrie,' kreunde ze.

'Maak je geen zorgen om mij,' zei Ojas. Hij keek vol bewondering naar een voorbijscheurende motor. 'Ik vind het hier geweldig. Ik wil helemaal nooit meer terug naar 1870. Dit is de toekomst!'

'Ojas!' viel Rocky uit. 'Petula is als een mens voor ons. Hoe kun je nou over motoren zaniken als Petula net is meegenomen door een gestoorde gek?'

'O, het spijt me. Ja, het spijt me. O, jee, het spijt me zo. Ik was afgeleid door die tweewielige dingen. Vergeef me.'

Molly zakte op de grond en sloeg haar handen voor haar gezicht. 'Delen van mij zitten vast in de verkeerde tijd!'

213

'Maar Molly,' zei Bos, terwijl de kleine Petula een stukje wortel van zijn oor likte, 'kun je je dan niet herinneren wat er met je andere ikken is gebeurd? Ik bedoel, ze zijn allemaal rond 1870 in India en dat is nu heel lang geleden. Kun je je niet herinneren hoe het afgelopen is?'

'Nee! Ik herinner me niets!' huilde Molly. 'Het is één wazige vlek. De vorige keer toen ik vooruitging in de tijd, was het ook zo – het is alsof ik een herinneringsvertraging heb, of zoiets.'

Molly keek naar een paar toeristen die naar Amrit wezen, en toen gleed haar blik naar de ruïnes van het observatiecentrum. De oude trappen waren aangetast door de tijd en er zat graffiti op, maar de plek gaf haar nog steeds koude rillingen. De trappen herinnerden haar eraan dat Zackya precies wist waar ze waren. Waqt kon hen dus makkelijk opsporen. Diep in haar hart wilde ze Zackya weer zien, want er bestond nog steeds een kans dat zij hem voor zich kon winnen en dan kon ze Petula redden en de kristallen terugkrijgen. Maar aan de andere kant: als hij zou terugkomen, was de kans groot dat hij met Waqt zou komen, die haar wilde vermoorden. Ze voelde tranen opkomen.

'We moeten hier weg,' zei ze, plotseling druk gebarend.

'Baitho!' zei Ojas, en Amrit liet zich op één knie zakken. Ojas wachtte tot Molly veilig bovenop zat en gaf Amrit toen het commando om te gaan lopen. Hij dacht dat ze het best naar de drukke binnenstad van Jaipur konden gaan.

Molly liet zich op het vlondertje van de howdah zakken en streek met haar vingers langs haar wangen. De rimpels waren erger geworden. De huid was bobbelig en geschubd. Ze voelde zich ongelooflijk verdrietig.

Ojas zat voorop, Rocky en de kleine Molly zaten achter de grote Molly. Bos zat helemaal achteraan, met zijn ogen dicht.

'Ik snak naar een beetje meditatie,' zei hij, en hij zette zijn bril af. 'Dat gereis door de tijd heeft mijn hele geest door de war gehusseld, dus, hé man, als jullie het oké vinden, neem ik even een time-out. Hé Rocky, let op de pup, oké? Roep me maar als jullie me nodig hebben.' En na die woorden kruiste hij zijn benen en sloot zijn ogen.

'Misschien is het het beste als we eerst voor iedereen eten halen,' zei Molly op de automatische piloot. 'Maar ik weet niet hoe. Ik heb geen idee waar we eten voor Amrit kunnen vinden.' Ze deed haar best om niet te huilen. Ze wilde dat iemand anders de leiding overnam.

'Laat dat maar aan mij over,' zei Ojas, die haar bezorgde blik had gezien. Hij bewoog met zijn rechtervoet achter Amrits rechteroor, waarop de olifant haar pas versnelde. Toen voegde hij eraan toe: 'Weet je, Mollee, misschien waakt Ganesh, de olifantengod, wel over ons.' Molly haalde haar schouders op. Ojas ging verder. 'Dat geloof ik echt. En, Mollee, ik heb ook nog iets in mijn mouw zitten waar we wat aan kunnen hebben.'

'Echt waar?' Molly had haar hoofd tussen haar knieën verstopt.

'Ja. Maar je moet beloven dat je me niet weer de les gaat lezen omdat ik iets slechts heb gedaan.'

Molly zei niets. Ze voelde zich zo ellendig dat het haar helemaal niets kon schelen wat iemand wel of niet deed. Ze dacht alleen maar aan Petula en aan haar andere ikken die met Waqt in het verleden gevangenzaten. Ze werd overstelpt door angst en verdriet. En het engste gevoel, dat alle andere gevoelens overheerste, was de afschuwelijke leegte omdat Petula weg was. Haar Petula was weg. Ze kreeg een brok in haar keel.

'Agit!' Ojas gaf Amrit de opdracht om achter een billboard met reclame voor mannenoverhemden langs te lopen. Hij keek vlug of er geen voetgangers voorbijkwamen en haalde toen iets glinsterends en ronds uit zijn mouw.

'Dit heb ik in 1870 van de maharadja van Jaipur afgepakt,' zei hij, en hij hield het voor Molly's neus. 'Het is een van zijn enkelbanden. Ik denk dat die nu, in het moderne Jaipur, ontzettend veel waard is!'

Molly keek op.

'Wauw!' riep Rocky uit. Het kleine hondje op zijn schoot sprong op en likte aan zijn wang. 'Dat ding zit vol edelstenen!'

'Precies,' zei Ojas knikkend. 'Ik had zo'n idee dat we op een gegeven ogenblik wel wat geldelijke middelen konden gebruiken. Ik dacht: als de maharadja wakker was geweest, dan had hij zeker tegen ons gezegd dat we zijn enkelband mee moesten nemen zodat we Waqt konden verslaan. Het was allemaal voor de goede zaak, vind je niet?'

Molly liet haar hoofd weer zakken en trok haar knieën nog hoger op. Het verdriet had haar volledig in beslag genomen, en het was een hopeloos verdriet. Een verdriet dat haar vertelde dat er geen uitweg meer was. Zelfs de enkelband kon daar niets aan veranderen.

'Goed gedaan, Ojas,' zei ze op vlakke toon.

'Je moet niet zo verdrietig zijn, Mollee,' zei Ojas. 'Ik weet waarom je verdrietig bent, en dat je de hoop nu opgeeft, maar er is iets wat jij niet weet en wat je wel zou moeten weten.'

Het avondverkeer pruttelde voorbij. Een man op een motor

met een vriend op een duozadel wierp een pakje gekleurde inkt naar een andere man die hun voorbijreed. Roze verf spatte van achteren tegen de witte jas van de man.

'Die was raak!' riep Ojas lachend.

'Wát zouden we moeten weten?' vroeg Rocky.

'O, ja. Nou, Jaipur is een heel interessante stad.'

'Ja... en?'

'Je zult het straks zelf zien – we zijn nu bijna in het centrum. O, kijk nou, die hele familie zit onder de oranje verf!'

'Ja. Maar wát moeten we nou weten?' drong Rocky aan.

'Nou, kijk. In mijn tijd, in 1870, was Jaipur beroemd, heel beroemd.' Een rode motor schoot voorbij en Ojas klapte in zijn handen. 'Jemig, dat is een gaaf ding!'

'Hoezo, Ojas?' zei Rocky ongeduldig. 'Waarom was Jaipur zo beroemd?'

'Ah, ja. De stad stond bekend om zijn bijzondere stenen. De beste sieradenmakers woonden en werkten hier. Hun werk was het beste in heel India. En ik bedacht plotseling dat de nakomelingen van die sieradenmakers misschien nog steeds edelstenen zoeken om er sieraden van te maken.'

Molly tilde haar hoofd op.

'Je bedoelt dat er in deze stad veel mensen wonen die bijzondere edelstenen hebben?'

'Als het nog hetzelfde is als vroeger – ja. Dan zijn er heel veel ateliers waar sieraden gemaakt worden van bijzondere stenen, en winkels waar ze verkocht worden.'

'En je denkt dat we daar misschien tijdkristallen kunnen vinden?' Plotseling gloorde er weer een sprankje hoop aan de horizon.

'Ja. Dat denk ik, ja.'

Molly grijnsde en sloeg haar arm om Ojas heen. 'Briljant, Ojas. Je bent briljant. Ik ben zo blij dat je bij ons bent. Is hij niet slim, Rocky?'

'Hé, let een beetje op de weg!' zei Rocky.

En zo gingen ze weer verder. Ojas glimlachte en voelde met zijn hand in zijn zak. In die zak zat de andere enkelband van de gehypnotiseerde maharadja. Het gaf hem een goed gevoel. Die enkelband betekende dat hij nooit meer zou hoeven zakkenrollen.

Terug in 1870 was het ochtend geworden. Het was tien uur.

Waqt lag in het Amber-paleis, op zijn paarse zijden chaise longue, in de kamer met de zilveren muren. Naast hem de fluwelen zak met kristallen. Zijn voeten lagen op twee krukjes met kussentjes. Een kleine Indiase vrouw masseerde zijn rechterhiel en een andere vijlde zijn enorme teennagels. Hij zuchtte en sloeg de bladzijde van zijn boek om. Er werd op de deur geklopt.

'Binnen!'

Schuchter stapte Zackya de kamer binnen.

'Zo,' zei Waqt zonder op te kijken. 'Heb je haar?'

Wiebelend van opwinding zei Zackya: 'Nee, hoogheid, maar déze heb ik wel.' Hij deed zijn handen open om Molly's rode en groene edelstenen te laten zien. Waqt ging met zijn vinger langs de regels, alsof hij nog steeds aan het lezen was. Hij keek niet op. Zonder zich te laten ontmoedigen ging Zackya verder. 'En dít, hoogheid!' Hij knipte met zijn vingers. Er kwam een bediende binnen met Petula aan een lijntje achter zich aan. Haar nagels krasten over de vloer, aangezien ze weigerde mee te lopen.

'Zackya, je weet toch dat ik al woedend op je ben?' zei Waqt, en hij sloeg zonder op te kijken een pagina om. 'Ik had nog heel wat persoonlijkheidstests voor de zesjarige Molly in gedachten. En misschien had ze nog meer stikrallen voor me uit de rots kunnen halen... Niet dat een van de oudere Molly's ze kennelijk kan magnetiseren, maar dat is het nunt piet. Het punt is dat we haar door jou kwijt zijn. Je bent toch niet bezig mijn vijd te terdoen, of wel, Yackza?'

'N-nee, sahib.'

'Als ik me niet gervis, hoor ik een hond.'

'Dat klopt, hoogheid.'

'En wat,' zei Waqt langzaam, op dreigende toon, 'dacht je dat het nut was van hie dond?'

'Ze komt vast terug om de hond te halen, hoogheid!'

Toen keek Waqt hem met zijn bloeddoorlopen ogen eindelijk aan. 'Zalvehool!' beet hij hem toe. 'Je bent nooit goed geweest in spelletjes. Ik had het lokaas al uitgegooid. Ze zou terugkomen om haar andere ikken te redden. Dit is de tweede keer dat je dat beest hebt gestolen. Het is overduidelijk dat je die hond gewoon voor jezelf wilt hebben. Wachter! Neem dat beest mee en maak er een eind aan!'

Er kwam een lange, stijve man uit de hoek van de kamer, die Petula beetgreep en meenam. Zackya keek haar angstig na, wachtte tot de deur dichtging zodat het geblaf van Petula minder werd, en ging toen verder.

'En... en ik heb deze kristallen van haar gestolen, hoogheid!'

Op dat moment zag Zackya een boek op zich af komen dat

rakelings langs zijn oor suisde. De twee Indiase vrouwen vlogen op en gingen tegen de muur staan, als twee doodsbange dieren die voor de bliksem schuilen. Waqt sprong op. 'STOMMELING!' brulde hij. 'JE HEBT HET HELE SPEL VERPEST. NU ZIT ZE IN DE TOEKOMST VAST. DIT IS DE TWEEDE KEER DAT JIJ – ELLENDIGE RIOOLWURM DIE JE BENT – MIJN VEZIER PLERPEST. AAARGH!' Waqt slingerde de twee krukjes door de lucht. Zackya dook in elkaar als een verdwaalde eend in een gokhal.

'AAAAAAAARGH!' Waqt schreeuwde zo hard dat de luiken van de ramen klapperden. En toen, even plotseling als hij was uitgebarsten, was hij stil. Hij staarde met een lege blik voor zich uit. Toen besloot hij: 'Maar ze mag dan vastzitten in de toekomst, op deze manier kan ze wel laten zien waartoe ze in staat is. Hmm... Ja, dit kan nog interessant worden. Als ze net zo goed is als ik toen ik mijn hypnotische gaven net ontdekt had, dan zal ze terugkomen. En we kunnen een paar aanwijzingen voor haar achterlaten. Aanwijzingen die haar naar haar dood leiden. Je hebt het goed gedaan, Yackza. Kleine lakkerkak van me. Vandaag geen insectenverdelger voor jou.' Toen zei hij tegen een andere wachter: 'Holg de vond. Als ze al dood is, wikkel het lijk dan in een deken en breng het naar de Ganges voor een rivierbegrafenis.' Hij plukte aan zijn wenkbrauw. 'Dit paleis verveelt me. Morgen wil ik de nacht in het Bobenoi-paleis doorbrengen, in Jaipur zelf. Dat is van alle gemakken voorzien.' Hij keek met een afkeurende blik naar zijn teennagels. 'Het is echt onmogelijk om tegenwoordig nog een goede pedicure te vinden, Zackya, gooi ze eruit.'

Zackya klapte in zijn handen en maakte een *ksst-ksst*-geluid. Toen de vrouwen weg waren, knielde hij aan de voeten van zijn meester.

'U hebt altijd gelijk,' zei hij met een onnozele grijns op zijn gezicht. 'U bent heel elegant, hoogheid, en u bent heel wijs.'

Het was een hele belevenis om op een olifant door het moderne Jaipur te rijden. Rocky zat vlak achter Ojas en legde hem uit wat de verkeersregels waren. Amrit was net zo rustig en kalm als de kamelen en buffels die naast haar liepen, zelfs toen ze geraakt werd door een verfbom. Er waren veel mensen die stil bleven staan om naar hen te kijken en één echtpaar, met zongebruinde gezichten en rugzakken om, sprak Ojas aan toen ze voor het stoplicht stonden te wachten.

'Excuzeert u onz,' zeiden ze tegen Ojas, 'iz et miskien mogelik u en de olifante te uren voor un tour door de stad?'

'Het spijt me,' zei Ojas, en hij glimlachte beleefd. 'Ik zou het heel graag doen, maar morgen heb ik geen tijd. Dan moet ik weer een tijdreis maken.' De toeristen keken hem met grote ogen aan. Toen pakten ze hun zakwoordenboekje om te kijken wat 'tijdreis' betekende.

'Jij bent optimistisch,' merkte Molly op.

'Ik vind dat je altijd optimistisch moet zijn,' antwoordde Ojas.

Het werd drukker op de weg. De straten en de muren hadden alle kleuren van de regenboog door de opgedroogde verfspetters, en op de grond zag je overal oranje spuugplekken van de betelnootkauwers.

'Ik denk dat het Holi-feest nu bijna afgelopen is,' zei Ojas. Hij leidde Amrit door de straat, langs de overdekte gaanderij met winkels, en Molly keek goed naar de etalages. Alhoewel er veel winkels waren waar men tassen en sandalen verkocht en kookgerei, verkochten de meeste winkels sieraden. Ze kwamen langs een marktplaats waar mannen op de grond zaten die zilverdraad in het vuur hielden en de langgerekte druppels opvingen. Bloemverkopers zaten met gekruiste benen op hoge kraampjes en maakten met naald en draad kransen van goudbloemen en frangipanebloemetjes.

Aan de rechterkant zag Molly een paar mooiere winkels. Toen werd haar blik naar een bepaalde etalage getrokken.

'Kijk!' zei ze.

Iets verderop was een winkel met grote glazen paneeldeuren. Er hing vitrage achter de ramen, zodat je niet naar binnen kon kijken. Het bord boven de ingang was erg smaakvol. Er stonden sierlijke gouden en rode letters op.

HET ROBIJNENRIJK

'Ojas, blijf jij met Amrit en de pup en Bos hier, dan ga ik met de kleine Molly en Rocky naar binnen om te kijken of ik tijdstenen kan vinden.'

'Dat is goed, Mollee. Ik pas wel op deze Bosjesman,' zei Ojas met een knikje, en hij keek over zijn schouder naar Bos, die lag te snurken. 'Hier is de enkelband, Rocky.'

'We zullen zorgen dat we heel veel geld voor de enkelband krijgen, zodat we genoeg eten voor Amrit kunnen kopen.'

'O ja, Mollee, ze heeft erge honger.' Amrit zakte door haar knieën zodat Molly, Rocky en de kleine Molly naar beneden konden klimmen.

'Maar wat vinden olifanten eigenlijk lekker?' vroeg Molly toen Amrit met haar lange wimpers naar haar knipperde.

'Palmbladeren, bamboebladeren, suikerrietstengels, bananen, rijst, cake, zoete *dumplings* en natuurlijk *gur*.'

'Gur?'

'Gur is ongezuiverde melasse. Een soort stroop. Olifanten zijn dol op gur.'

Molly knikte. 'Eén gur en een portie patat. Komt eraan.'

Hoofdstuk vijfentwintig

Molly klopte op het glas van de winkeldeur. Na een tijdje deed een man met een zijdeachtige snor de vitrage een stukje opzij. 'Mogen we even binnenkomen?' vroeg Molly, de woorden duidelijk uitsprekend zodat hij haar lippen kon lezen.

De winkelier keek even naar Amrit, die aan de overkant van de straat stond, tikte toen op zijn horloge en schudde zijn hoofd. Molly stootte Rocky aan, die snel de antieke enkelband te voorschijn haalde. De wenkbrauwen van de winkelier maakten een dansje op zijn voorhoofd. Hij zei iets tegen iemand achter in de winkel en wees toen naar de zijkant van het pand.

Aan de zijkant van de winkel was een steegje. Er was een zwaar metalen hek met een groot slot.

Naast het hek zat een arme man op de grond, met een bakje tussen zijn benen. Voor een van zijn ogen zat een lapje. Zijn andere oog was troebel door de grauwe staar. Het bakje zat vol geld. Molly zocht in haar zak en deed een munt uit 1870 in het bakje.

'Ik weet zeker dat de winkelier daar wel iets voor geeft,' zei

224

ze, in de hoop dat de man haar verstond. 'Ik heb geen nieuw geld.'

Aan de zijkant van de winkel stond een bewaker met een dubbele kin te wachten. Hij ging hun voor en toen ze door een poortje liepen, kwamen ze in een kleine wachtruimte met groenfluwelen stoelen.

Langs de muren van de winkel stonden overal vitrines vol oude Indiase voorwerpen, waaronder een gouden schaakspel. De koning en de dame zaten op olifanten en alle lopers zaten op kamelen en hadden tulbanden op. Verder was er een klein schip van fijn zilverwerk, een slang van gouden schakels en een marmeren ei met prachtige patronen van ingelegde gekleurde stenen. Er waren planken met zwartfluwelen tableaus waar prachtige kettingen van diamanten, edelstenen en parels op lagen. In het midden van de ruimte stond een vitrine vol ringen en armbanden met waardevolle stenen.

En in het midden van de winkel stond ook de winkelier, in een bruine broek en een spierwit overhemd. Hij keek hen verwachtingsvol aan en wenkte naar de bewaker dat hij kon gaan.

'Goedenavond,' zei hij. 'Dus jullie hebben iets wat je graag aan mij wilt laten zien?'

Molly vroeg zich af of het nodig was om hem te hypnotiseren. Hij maakte een aardige indruk. Maar het was al laat en ze had geen tijd om vriendschap te sluiten. Hij zou nooit geloven dat ze door de tijd waren gereisd, dus om de zaken een beetje te versnellen, glimlachte ze naar hem, en zodra zijn ogen de hare ontmoetten, straalde ze een hypnotische blik naar hem uit. De man deed een stap naar achteren, wankelde even, maar hervond zijn evenwicht en ging rechtop staan. Hij trilde een beetje. Toen keek hij met een wazige blik naar het meisje dat voor hem stond, en dat in zijn ogen nu een zeer belangrijke dame was.

'Heel goed,' zei Molly. 'Nu, meneer ehm... hoe heet u?'

'Meneer Chengelpet,' zei de winkelier.

'Oké, meneer Chengelpet, u bent nu helemaal in mijn macht. Ik ga u vertellen wat ik precies zoek en ik wil dat u mij op mijn woord gelooft. Daarna wil ik weten of u mij kunt helpen.'

De zachtaardige man glimlachte. En dus begon Molly te vertellen. Ze vertelde over de kristallen en dat ze met die kristallen door de tijd kon reizen en ze vroeg hem of hij enig idee had wat voor stenen het groene en het rode kristal waren.

'Ik – weet het – niet zeker,' zei de man bereidwillig. 'Ik heb – verschillende kristallen – in die kleuren – die – ik kan laten zien. Groene smaragden – rode robijnen – granaten en – bloedrode ijzerstenen. Ze liggen – in mijn kluis in – de achterkamer. Het zijn – oude stenen die – mijn overgrootvader heeft gekocht. Mijn – vader wilde ze niet verkopen – en ik – ook niet. Het zijn heel – bijzondere – stenen.'

Molly's ogen lichtten op.

'Oké, dat klinkt goed.' Ze wierp een blik op Rocky, die naast de kleine Molly stond om ervoor te zorgen dat ze niets kapotmaakte. 'Kunt u ons die stenen laten zien?'

De man leidde hen via een houten deur met figuren erin naar een smalle, korte trap die naar een rommelig kantoortje liep. De ruimte had geen ramen. Tegen de achtermuur stonden twee grote kluizen en er was een tafel met stoelen aan beide kanten. De tafel lag vol stapels met belangrijke documenten, weegschalen en gewichten en een hele verzameling vergrootglazen. Terwijl meneer Chengelpet aan het cijferslot van een van de kluizen draaide, ging Molly op een stoel zitten en keek naar de lijstjes aan de muur met foto's van de winkelier, zijn vrouw en zijn twee jonge zoons.

'Ik heb – deze rode – edelstenen,' zei hij, en hij haalde twee leren koffertjes uit de kluis en opende ze.

'Wauw! Die zijn mooi!' zei de kleine Molly.

Grote Molly pakte een edelsteen. Hij was klein. Ze twijfelde. Maar toen ze haar ogen dichtdeed, voelde ze dat hij geen enkele kracht uitstraalde.

'Wat voor soort steen is dit?' vroeg ze.

'Een – robijn. Die is – groot – maar deze is – nóg groter.' De juwelier maakte een suède zakje open en haalde er trots een robijn uit. Hij was niet groter dan een erwt. Hij gaf de steen aan Molly.

Molly pakte hem hoopvol aan en hield hem in haar hand, maar ook deze steen bezat geen enkele kracht. De moed zonk haar in de schoenen. Rocky keek haar vragend aan. Ze schudde haar hoofd.

'De rode edelsteen die ik vroeger had, was minstens acht keer zo groot.'

'Helaas heb ik – geen robijn die – zo groot is,' zei meneer Chengelpet. 'Er zijn wel grote – zoals de 18.000-karaats – edelsteen – Heracles – in Thailand. Maar de robijn die ik u heb laten zien – is naar onze maatstaven – groot. Ik verkoop – hem niet omdat – hij zo – zeldzaam is en groot.'

'Ik vind hem helemaal niet groot,' zei de kleine Molly.

'Hé, ssst, Molly,' zei Rocky. 'Grote Molly probeert zich te concentreren.'

Molly vroeg zich af of de tijdkristallen bijzondere robijnen waren of misschien heel andere stenen.

'Hebt u nog andere rode kristallen?'

'Ik heb deze edelstenen – dat zijn toermalijnen – en deze – dat zijn rode topazen,' legde de juwelier uit. De prachtige rode stenen die hij aan haar gaf, straalden geen van alle iets uit.

Molly voelde dat ze in paniek begon te raken. 'En groene kristallen?'

'Ja – een paar – smaragden. Ik heb een paar – heel bijzondere – smaragden die ik bijna nooit aan iemand – laat zien! En een paar groene saffieren en – groene opalen.'

Molly putte enige hoop uit zijn verhaal en keek toe hoe de man nog meer leren koffertjes uit de grote kluis haalde. In de koffertjes zaten kleine groene kristallen.

'Ooo, die zijn echt heel mooi,' zei de kleine Molly, die zich niet kon inhouden.

Molly raakte de kleine edelstenen aan. Ze ging met haar vinger langs elke steen. Ze waren prachtig, maar ze voelde niets.

'Dit heeft geen zin!' fluisterde ze tegen Rocky. Maar toen, net toen ze naar voren leunde om de koffertjes weg te schuiven, riep de kleine Molly: 'Bah, kijk! Die is lelijk!' Ze wees naar een onopvallend steentje achter in het koffertje.

Alle ogen gingen naar een troebel, groen steentje ter grootte van een lychee dat op het vale fluweel bijna niet opviel. Het stelde niets voor. Aan de zijkant zat een vreemde kras in de vorm van een boemerang.

'Wat is dat?' vroeg Molly, en ze pakte het steentje op. Ze deed haar ogen dicht en nog voor ze zich concentreerde voelde ze al een stroom energie uit de steen komen.

'Ik weet het – niet zeker. Het is – een vreemde steen. Een soort kwarts, misschien. Niet waardevol maar – vreemd. Daarom heb ik hem bewaard.'

Molly knikte naar Rocky.

Rocky haalde de enkelband uit zijn mouw. 'Wat vindt u hiervan?' vroeg hij.

De juwelier wiebelde met zijn hoofd en hield de zware enkelband in zijn hand. Hij draaide hem rond en met een typische hypnoseblik in zijn ogen bewonderde hij de blauwe saffieren en de witte parels. 'Dit is een – prachtig voorbeeld van de sieraden – die men rond 1750 maakte. Ik heb – zulke bijzondere sieraden – alleen in het museum gezien.'

De enkelband was dus nog ouder dan ze hadden gedacht.

'Wilt u hem kopen? Wat is hij waard?'

'Twee miljoen roepies. Als ik winst wil – maken – zou ik er anderhalf miljoen roepies voor – vragen.'

'Dat is veel geld!' riep de kleine Molly uit.

'En hoeveel wilt u voor de troebele groene steen hebben?'

'Die vieze groene steen?' piepte de kleine Molly. 'Nee, die moet je niet kopen!'

'Ssst, Molly.'

'Die is eigenlijk – niet – te koop,' zei de juwelier zonder op de kleine Molly te letten, 'omdat ik hem – zo mooi vind. Ik heb nooit goed over – de prijs nagedacht. Ik denk niet – dat er een prijs – voor te geven is.'

'Hmm.' Molly pakte het kristal met de kras erop. 'Oké. Dit is de deal: wij verkopen deze enkelband voor zevenhonderdduizend roepies, dat is echt een scherpe prijs, en in ruil daarvoor geeft u ons dat beschadigde kristal.'

De winkelier knikte. Zijn hoofd schommelde heen en weer als een tak in de wind. Molly schoof de enkelband naar hem toe en stopte de troebele groene steen in haar zak. 'Dat is echt een ontzettend slechte ruil,' mopperde de kleine Molly. Boos, omdat haar reisgenoten zo'n domme koop hadden gesloten, draaide ze zich om en stampte de trap op.

'Hebt u de roepies hier?' vroeg Rocky.

'Na – tuurlijk.' Meneer Chengelpet draaide zich om en opende een aktetas. Hij haalde er veertien stapeltjes bankbiljetten uit, die zorgvuldig met elastiekjes bijeengehouden werden. Rocky pakte ze en deed ze in Molly's tas. Hij maakte Molly duidelijk dat het tijd was om te gaan.

'Het was erg prettig om zaken met u te doen,' zei Molly toen ze weer in de winkel stonden. 'Straks haal ik u uit uw trance. U zult denken dat u zojuist een koop hebt gesloten met een Fransman, die al weg is. Hij heeft de enkelband aan u verkocht voor een heel schappelijk prijsje en in ruil daarvoor hebt u hem het groene kristal gegeven. U zult niet meer weten dat wij iets met de enkelband te maken hebben. In plaats daarvan denkt u dat wij gewoon een paar aardige kinderen waren die even in de winkel wilden kijken.'

'En als we eenmaal weg zijn, vergeet u ons en de olifant buiten,' voegde Rocky eraan toe.

Molly klapte in haar handen. Meneer Chengelpet werd wakker. Het duurde even voor hij alles weer op een rijtje had en de instructies die Molly en Rocky hem gegeven hadden tot hem doordrongen. Toen keek hij hen heel blij aan.

'Och, kinderen, kinderen, wat ontzettend leuk dat jullie hier zijn, maar ik moet nu echt naar huis. Ik heb een feestje te vieren!'

'Een verjaardag?' vroeg Molly.

'O nee. Ik heb vandaag een bijzonder goede koop gesloten.'

'Ja, dat hebt u zeker!' zei de kleine Molly. Rocky gaf een ruk aan haar mouw.

Molly voelde de steen in haar zak en hoopte maar dat ze zich de kracht ervan niet had ingebeeld.

'Ik hoop dat u en uw zoons een heerlijke avond hebben!' zei ze.

'Hoe weet jij dat ik twee zoons heb?' vroeg de man lachend terwijl hij de deur voor hen openhield.

Ojas stond buiten op hen te wachten. Er had zich een hele groep mensen verzameld rondom Amrit, die een beetje stond te doezelen. Ze had haar achterpoten gekruist, als een man die tegen een hek aan leunt.

Ze duwden de kleine Molly naar boven.

'Dat was de slechtste deal ooit,' zei ze neerbuigend toen ze weer op Amrit zaten.

Ojas brandde van nieuwsgierigheid. 'Heb je gevonden wat je zocht?'

'Ik hoop het,' zei Molly. 'Nou ja, we hebben een deel van wat we zochten: dit groene kristal. Kijk.'

'Geen rood kristal?'

'Nee.'

'Dus je kunt alleen terug in de tijd gaan?' fluisterde Ojas. 'Maar als je teruggaat naar de goede plek kun je daar een rood kristal vinden, of niet?'

'Precies. Als deze steen maar werkt. Ik ga hem straks uit-proberen. Hij voelt anders dan die andere. Maar ik heb weer hoop. Dank je, Ojas. Het was heel aardig van je dat je de enkelband hebt gegeven. Je had hem ook voor jezelf kunnen houden.'

'Ik ben blij dat ik iets kan doen!'

'Ik denk niet dat we de steen nu moeten uitproberen, Molly,' zei Rocky. 'We zijn allemaal moe. Voordat we Waqt opzoeken, moeten we eerst goed eten en slapen.'

'Dat geldt ook voor Amrit,' knikte Ojas, die de olifant achteruit uit haar parkeerplaats leidde.

'Jullie hebben gelijk,' zei Molly. 'We hebben een tas vol geld. We kunnen het duurste hotel in de stad uitzoeken. Daar kunnen ze vast wel iets te eten voor haar maken.'

'Als je maar genoeg geld hebt, kan alles.' Ojas riep iets naar beneden, naar een man die op straat liep. De oude man wees naar het centrum van Jaipur en zei iets terug in het Hindi.

'Het beste hotel in de stad is in een oud paleis!' riep Ojas uit. 'Dit wordt vast heel, heel erg leuk,' voegde hij eraan toe, en hij wiebelde op die typisch Indiase manier met zijn hoofd.

Hoofdstuk zesentwintig

Het Bobenoi-paleis stond midden in Jaipur. Het was een klein, prachtig onderhouden paleis dat toebehoorde aan een rijke Indiase familie. Zodra hun het bericht bereikte dat Waqt zou komen, liet de vader van het gezin de paarden optuigen en zijn vrouw gaf opdracht zo snel mogelijk een paar picknickmanden te vullen. Waqt was berucht om zijn woedeaanvallen en zijn macht, en de familie had er helemaal geen behoefte aan om hem te ontmoeten. Ze pakten alleen de hoogstnodige spullen in en zij, hun vier kinderen en hun bedienden stapten in de grootste koetsen die ze hadden en vertrokken richting hun buitenhuis in de bergen.

Toen Waqt aankwam was er niemand meer, behalve een paar bedienden, die hem nerveus verwelkomden. Ze sleepten de meubels uit de zitkamer met het hoge plafond en zetten er een bed neer, zodat hij niet in de kamer met het lage plafond op de eerste verdieping hoefde te slapen. Ze haalden de vijver met goudvissen leeg en maakten hem goed schoon, zodat ze er emmers heet water in konden gooien, mocht Waqt een bad willen nemen.

De bedienden zagen hoe twee magere meisjes van ongeveer tien en drie jaar, die allebei warrige haren hadden en erg op elkaar leken, van een olifant af klommen en naar binnen gingen. Een van hen had een baby in haar armen. Ze zagen geen moeder.

Waqt, die zijn fluwelen zak met kristallen droeg, leidde zijn gevangenen door de hal naar de siertuin. Hij gaf opdracht om kussens en dekens naar buiten te brengen en even later lag hij languit terwijl een bediende een betelnootblad voor hem rolde. Hij propte de paan in zijn mond, trok de zak met kristallen naar zich toe en bekeek zijn trofeeën. Toen pakte hij zijn aantekenblok en knipte met zijn vingers. 'Drie jaar oude Molly, word wakker!' Het kleine kind ontwaakte.

Alhoewel ze in trance was geweest, had ze toen ze aankwamen de schommel gezien die achter in de paleistuin stond. Ze keek en zag hem opnieuw. Meteen sprong ze op en rende het pad af.

'KOM ONMIDDELLIJK TERUG!' riep Waqt. Maar het kleine meisje hoorde hem niet. Ze kon alleen maar aan de schommel denken. 'Ach, laat ook maar,' zei Waqt kwaad. Hij keek naar de andere Molly.

'Tien jaar oude Molly, word wakker en onthoud wat er gebeurt.'

De tienjarige Molly was zich heel erg bewust van haar situatie. De laatste keer dat ze uit haar trance was gehaald, was ze in het Rode fort geweest, toen ze getest werd. Toen was ze erg in de war geweest, maar nu was ze heel helder. Want sindsdien had ze nagedacht over de reis en wat er allemaal gebeurd was. Molly had een paar dingen vastgesteld.

Ten eerste had ze vastgesteld dat ze was gehypnotiseerd, ten tweede dat ze in India waren, ten derde dat ze terug waren gegaan in de tijd. Ze wist dat je met de kristallen om de nek van de maharadja door de tijd kon reizen. Ze was bovendien tot de conclusie gekomen dat de baby en de driejarige Molly allebei haar andere ikken waren. En ze wist zeker dat de maharadja slecht was en dat het oudere meisje, dat op haar leek en dat bij het vuur was verschenen en het zesjarige meisje had meegenomen, aan haar kant stond. Want ze herinnerde zich dat ze als zesjarige gered was door het oudere meisje en dat ze op een olifant was getild en dat ze voor haar had gezorgd. Molly wist dat ze deze oudere Molly op de een of andere manier moest zien te helpen.

'Oké,' zei Waqt, en hij strekte zijn benen, 'vandaag wil ik onderzoeken hoe groot jouw hypnotische krachten waren voordat je erachter kwam dat je een hypnotische gave had. Als baby Waqta groter is, wil ik het haar leren, dus vandaag ga ik met jou oefenen.' Molly staarde naar de driejarige Molly, die heen en weer schommelde. 'Straks kijk je in mijn ogen,' zei Waqt, 'en als je dat doet, probeer je jezelf te beschermen tegen mijn sterke hypnotische blik. Kijk maar.'

Molly herhaalde in gedachten wat Waqt zojuist had gezegd: *vandaag wil ik onderzoeken hoe groot jouw hypnotische krachten waren voordat je erachter kwam dat je een hypnotische gave had...* Hieruit kon je opmaken dat zij op een dag heel veel zou leren over hypnotiseren. Was het oudere meisje een briljante hypnotiseur? Was dat meisje haar toekomst? Molly keek naar de reus en herinnerde zich alle vervelende mensen die ze in haar leven had ontmoet: juffrouw Addersteen, Edna en mevrouw Padstra, haar gemene schooljuf. Mevrouw Padstra was heel vaak kwaad op haar geweest en als zij tekeerging, dan reageerde Molly altijd door haar gedachten gewoon te laten gaan, alsof ze droomde. Nu deed ze precies hetzelfde. Toen ze in de ogen van de reus keek, was het alsof de ogen in haar schedel niet van haar waren. Het was net alsof ze vanachter haar ogen keek, op een veilige afstand. De omtrekken van de maharadja werden vaag.

'Kijk in mijn ogen!' Waqts stem klonk alsof hij door een afvoerpijp praatte.

Molly zorgde ervoor dat ze afwezig bleef, waardoor er geen contact tot stand kwam. Haar techniek bleek heel goed te werken. Want toen Waqt naar het meisje staarde, merkte hij dat hij haar blik niet kon vangen. Hij kon niet tot de pupillen doordringen. Ze waren afgeschermd. Hij wist niet precies hoe ze dit gedaan had. Aan de ene kant was hij blij en vol bewondering, omdat dit de toekomst was van zijn geadopteerde baby; aan de andere kant kreeg hij een ongemakkelijk gevoel, want hoe moest hij dit meisje nu opnieuw in trance brengen? Toen ontspande hij zich. Hij kon natuurlijk altijd tien minuten teruggaan in de tijd en dan was het probleem opgelost. Hoe dan ook, bedacht hij, ze vormde toch geen bedreiging, ook niet als ze niet onder hypnose was – hij liet haar gewoon bewaken. En hij zou haar blinddoeken, zodat ze geen belangrijke aanwijzingen aan de oudere Molly kon doorgeven.

En dus merkte de tienjarige Molly tot haar vreugde dat Waqt haar niet opnieuw in trance bracht. Voorzichtig kwam ze uit haar schulp gekropen. Maar voordat ze om zich heen kon kijken, werd er een doek voor haar ogen gebonden.

Zodoende zag de tien jaar oude Molly niet hoe mooi het

Bobenoi-paleis was. Maar ze kon het wel proeven, ruiken, voelen en horen.

Geblinddoekt at ze een zalige Indiase maaltijd en luisterde ze naar het gefluit van de vogels. Ze hoorde zachte Indiase muziek en ze hoorde de driejarige Molly tegen de maharadja zeggen dat ze snoepjes wilde. Terwijl ze met haar vlekkerige roze benen in de zon zat, bedacht ze dat, ondanks het feit dat ze niet met Rocky en mevrouw Trinkelaar kon kletsen, dit best een leuke plek was, leuker in elk geval dan het weeshuis. Het enige probleem was de gestoorde maharadja. Ze had geen idee wat hij van plan was. Ze vroeg zich af hoe lang hij haar geblinddoekt zou houden en waar de oudere Molly was. Ze zou zomaar uit het niets kunnen verschijnen om haar en de driejarige Molly en de baby te redden. Misschien had ze wel hulp nodig. Molly, die het idee had dat ze tot nu toe nooit erg behulpzaam was geweest, nam zich voor om te bedenken hoe ze het oudere meisje kon helpen.

In het jaar 2000 was het Bobenoi-hotel het beste hotel van Jaipur. Het was niet altijd een hotel geweest. Ooit was het paleis van een rijke Indiase familie.

Ojas leidde Amrit naar een prachtige binnenplaats vol bloemen en iedereen klom naar beneden.

'Had ik die paarse capsule maar nooit doorgeslikt,' zei Molly zachtjes tegen Rocky en Bos toen ze hun kleren rechttrokken. 'Ik vind het helemaal geen prettig idee dat Zackya en Waqt precies weten waar ik ben. Ze kunnen elk moment te voorschijn floepen. Maar wíj weten niet waar zíj zijn. Zij kunnen overal zijn. Ik bedoel, hoe kunnen wij hen ooit opsporen?'

'Waarschijnlijk kan Waqt de verleiding niet weerstaan om je uit te dagen,' zei Rocky. 'Ik durf te wedden dat hij wel een of andere aanwijzing voor je achterlaat. Hij vindt het leuk om met jou te spelen, Molly. Zodra we teruggaan naar 1870 zullen we wel aanwijzingen vinden. En zodra je weer in dezelfde tijdzone bent als de jongere Molly's, en die herinneringsvertraging is verdwenen, weet ik zeker dat je je precies herinnert waar ze heen gegaan zijn – en waar ze op dat moment zijn.'

'Maar ik heb alleen het groene kristal. Ik kan maar één kant op reizen – *terug* in de tijd. Misschien zit ik dan in het verleden gevangen.'

'Niet als je een rood kristal weet te vinden zodra je terug bent gegaan.'

'En als dat niet lukt?'

'Dan zit je als een rat in de val,' zei Bos.

'Bos!' zei Rocky. 'Dat was nou net wat je níét moest zeggen.'

'O, sorry, man.'

Rocky legde zijn hand op Molly's schouder. 'Probeer daar nou maar even niet aan te denken. We zijn allemaal bekaf. Laten we zorgen dat we vannacht goed slapen.'

En dus liepen Molly en Rocky naar de prachtig versierde ingang van het Bobenoi-hotel. Bij de deur stond een grote sikh met een tulband en een warrige snor. Hij leek eerder op een krijger dan op een portier. Molly bedekte haar schilferige huid met haar sluier. De man lachte en maakte een diepe buiging.

Molly boog. 'Namaskar.'

Binnen was het koel en rustig en heel aangenaam. Er was een marmeren vloer met bruine en witte tegels en een hoog plafond. Een paar Japanse toeristen stonden rond een glazen

tafel en keken aandachtig in een dik, oud boek met handtekeningen. Het bleek een oud gastenboek te zijn. Een Indiase
vrouw, met een sari in dezelfde kleur als de bronzen pilaren
om haar heen, stond achter de balie.

'Welkom in het Bobenoi-hotel. Kan ik u helpen?'

Molly wist niet beter dan dat volwassenen nooit zaken wilden doen met kinderen en ze had een achterdochtige hotel-
receptioniste verwacht, maar deze vrouw was zo behulpzaam
dat Molly niet zo goed wist wat ze moest zeggen.

'We zijn niet met een volwassene,' zei ze. 'Nou ja, eigenlijk
wel, maar hij is niet zoals normale volwassenen. Ik bedoel, hij
is niet gek of zo, hij is gewoon... ehm... hij zit buiten te mediteren op een olifant...'

Rocky wierp Molly een heb-je-ze-nog-wel-allemaal-op-een-
rijtje-blik toe.

De vrouw glimlachte. 'Wat kan ik voor u doen?'

'We willen graag drie kamers boeken,' zei Rocky. 'We kunnen vooraf betalen. En we hebben een hongerige olifant die
ook moet slapen... niet in het hotel natuurlijk, maar misschien hebben jullie een plekje in de tuin waar ze kan slapen...? Het belangrijkste is dat ze te eten krijgt. We kunnen
zoveel betalen als u wilt, als u maar iets voor haar kunt halen... palmbladeren, dat soort dingen. Ik neem aan dat jullie
die niet gewoon in de keuken hebben?' voegde hij er onzeker
aan toe.

'Wat een bijzondere bestelling!' zei de vrouw. Ze had een
heel lief gezicht en haar tanden glinsterden als parels. Molly en
Rocky stonden versteld van het gemak waarmee alles ging.

'Ons motto hier is: "Alles wat we voor u kunnen doen, doen

we en wat we niet kunnen doen, doen we toch." Kijk maar, het staat hier op de muur.' Ze wees naar de letters op de muur.

> *Alles wat we voor u kunnen doen,*
> *doen we*
> *en wat we niet kunnen doen,*
> *doen we toch.*

'O!' zei Molly. 'En is dit dan een zaak waarbij u ons niet kunt helpen maar het toch zult proberen, óf is dit een zaak waarbij u ons wel kunt helpen en het dus ook zult doen?'

'O, natuurlijk kunnen we helpen! Wij vinden het heel erg leuk als er hier olifanten logeren. Het genoegen is geheel aan onze kant. Wij danken u dat u ons hotel hebt uitgekozen. Uw olifant zal ons heel veel geluk brengen!'

'Wauw! Nou, dat is dan mooi,' zei Molly. Ze was verbijsterd. Ze kon zich niet voorstellen dat er in Braamburg een hotel was waar ze het goed vonden als je een olifant meenam.

De vrouw pleegde een paar telefoontjes en binnen tien minuten was alles geregeld.

'De piccolo is onderweg om uw vrienden te laten zien waar ze de olifant naartoe kunnen brengen. Het is beneden in de tuin, waar de zomerverblijven zijn. Ik kom daar straks naartoe om u de kamers te laten zien. Het eten voor uw olifant komt eraan.'

En dus gingen ze naar buiten.

De tuinen van het paleis waren heel exotisch, met groene

papegaaien die boven de paden fladderden en lichtbruine apen die hoog in de bomen heen en weer slingerden. Er was een groot, turkooizen zwembad met beelden van olifanten. Uit hun slurven spoot water omhoog. Er was een cricketveldje en er was een kleine tempel waar je yoga kon doen. Achterin was een prachtig restaurant waar mensen in een serre zaten te eten. Ze wezen verrukt naar Amrit, die rustig achter Ojas aan over het gazon stapte, en naar de kleine Petula, die haar best deed de olifant bij te houden. Ojas leidde Amrit naar een frangipangeboom omdat de piccolo had gezegd dat hij haar daar aan vast kon maken.

De kamers in de zomerverblijven waren heel mooi, met een hemelbed en gekleurde zijden stof erover. Het bad was verzonken in de vloer en de treden liepen door tot onder water. Buiten was een douche, die omringd was door muren vol bougainvilles en junglebladeren erboven. Er hing een bordje waarop stond:

> *Sluit alstublieft de ramen*
> *voor u de kamer verlaat.*

Molly deed het nieuwe kristal heel voorzichtig in een gouden kom die op de tafel stond en liet zichzelf op bed vallen. Kleine Molly deed hetzelfde. Ze waren allebei bekaf.

'Wat vind je ervan? Mooi is het hier, hè?'

'Het is net een sprookjespaleis,' zei het zesjarige meisje.

'Mozeskriebel, dit is gaaf!' zei Bos. En toen hij de minibar opende en een ananassapje voor zichzelf inschonk, voegde hij eraan toe: 'Ik heb gemediteerd op wat voor yogahoudingen jij moet doen om die siliconenchip uit je lichaam te krijgen. Ik weet een paar zuiverende houdingen die die paarse pil uit je ingewanden zullen verdrijven. Ik ga met de kok praten over de ingrediënten. Je hebt een "verwijder-de-paarse-pil-maaltijd" nodig.'

'Ik zat te denken aan een ketchupsandwich en een glas water met suiker en een beetje prik,' zei Molly.

'Voor jou niks lekkers vanavond. Als je dat ding eruit wilt krijgen, moet je eten wat ik zeg.'

Later die avond lag de pup op een bot te knauwen en kauwde Molly op een hard, taai stokje dat heel bitter smaakte. Naast haar stond een heel rijtje karaffen met donkere aftreksels.

De kleine Molly was in bed gestopt en Ojas zat op de kamer die hij met Rocky deelde. Hij zat aan de televisie gekluisterd. Toen Rocky was weggegaan, had hij met grote ogen naar een vrolijke Bollywood-film zitten kijken. Ondertussen gaf Bos Molly een intensieve yogales. Rocky lachte toen Bos Molly's lichaam in allerlei onmogelijke houdingen draaide, alsof ze een slangenvrouw in het circus was.

'Straks ben je me dankbaar,' zei Bos, terwijl Molly met gekruiste benen op haar hoofd stond. 'Deze combinatie van behandelingen werkt altijd. Het zuivert je hele lichaam. Dus morgen ben je die opspoorpil kwijt. Zorg er alleen wel voor dat je morgenochtend direct naar de wc kunt.'

'O, geweldig. Bedankt,' zei Molly. Haar maag rommelde. 'Ik hoop dat je gelijk hebt.'

Die nacht sliep Molly heel slecht. Ze lag onder de ronddraaiende ventilator te woelen en te draaien en ze maalde maar door over alle problemen die ze nog moesten overwinnen.

Ze droomde dat ze veranderd was in een krom, oud vrouwtje, uitgedroogd en geschubd door haar reizen door de tijd. In haar droom kwam ze maar met moeite vooruit. Ze liep door een modderig bos en volgde een spoor van kindervoetstappen. Naast de voetstappen zag ze de sporen van een pauw en vooraan de reuzenvoetstappen van een yeti. In haar nachtmerrie werd Molly steeds dieper en dieper het bos in gelokt. Terwijl ze verder liep, werden de bomen hoger en hoger totdat het pikdonker was en ze de grond niet meer kon zien. En toen begon de modder geluid te maken en te bewegen en haar op te slokken. Toen ze zonk, zag ze het groene kristal met het litteken in het slijk verdwijnen.

Molly werd wakker en huiverde. Ze was doodsbang dat haar steen was verdwenen. Ze stond op en zag hem onmiddellijk in de gouden kom op tafel liggen. Opgelucht maar nog steeds verward door de droom, pakte ze hem op en liep naar de badkamer om een slokje water te drinken. Ze deed het licht aan en keek naar zichzelf in de spiegel. Het leek wel of er een Bollywood-visagiste begonnen was met het schminken van haar gezicht maar halverwege thee was gaan drinken. Maar haar gezicht kon Molly op dit moment niet zoveel schelen. Ze zou haar hele lichaam opofferen als ze daarmee Petula en haar andere ikken kon terugkrijgen. En dat, realiseerde ze zich, was misschien inderdaad de prijs die ze zou moeten betalen.

Molly ging terug naar bed en legde de steen met het litteken onder haar kussen, bij haar doorzichtige kristal. Toen alles weer donker was, vroeg ze zich opnieuw af waarom Waqt haar wilde adopteren als baby en niet als een oudere Molly. Ze dacht aan haar moeder, Lucy, en aan waarom zij toch zo treurig was en zo teleurgesteld in Molly.

Met een verdrietig gevoel in haar buik viel ze uiteindelijk in een droomloze slaap.

Om zeven uur ontwaakte haar buik.

Ze had vreselijke krampen. Het voelde alsof er allemaal monstertjes in haar zaten die in haar darmen prikten. Ze vloog haar bed uit en bracht het volgende uur door in de badkamer.

'Dit zet ik je betaald, Bos!' riep ze vanaf de wc.

Maar toen ze eindelijk klaar was, voelde ze zich fantastisch. En de paarse capsule was verdwenen. Doorgespoeld en op reis door de riolen van Jaipur.

Bos had minder geluk. Nadat hij vroeg op de ochtend een douche had genomen, was hij vergeten de badkamerdeur naar buiten te sluiten, en terwijl hij naar de yogatempel was gegaan om de opkomende zon te begroeten, waren de apen naar binnen geklommen. Toen hij terug was gekomen, was het alsof er een bom op zijn ontbijtblad was ontploft. Het eten zat overal. De apen hadden zich niet gewoon tegoed gedaan aan zijn ontbijt, het leek wel of ze ermee gepingpongd hadden. De ramen zaten onder de spetters groene curry en er zaten drie spiegeleieren tegen het plafond geplakt. De tien verschillende vruchtensappen die Bos had besteld, dropen langs de muren en door het baldakijn van het hemelbed. De apen hadden de kussens kapotgemaakt zodat er overal veren dwarrelden. En ze hadden alle pagina's uit de boeken gescheurd. In de badkamer was het zo mogelijk nóg erger. De apen hadden met de tandpasta en het bubbelbad gespeeld en de vloer was kleddernat en glibberig doordat ze hadden zitten poedelen in de wc, waar nu twee rollen toiletpapier in lagen. De derde rol hadden ze uitgerold. Maar wat Bos het ergst vond, was dat ze zijn supersterke, speciaal voor hem gemaakte ontspant-lichaam-en-geest-pillen een voor een uit de strip hadden gehaald en hadden opgegeten.

'O... man... dat was mijn speciale kruidenmedicijn dat mijn drukpuntenspecialist me had voorgeschreven,' kreunde hij.

Buiten was het al net zo'n grote chaos. Amrit, die 's nachts een wandelingetje had willen maken, had de honderd jaar oude frangipangeboom uit de grond getrokken. De oude boom lag geveld op het pad. Nadat Amrit zich had bevrijd, was ze het zwembad in gegaan, waar ze nu nog steeds zat. Ze spoot met haar slurf het water over haar rug en keek zo gelukkig als maar kon. Vlakbij, onder de parasols, aapten vier superontspannen, bruine apen de mensen na die ze daar zo vaak hadden zien zonnebaden.

Vreemd genoeg leek het hotelpersoneel niet erg onder de indruk te zijn van alle gebeurtenissen. Ondanks de bordjes kwamen er wel vaker apen de kamers binnen en ze vonden het kennelijk wel grappig dat Amrit wilde pootjebaden. Ze zeiden telkens hoeveel geluk het hotel nu te wachten stond. Ze boden hun excuses aan omdat zij hadden gezegd dat Ojas de olifant aan de oude frangipangeboom had moeten vastmaken en ze zeiden dat het allemaal hun schuld was. Ze besloten om de apen maar met rust te laten omdat geen van hen het risico wilde nemen dat hij gebeten werd.

Rocky had goed geslapen. Voordat hij in slaap was gevallen, had hij zich afgevraagd hoe het kon dat hun reizen door de tijd geen invloed op hem hadden, maar 's ochtends kwam hij erachter dat hij zich misschien toch vergist had. Zijn knieholtes waren heel erg droog en schilferig. De gevolgen van het reizen door de tijd waren bij hem zeker niet zo erg als bij Molly, maar dat kwam waarschijnlijk doordat Molly degene was die ervoor zorgde dat ze zich door de tijd verplaatsten, terwijl hij alleen maar een lift kreeg. Terwijl deze gedachte door zijn hoofd speelde, at hij zijn ontbijt op en liep hij naar de receptie om hun rekening te betalen. Toen hij over het pad door de tuin liep, voelde hij de dikke stapel bankbiljetten in zijn zak langs zijn been schuiven. Rocky was van plan extra geld te betalen voor de schade die Amrit en Bos hadden veroorzaakt.

In de lobby zag Rocky de Japanse toeristen, die op het punt stonden te vertrekken. Ze hadden hun portemonnees al te voorschijn gehaald en de receptioniste was druk bezig. Rocky keek ondertussen wat rond en bewonderde het prachtige koepelvormige plafond. Toen viel zijn oog op het oude boek waar de andere gasten de vorige avond in hadden staan kijken. Toen hij dichter bij de glazen tafel kwam, zag hij hoe versleten en verschroeid het was. Op een kaartje naast het boek stond:

**Dit is het originele gastenboek
van het Bobenoi-paleis.
Doet u er alstublieft voorzichtig mee,
want bij de brand van 1903 is het beschadigd
en het is zeer kwetsbaar.**

Rocky sloeg voorzichtig de kaft open. De eerste aantekening was uit september 1862. Er stond een handtekening in zwarte inkt. Rocky sloeg de pagina om. Hier stonden drie notities, uit oktober 1862. Plotseling was Rocky benieuwd naar 1870. Hij vroeg zich af of de echte maharadja van Jaipur of de gevallen maharadja van het Rode fort hier ooit had verbleven, en hij bladerde voorzichtig door naar 1863, 1865, 1867, 1868... Tussen de handtekeningen van buitenlandse gasten en plaatselijke hoogwaardigheidsbekleders zag hij geen namen die hij kende. Uiteindelijk kwam hij bij het jaar 1870. Januari, februari en toen maart. Plotseling zag hij op de vergeelde pagina:

De maharadja van Waqt
13 maart 1870. De tijd vliegt! De kristalfonteinen bloeien! Maart, juli, augustus, november! Jaipur, Agra, Udaipur, en verder per boot naar

De onderkant van de pagina was verbrand en dus bleef de rest van de zin een raadsel. Maar voor Rocky was het voldoende. Snel ging hij door de rest van het boek om te zien of Waqt was teruggekomen, maar dat was niet zo. Toen hij zag dat de andere gasten weg waren, haastte hij zich naar de balie en betaalde snel hun rekening.

Ojas was bij het zwembad en probeerde Amrit met een grote tros bananen uit het water te lokken. Molly zat op het gras en keek hoe Amrit het water uit kwam en gretig de bananen met schil en al in haar mond stopte. Sommige bananen vielen half opgekauwd weer op de grond. Amrit gaf de kleine Petula een speels tikje met haar slurf. Molly haalde het beschadigde groene kristal uit haar zak en liet de steen in haar hand rondgaan.

'Kunnen we hier niet blijven?' vroeg de kleine Molly toen Rocky en Bos haar een hand gaven en samen met haar naar Amrit liepen.

Molly wist hoe het kleine meisje zich voelde, want dit was de fijnste plek waar de zesjarige Molly ooit was geweest.

Rocky tikte op Molly's schouder. 'Raad eens wat er is gebeurd?'

Molly glimlachte. 'Ehm... Zackya is zo klein geworden als een kakkerlak en hij is aan het tapdansen in de keuken van het hotel?'

'Ik heb iets gevonden waar we heel veel aan hebben!' Toen Rocky dit zei, luisterde iedereen naar hem. 'Er is een oud gastenboek in dit hotel!' Hij vertelde de anderen over de handtekeningen en de speciale aantekening van Waqt. 'Hij schrijft dat de tijd vliegt en dat de kristalfonteinen bloeien.'

'Wat betekent dat?'

'Geen idee. Maar luister, hij schrijft dat hij in Jaipur is geweest en dat hij naar Agra en Udaipur gaat en dat hij daarna per boot ergens anders heen gaat, maar dat laatste is niet meer leesbaar. Hij noemt ook de maanden. Maart, juli, augustus en november. Hij was in maart in Jaipur, dus misschien is hij dan in juli in Agra, in augustus in Udaipur en in november daar waar hij met een boot heen gaat.'

'Ongelooflijk,' zei Bos. 'Weet je, Agra is hier vlakbij. Waarom gaan we daar niet naartoe? Dan sjezen we terug naar juli 1870 en wachten we hem op!'

'Of we gaan terug naar maart 1870 en wachten hem gewoon hier op, in het Bobenoi-paleis,' stelde Rocky voor.

'Denk je niet dat de aantekening in het boek een list is?' vroeg Molly.

'Hoor eens,' zei Rocky, 'het is de enige aanwijzing die we hebben. En áls hij het heeft opgeschreven zonder te weten dat wij het zouden lezen, dan zijn we hem echt een stap voor, want we weten nu waar hij heen gaat.'

'*Pukka!*' riep Ojas uit, en hij begon een kleine *puja*-gebedsceremonie uit te voeren ter voorbereiding op hun reis.

Daarna leidde hij Amrit naar een rustige plek. Met veel moeite wisten hij, Rocky en Bos de howdah op Amrits rug te binden en toen iedereen naar boven was geklommen, sloot Molly haar ogen.

'Zet 'm op,' zei Rocky.

'Maart 1870, hè?'

'Ja.'

'Goed vasthouden, iedereen,' zei Molly. Ze hield de troebele edelsteen in haar hand en bracht zichzelf in trance. Ze was heel zenuwachtig, want het kwam er nu echt op aan dat ze in dezelfde tijdzone landde als haar jongere ikken. Als ze verkeerd mikte en honderd jaar te ver ging, was het afgelopen. Dan was hun lot bezegeld. Ze deed haar best daar niet aan te denken en zich te concentreren op het beschadigde kristal. Plotseling hoorde ze een BOEM en voelde ze dat ze loskwamen. Ze waren vertrokken en suisden terug in de tijd. De seizoenen schoten voorbij. Regen, zon, storm en winden waren korte flitsen. Ze vlogen in omgekeerde volgorde door de seizoenen. Maar het reizen ging niet zoals de vorige keren.

Molly had niet het idee dat ze het onder controle had. Het was alsof de kristallen die ze hiervoor had gehad een soort hightech uitvoeringen waren geweest en in vergelijking daarmee was deze steen maar een gammel, roestig ding. De bewegingen waren schokkerig. Soms deden ze vijf jaar in één seconde en dan deden ze plotseling vijftig jaar in één seconde. Het kristal werkte niet helemaal zoals het moest. Maar het bracht hen wel terug in de tijd.

Molly probeerde in te schatten wanneer ze moest stoppen, maar deze steen was zo onvoorspelbaar dat ze niet precies wist hoe ver ze waren. Ze keek naar de troebele steen in haar hand en zag dat hij troebel was doordat er een barst in zat.

Waqt lag met zijn handen onder zijn hoofd op zijn rug op het bed. Naast hem op de deken lag een hele stapel rode, groene en doorzichtige kristallen. Voor hém waren deze kristallen meer waard dan wat ook. En hij voelde zich goed – beter dan hij zich in jaren had gevoeld.

Zijn ceremonies bij de kristalfonteinen waren voortreffelijk verlopen. In Jaipur én Agra én Udaipur waren de kristallen uit de rotsen gekomen als glinsterende granaatappelpitten, aangetrokken door de aanwezigheid van de baby. De kleine Molly Moon leek een magnetische uitwerking op de kristallen te hebben. Zelfs de oudere Molly leek de kristallen soms aan te trekken. Hij had hoge verwachtingen van de ceremonie in Benares, in november. Hij wist zeker dat de kristallenoogst, die samenviel met Diwali (het hindoefeest van het licht), heel veel zou opleveren.

En naast dit alles had hij ook nog eens heel veel plezier in het spelletje met de oudere Molly Moon. Het was leuk geweest om allerlei aanwijzingen achter te laten. Leuk! Bijna net zo leuk als jagen. Hij was benieuwd hoeveel aanwijzingen ze zou vinden. Hij had letters in bomen gekerfd en perken aangelegd zodat de struiken woorden vormden. Hij had vlaggen laten maken met zijn verblijfplaatsen erop geborduurd. Hij had zelfs een lichtinstallatie uit de vijfentwintigste eeuw gehaald waarmee hij 's nachts woorden boven de donkere stad liet oplichten die precies aangaven waar hij was. Hij liet de driejarige Molly zich dingen herinneren. En toch was de elfjarige Molly nog niet komen opdagen. Natuurlijk kon hij Zackya sturen om haar met zijn apparaatje op te sporen, maar dan was er geen lol meer aan.

Net als bij vissen moest hij haar naar zich toe zien te lokken. Verleiden. Naar zich toe trekken.

Hoofdstuk zevenentwintig

Molly besloot te stoppen. Was het maart 1870, of waren ze te ver teruggegaan? De wereld om hen heen kreeg weer vorm en plotseling waren ze omringd door water. De pup piepte toen ze een plens regen op haar snuit kreeg en ze dook diep weg in de stof van Rocky's jas. Molly had het nog nooit zo hard zien regenen. Het kwam met bakken naar beneden en dat deed het kennelijk al dagen. Het oude hotelgebouw stond er nog steeds. Maar het was niet in gebruik als hotel. Het was een paleis en er was een prachtige siertuin. De droge aarde waar ze op gestaan hadden, was overstroomd en het water kwam tot Amrits knieën.

De olifant vond het heerlijk en begon onmiddellijk te stampen en te spetteren. Ze stak haar slurf in het water, zoog een slurfvol water op en spoot het vrolijk over haar hoofd de lucht in. Het kwam op Ojas' benen terecht.

'NEE. Foei, meisje!' riep hij boos, en hij sprong naar beneden om een groot bananenblad te pakken waaronder hij kon schuilen.

'Man, ze maakt maar een geintje!' zei Bos vanuit de howdah.

'Wacht maar tot ze jou natspat,' zei Ojas fel, en hij klom weer naar boven. 'Met deze moessons duurt het uren voordat je droog bent, dus zo grappig is het niet.' Hij droop van de regen. Molly trok haar benen op. Zelfs onder de luifel van de howdah werd je nat. De druppels kwamen door de stof heen. Ojas duwde met het houten uiteinde van zijn ankush het doek van de luifel omhoog en het water viel aan de achterkant op Amrits kont.

'Pijpenstelen! We moeten het water er steeds af halen,' merkte hij op, 'anders gaat de luifel kapot.' De pup blafte naar de lucht.

'Ik heb het koud,' zei de kleine Molly, en ze drukte zich tegen Rocky's arm aan.

'Het kan geen maart zijn. Is dit decemberweer?' vroeg hij aan Ojas.

'O nee, Rocky. Dit is de regentijd; de tijd van de moessons. Het is juli of augustus.'

'Sorry,' zei Molly. 'Ik heb het verkeerd ingeschat. Deze steen doet het niet zo goed.'

'Krijg je nieuwe herinneringen nu we dichter bij de andere Molly's komen?'

Molly knikte en voelde een vreemde straling die van haar jongere ikken kwam. Ze herinnerde zich dat ze tien was en dat Waqt haar uit haar trance haalde.

'Maar hij heeft mijn tienjarige ik geblinddoekt zodat ik me niet kan herinneren waar ze zijn. Maar ik kan ze voelen. Ze zijn daar ergens.' Molly wees naar het zuidwesten. 'O, kon ik maar herinneringen van Petula opvangen!'

'Daar in de verte ligt Udaipur,' zei Bos. 'Maar "in de verte" is nog best ver. Wat stond er ook alweer in het gastenboek? Waar gingen ze na Udaipur naartoe?'

'Ze gingen met een boot,' zei Rocky, 'maar we weten niet waarnaartoe of over welke rivier.'

'Ik wel,' riep de zesjarige Molly, duidelijk blij omdat haar iets te binnen was geschoten. Ze lag dubbel van het lachen. 'Raad maar over welke rivier ze gaan. Raad dan!'

Iedereen keek naar het kleine, magere meisje dat onder de luifel zat te lachen.

'Wat is er zo grappig?' vroeg Bos.

'De naam, de naam! De naam, natuurlijk! Raad dan!'

Ze keken haar vragend aan.

'Hoe weet jij de naam van die rivier?' vroeg Molly.

'Die herinner ik me!'

'Waqt laat haar zich de belevenissen van de driejarige Molly herinneren,' zei Rocky. 'Het is een aanwijzing.'

'De zes jaar oude Molly herinnert zich dingen van de drie-jarige Molly, maar jij bent ze vergeten,' zei Bos.

'Waarom zeg je de naam niet gewoon?' vroeg Molly, die zich een beetje opgelaten voelde omdat haar jongere ik iedereen liet wachten.

'O, ze wil gewoon een spelletje spelen,' zei Ojas. Het water droop van zijn neus. 'Waarom geef je ons dan geen hint, kleine Mollee?' probeerde hij.

'Nou, je doet het 's ochtends op brood,' zei de zesjarige Molly, en ze klapte in haar handen van plezier.

'Ketchup,' zei Molly.

'Boter,' zei Rocky.

'*Ghee*,' zei Ojas.

'Koolrabi-pasta,' zei Bos.

De regen kletterde en ze stonden te klappertanden van de kou.

'Nee!' riep de kleine Molly.

'Oké, we geven het op. Zeg het maar,' zei Bos.

'Nee, het is een geheim,' zei het kleine meisje.

'Pindakaas?'

'Marmite?'

'Hagelslag?'

'Gebakken ei?'

'Jij hebt gewonnen, Molly,' zei Molly.

'Kaas?'

'Ik hou niet van kaas op brood,' zei de kleine Molly.

'Wat vind jij dan wél lekker op brood?' vroeg Rocky sluw.

'Het liefst doe ik ketchup op brood, als het mag, of boter met jam,' antwoordde het kleine meisje.

'Is dat de naam van de rivier: "Jam"?' vroeg Rocky.

'Ja! Ja! Jam! Is dat geen grappige naam voor een rivier? Een boot die op een rivier van jam vaart!' Ze lachte alsof het de grootste grap was die je maar kon bedenken. Om het meisje een plezier te doen, lachte Rocky met haar mee.

'Ooit van die rivier gehoord?'

'Ehm...' zei Bos, en hij fronste zijn wenkbrauwen, 'er is een rivier die de Yamuna heet. Sommige mensen zeggen Jamuna... zoals in jam. Hij loopt vanuit het Himalaya-gebergte door het centrale deel van India. Hij stroomt door Agra en komt dan samen met de Ganges. Daarna gaat hij naar een heel belangrijke, mystieke plaats – ik weet zeker dat Waqt daarin geïnteresseerd is – en dat is Benares: de stad van het licht. Ja man. Dat is echt *the place to be*. In onze tijd heet het Varanasi. Die maffe dude wil daar vast en zeker naartoe.'

'Waqt wil waarschijnlijk in november in Varanasi zijn,' zei Rocky. 'Daar gaat hij natuurlijk met de boot naartoe.'

'Moet Waqt terug naar Agra om op de Jamuna te komen?' vroeg Molly.

'Ja...' zei Bos. 'Ik neem aan van wel.'

'Nou,' zei Molly, 'laten we dan naar Agra gaan. Dan hebben we een kans dat we hem inhalen.'

'Agra is in het oosten, bijna 220 kilometer hiervandaan,' zei Ojas. 'Ik heb het aan de portier gevraagd. Met zesenhalve kilometer per uur, dat is de gemiddelde snelheid van een olifant, doen we er... ehm...' Ojas was even stil.

'Vierendertig uur over,' rekende Rocky uit. 'Dus dat komt neer op... drie dagen.' Hij was even stil en Ojas duwde opnieuw met zijn ankush het doek van de luifel omhoog, zodat het water weer over Amrits achterwerk stroomde. 'Volgens mij kunnen we twee dingen doen: of we gaan nu naar Agra, zodat we daar zijn voordat Waqt er is, of, wat ik al zei, we gaan terug naar maart en wachten hem hier in Jaipur op.'

'Ik weet niet zeker,' zei Molly, 'of ik met deze steen precies op het goede moment kan landen. Het kristal is niet nauwkeurig. Het is veiliger om naar Agra te gaan.'

'Dat vind ik ook,' zei Ojas, en met zijn voet spoorde hij Amrit aan. 'Maar we moeten hier nu sowieso weg. Die kinderen voor het raam daar, kijken naar ons. We staan in hun tuin.'

En dus gingen ze op weg, door die nieuwe, vreemde waterwereld. Amrit waadde door de ondergelopen tuin en liep onder de stenen poort door naar de straat. En wat ze daar zagen, was ongelooflijk!

De straat was één grote rivier geworden.

'Alles staat onder water!' zei Molly.

'Dat is normaal,' zei Ojas. 'De moesson duurt in dit deel van India wel tien weken. Maar de mensen hier zijn er blij mee omdat het in mei, juni en juli heel heet wordt. Als het te lang droog is, gaat de oogst verloren en gaan er mensen dood van de honger. Dus als de wolken breken is iedereen heel, heel erg blij.'

Tien minuten later hield het op met regenen. De mensen kwamen uit hun huizen en gingen door met hun leven alsof het heel normaal was om over een rivierweg naar school of naar het werk te gaan. Vier kinderen peddelden vrolijk voorbij en riepen naar Ojas en wezen naar de kleine Petula. Een kleermaker waagde het om met een rol stof op zijn schouder zijn huis te verlaten; een moeder duwde twee halve tonnen door het water die dienstdeden als bootjes voor haar twee lachende peuters. En een hond die hun voorbijzwom kwispelde onder water met zijn staart.

Al snel kwamen ze op het platteland, waar het water minder hoog stond. De zon brak door de donkere wolken heen en even kon iedereen opdrogen. Ze gleden van Amrit af en zochten allemaal hun eigen grote paraplubladeren. Het duurde niet lang of de lucht betrok weer. De wolken hingen zo laag dat het leek of ze de aarde probeerden aan te raken, en opnieuw vielen de druppels uit de lucht. De velden aan beide kanten van de weg verdwenen onder water en zilveren regendruppels dansten op het grijze oppervlak. Het was een kako-

257

fonie van gekletter. De druppels vormden een poeltje op de luifel boven hun hoofden en zo nu en dan hoorden ze een laag rommelend geluid, alsof de elementen mompelden en boerden. Het was de donder.

'Kijk,' zei Ojas. 'Het regenseizoen moet wel bijna voorbij zijn, want die paarse bloemen komen al uit, en die gele ook. En er zijn paddestoelen. Het moet eind augustus zijn.'

Molly dacht aan Petula.

'Molly,' zei ze tegen haar zesjarige ik, 'weet je nog of er een hond was toen je drie was, een zwarte hond?' Het gezicht van het kleine meisje betrok. De elfjarige Molly bedacht dat het zesjarige meisje waarschijnlijk maar een paar duidelijke herinneringen had van het driejarige meisje dat met Waqt meereisde. Toch hoopte ze dat er een herinnering aan Petula bij zat.

De kleine Molly fronste en probeerde zich iets te herinneren van haar nog maar korte leventje. 'Ik herinner me dat we naar een groot paleis gingen met een dak als een schuimgebakje.'

'Dat moet Agra wel zijn,' zei Bos.

'En ik herinner me dat we naar een groot huis gingen in het midden van de zee. En daar waren heel veel paarse mannen. En het regende en de baby werd helemaal nat, maar er was geen hond.'

'Dat zou Udaipur kunnen zijn. Het paleis staat op een eiland midden in een meer.'

Plotseling schoot Molly iets te binnen. Als zij zich de ervaringen van de zesjarige en de tienjarige Molly kon herinneren, en de zesjarige Molly kon zich de belevenissen van de driejarige Molly herinneren, dan moest de tienjarige Molly zich dingen kunnen herinneren van de zesjarige Molly. Haar zesjarige ik zou dus een boodschap kunnen doorgeven aan haar tienjarige ik. Het was het proberen waard. Molly legde haar plan snel aan de anderen uit.

En dus leerden ze de zesjarige Molly een rijmpje. Het was niet erg mooi. Het was eigenlijk behoorlijk irritant. Maar het was wel zo'n rijmpje dat zesjarige kinderen tot vervelens toe blijven herhalen. Het ging zo:

Wij komen jou redden, Molly,
Redden, Molly,
Redden Molly.
Wij komen jou redden, Molly,
En als we komen, help ons dan!

Hoofdstuk achtentwintig

Molly en haar gevolg naderden in olifantenpas de stad Agra en de rivier de Jamuna. Terwijl Amrit voortstapte, zongen ze keer op keer het reddingsrijmpje, zodat de woorden goed tot de zesjarige Molly doordrongen. En Molly liet haar zich ook nog wat andere dingen herinneren. Op een middag, toen Bos lag te slapen, liepen zij en de kleine Molly over een weg vol plassen. De elfjarige Molly maakte de driejarige Molly aan het lachen. Ze voerde de hippe-kippen-act uit, danste de kameel-die-heel-nodig-naar-de-wc-moest-dans en uiteindelijk deed ze een Bos-imitatie. Toen ze alles tegelijkertijd deed, lag de kleine Molly dubbel van het lachen. Molly wist precies wat het meisje grappig vond. En het leuke was dat toen ze later weer gingen wandelen, de elfjarige Molly een vreemde, vage herinnering had van toen ze zes was en ze tijdens een wandeling aan het lachen was gemaakt door een ouder meisje dat ook Molly heette. Soms was het wel verwarrend, maar het was een van haar sterkste herinneringen en het warme gevoel dat ze toen had gekregen, kreeg ze nu weer.

Molly verbaasde zich erover hoe blij ze werd als ze aan die

wandeling terugdacht. Ze keek naar haar vrienden en besefte hoe belangrijk het voor ieder mens was om leuke dingen mee te maken, want het fijne gevoel dat je kreeg als je leuke dingen meemaakte, bleef voor altijd in je hart en je gedachten.

Waqt zat in zijn grote sloep, onderuitgezakt op een hele berg mooie kussens met kwastjes. Een heel donkere man met helderwitte kleren aan knipte zijn oorharen en ving de haren op in een gouden kom. Toen de man Waqts tulband weer opzette, ging Waqt rechtop zitten en klapte in zijn handen.

De tienjarige Molly werd naar hem toe gebracht. Hij knikte naar de bedienden die haar blinddoek weghaalden.

Molly moest wennen aan het licht en wreef in haar ogen. Terwijl ze opgesloten had gezeten, had ze allerlei herinneringen gekregen van toen ze zes was. Het beste herinnerde ze zich een rijmpje dat ze keer op keer had gezongen. Ze keek naar de reus en vroeg zich af of de grote Molly haar nu zou komen redden.

De bedienden liepen af en aan en brachten schalen naar binnen met zilveren deksels. Het eten dat erin zat, rook onweerstaanbaar lekker.

'Eet! Deze meerlijke haaltijd is helemaal voor jou, Lommy!'

De tienjarige Molly twijfelde. Waarom deed de maharadja plotseling zo aardig? Achterdochtig begon ze te eten.

Bij de eerste hap wist ze dat het eten geen traktatie was, maar een vreselijke straf. Er zat heel veel rode peper in en haar mond stond in brand. Ze hoestte en zocht een servet waar ze het eten in kon spugen.

'Ik zei: EET!'

Molly probeerde het nog een keer. Ze had nog nooit zoiets

heets geproefd. Haar mond voelde aan als de binnenkant van een vulkaan.

'Ik kan het niet!' zei ze.

'Dan leer je het maar.' Waqts gezicht kwam heel dichtbij. 'Als je dit niet opeet, ga je dood,' zei hij glimlachend. En dus at Molly. Haar mond werd gevoelloos. Ze dronk drie kannen water maar haar mond stond nog steeds in brand. 'Is het heet? Is het heet?' vroeg Waqt lachend. Het was een marteling. En hoe meer ze kuchte en dronk, hoe harder de wrede reus lachte.

'Herinner je je dit?' vroeg hij. 'Kun je je dit herinneren?' vroeg hij keer op keer. Molly had geen idee wat hij bedoelde.

Molly werd zwetend wakker. Het was namiddag en ze was in de howdah in slaap gedommeld. In haar slaap waren de herinneringen van haar jongere ik tot haar doorgedrongen. Waqts 'Kun je je dit herinneren?' was nu tot haar gericht. Hij praatte tegen haar via haar tienjarige ik.

Ze herinnerde zich dat ze het eten uiteindelijk had opgegeten en naar de kamer was gegaan waar de driejarige Molly en de baby lagen te slapen. Pas na twee uur was het gevoel in haar tong teruggekeerd.

Molly knuffelde de pup en verbaasde zich erover hoe sterk het hondje naar haar eigen Petula rook. Molly moest glimlachen, want de pup en de grote Petula waren natuurlijk dezelfde hond.

Als Petula nog leefde, kon ze zich deze knuffel misschien herinneren, dacht Molly. Ze duwde haar neus in de fluweelzachte vacht van de pup en deed haar ogen dicht.

Hoofdstuk negenentwintig

Die avond, toen de hemel een gouden kleur kreeg, kwamen ze in Agra aan.

'Ik zei toch dat ik hier was geweest?' zei de zesjarige Molly. De Taj Mahal zag eruit zoals de kleine Molly hem had beschreven: het marmeren dak leek inderdaad op een schuimgebakje.

'Bijzonder, hè?' zei Bos.

Ojas spoorde Amrit met zijn ankush aan om naar rechts te gaan, richting de haven bij de rivier: de Jamuna.

Het was niet echt een mooie haven. Eigenlijk was het niet meer dan een drassige, modderige zandbank die door de regen nog eens extra zompig was. Maar er was een houten aanlegsteiger en aan de kant lagen een paar boten. Twee meisjes zaten op hun hurken naast meloenen die ze in het stro hadden gelegd. Aan de andere kant van de rivier was een leeg stuk grasland. Molly en de anderen klommen van Amrit af.

'Zo,' zei Ojas, en hij wees over de grote, grijze rivier. 'Benares, de stad van het licht, is die kant op.' Molly volgde zijn vinger. Ze schrok, want ze zag iets vreemds, lichtgevends op de rivier drijven.

'Wat zijn die brandende dingen op het water?' vroeg ze, en ze deed een stap naar voren.

Voor haar, naast de steiger, dreven vreemde voorwerpen die op handgemaakte poppen leken. Ze waren in wit- en geelzijden doeken gewikkeld. Maar de gezichten van de poppen waren onbedekt. En elk gezicht, daar was geen twijfel over mogelijk, vertegenwoordigde ieder van hen: Bos, Rocky, zijzelf, Ojas, kleine Molly en de pup.

'Het zijn net voodoo-poppen!' zei Molly geschrokken.

'Ik geloof niet in voodoo,' zei Rocky, en hij staarde vol afschuw naar de gezichten in het water.

'Het is een aanwijzing,' piepte Ojas. 'Mensen die zullen sterven, gaan naar "de stad van het licht". Als ze dood zijn, worden hun lichamen in zijde gewikkeld en verbrand. Waqt heeft dit gedaan om je te laten weten dat je naar de stad van het licht moet gaan.'

'Maar ik wil niet ingepakt worden als een cadeautje en dan verbrand worden,' huilde de zesjarige Molly.

'Nee, nee, dat gebeurt ook niet,' stelde Rocky haar gerust. 'Het is gewoon... een grapje.'

'Een grapje? O.' Het meisje was kennelijk tevreden met dit antwoord en ging even verderop met de kleine Petula spelen.

'Die vent is echt ziek,' zei Rocky. 'Hij hoort in een extra beveiligd gekkenhuis.'

Molly keek de rivier over en zag in de verte een grote houten boot met een hoog, rond dak van bamboe. Hij had een puntige boeg met een klein dek aan de voorkant. Het middengedeelte was helemaal afgedekt maar het achterschip was open voor de opslag van goederen. 'Ojas,' zei ze, 'kun je aan die man vragen of we zijn boot kunnen huren?' Ze haalde haar portemonnee met het geld van de kledingverkoper te voorschijn.

Ojas knikte. 'Goed idee, Mollee.' Hij stak twee vingers in zijn mond en floot.

De kapitein, een man met een donker gezicht en een platte, gebroken neus, kwam met een slaperig hoofd onder een zeilzak vandaan.

Even later zaten Molly en haar vrienden met een olifant op een traditionele Indiase boot.

De kapitein hees een klein, verkleurd zeil en met een lange roerspaan stuurde hij de boot de andere kant op, weg van Agra. Voortgedreven door de sterke stroming van de Jamuna voeren ze richting de Ganges en Varanasi, de stad van het licht.

Dagen en nachten kropen voorbij. Het water van de rivier gleed onder hen door.

Er was niet veel te doen op de boot. Molly en haar vrienden zaten uren naar de wereld te kijken die aan hen voorbijtrok: naar de vogels en de mensen die langs de rivier woonden.

Het regende niet meer zo vaak. 's Ochtends en aan het eind van de middag schrobden ze olifantenmest van het achterdek en elke avond, als ze waren afgemeerd, doken ze het water in. Als het water laag stond, ging Amrit op haar zij liggen en soms ging er iemand boven op haar staan om haar met een bezem te schrobben. Als iedereen aan het zwemmen was, dompelde ze zich soms helemaal onder en zwom als een nijlpaard door de rivier. De heerlijke gerechten die het scheepsmaatje van de kapitein maakte, bepaalden het ritme van de dag.

Molly speelde met de kleine Petula en alhoewel het leven op de boot op een bepaalde manier volmaakt was, werd ze constant gekweld door de vraag of er wel goed voor haar grote Petula gezorgd werd.

Op een nacht lagen Rocky en Molly op het dek naar de sterren te kijken.

'Het spijt me dat ik je niet beter heb kunnen helpen,' zei Rocky plotseling.

'Waar heb je het over?' vroeg Molly.

'Nou ja, aan mijn stemhypnose heb je helemaal niks.'

'De mensen spreken hier Hindi, daar kun jij toch niets aan doen? En trouwens, ik heb heel veel aan je, Rocky. Je geeft altijd goede raad. Je hebt het gastenboek gevonden en je zorgt er altijd voor dat we niet in paniek raken. Je bent ontzettend verstandig, Rocky.'

'Ja... nou... maar dat echte staren en zo, dat kan ik niet.'

'Wát? Denk je nou echt dat een beetje staren belangrijker is dan wat jij doet?'

'Nou, ik bedoel, ik ben niet echt meneer-de-uitblinker.'

'Rocky! Jij bent meneer-de-rustige-rots-in-de-branding-iedereen-houdt-van-je-en-op-jou-kun-je-altijd-rekenen. Dat zou ik liever zijn dan een mevrouw-de-uitblinker. Als je moeder jou ooit vindt, zal ze je echt heel erg leuk vinden, dat weet ik zeker. Je bent heel lief. Je bent erg rustig en je geeft mensen vertrouwen. Zonder jou zou de zesjarige Molly allang in paniek geraakt zijn.'

'Echt?'

'Ja, ze is dol op je. Ze houdt meer van jou dan van mij!' Molly lachte. 'Je hebt het talent om mensen een goed gevoel te geven. Als dát niet bijzonder is, dan weet ik het niet meer. Als we weer thuis zijn en ons hypnotische ziekenhuis beginnen, word je een beroemde dokter. Dat weet ik zeker.'

'Dank je, Molly.'

Op een avond, toen de zon bijna onder was, kwamen ze langs een kleine, witte tempel. Voor de tempel, aan de oever van de rivier, stond een man en Ojas keek heel blij. Hij legde uit dat de man een bekende sadhoe was. De man hield zijn armen in de lucht en stond op één been. Zijn vingernagels waren zo lang dat ze helemaal gekruld waren. Er werd gezegd dat hij al drieënveertig jaar in dezelfde houding stond.

'Is-ie gek?' vroeg Molly toen ze voorbijvoeren.

'Nee, hij is verlicht,' zei Ojas vol bewondering. 'Hij doet dit om de goden te laten zien hoeveel hij van ze houdt. Als hij dit soort offers brengt, is de kans groter dat hij niet herboren wordt als hij sterft. In plaats daarvan gaat hij naar de hemel.'

'Ik hoop wel dat de goden hem zien staan!' merkte Rocky nuchter op. 'Anders is hij zijn hele leven voor niets een pilaar!'

'Dus hindoes geloven dat je na de dood herboren wordt?'

'Ja,' zei Ojas. 'Als bij of mug, of als een lieve olifant, of als meesterhypnotiseur! Dat hangt ervan af of je een goed leven hebt geleid.'

'Geloof jij dat ook?'

'Misschien.' Ojas lachte. 'Ik ben als hindoe geboren. Wat is jouw geloof, Mollee?'

'Ik heb niet echt een geloof,' zei Molly. 'Ik denk dat ik het belangrijk vind dat mensen goed voor elkaar zijn. Dat je net zo goed voor anderen bent als je wilt dat zij voor jou zijn. Dat je iemand helpt als hij in de put zit... Dat soort dingen.'

'Dat lijkt me een goed geloof,' zei Ojas. 'Als iedereen dat zou doen, zou de wereld er veel mooier uitzien, en het is heel belangrijk dat mensen respect hebben voor het geloof van anderen – zolang hun geloof anderen geen kwaad doet. Sommige gelovige mensen voeren oorlog of vermoorden mensen die een ander geloof hebben! Wie God ook is, ik denk niet dat hij of zij dat zou willen. God wil graag dat mensen goed voor elkaar zijn.' Hij gooide een stuk verweerd hout naar Amrit, dat zij met haar slurf opving.

'Ik denk,' zei Molly, 'dat het in elk geloof gaat om de vraag wat er achter het mysterie van het leven zit. Waarschijnlijk zijn er overal ter wereld mannen en vrouwen die even slim zijn, maar die toch een ander geloof aanhangen. Volgens mij wordt iemands geloof bepaald door waar hij geboren wordt. Ik bedoel, ik kan me niet voorstellen dat er veel hindoe-eskimo's zijn, omdat het hindoeïsme uit India komt en het gewoon de Noordpool nog niet heeft bereikt! Hoe noemen hindoes hun god?'

'Brahma is de schepper,' zei Ojas. 'Maar er zijn nog twee goden die even belangrijk zijn als hij: Vishnu en Shiva. Moslims noemen hun god "Allah" en christenen zeggen "God", toch?'

Molly keek achterom, naar de man op de oever. Ze vroeg zich af wat hij deed als hij wilde slapen.

'Volgens mij zijn alle religies verzonnen door mensen,' zei Rocky.

'O nee!' riep Ojas. 'Een religie is opgeschreven door mensen die de ware stem van hun god kunnen horen.'

'Een religie is niet meer dan een stel regels,' verklaarde Rocky, 'waar mensen zich aan houden omdat ze het eng vinden als er helemaal niets is. En dat komt de regeringen goed uit, want op die manier kunnen ze mensen onderdrukken. Ik kan op weg naar Varanasi ook een religie bedenken.'

'Sommige regeringen zijn helemaal niet blij met gelovigen,' zei Bos. 'In die landen, eh... verbieden ze gewoon alle vormen van religie.'

'Maar, Rocky, je moet toch toegeven,' zei Molly, 'dat er iets is – mysterieuze dingen en een soort kracht... Misschien is dat God.'

Waqt stond rechtop op de voorsteven van zijn sloep. Eindelijk kwamen ze in Benares aan. Hij snoof de geuren van de stad op en bewonderde de gebouwen die vlak langs de Ganges stonden en de *ghats*, de trappen, die vanaf deze gebouwen doorliepen tot in het water.

Hij trok vol afschuw zijn neus op toen hij de vele mensen zag die zich in de rivier dompelden, als biscuitjes in een rivier van thee. Dat deden ze omdat ze geloofden dat het water van de heiligste rivier van India hun ziel reinigde, zodat hun zonden verdwenen.

'JULLIE MOETEN MIJ AANBIDDEN!' riep hij, maar zijn woorden werden door de wind weggedragen. 'Maar misschien komt dat nog,' voegde hij er zachtjes aan toe. 'YACKZA!'

Zo snel als de opkomst van een allergische aanval stond Zackya naast hem.

'Breng de jonge Molly's.'

Zackya maakte een diepe buiging en keerde even later terug met de gehypnotiseerde driejarige Molly en de geblinddoekte tienjarige Molly, die de baby in haar armen had.

'Zo,' zei Waqt, die de baby overnam. Het kindje kronkelde in zijn armen en kirde. 'Ja. Hmm. Je bent me er eentje, kleine Waqta,' zei hij. 'Ik ga binnenkort een heel rijtje koede gindermeisjes voor je zoeken – nog één stikralceremonie en dan ben je helemaal ingewijd.' Hij keek even naar de oudere meisjes. 'Dan is alles voorbij en kunnen we aan je opvoeding beginnen.' Hij gaf de baby terug aan de geblinddoekte Molly.

'Ze zijn nu op de Ganges, hè?' zei hij tegen haar. 'Er is me ter ore gekomen dat ze met een olifant reizen. Ha!'

Molly zei niets. Ze had heerlijke herinneringen aan toen ze zes was: ze speelde op een boot met een olifant en een klein hondje. Het rijmpje dat ze zo vaak had gezongen, kende ze nog steeds uit haar hoofd.

'Zeer loyaal, zie ik. Dat is goed.' Waqt liet zijn knokkels kraken. 'Kennelijk is het Molly gelukt om zelf tijdstikrallen te vinden. Slim! Ik neem aan dat jij me niet wilt vertellen hoe dat haar gelukt is?'

De tienjarige Molly zei nog steeds niets.

'Ik ben blij te weten dat Waqta slim zal zijn. Je kunt gaan,' zei Waqt, die het opgaf. De Molly's werden meegenomen door een aantal wachters.

'YACKZA!'

'Ja, sahib?'

'Het spel verloopt goed. Molly Moon heeft stikrallen, dus kan ze me achtervolgen. Maar ze moet niet naast haar schoenen gaan lopen. Ze moet haar plaats kennen. Ik wil haar een proorvoefje geven. De dode mopshond – heb je dat beest klaargemaakt voor haar begrafenis?'

'Ja, sahib,' zei Zackya, en hij maakte een diepe buiging.

Hoofdstuk dertig

De oude boot kwam eindelijk in Benares aan. De groene Ganges maakte een bocht en toen zagen ze het: Benares, of Varanasi – de heiligste stad van India. Molly stak haar onzichtbare antenne uit om te voelen waar haar jongere ikken waren. Ze waren dichtbij, iets meer landinwaarts.

De kapitein voer dicht langs de kant. Daar zagen ze vrouwen die in hun sari's de rivier in gingen, mannen in lungi's die zich onderdompelden en sadhoes in lendendoeken die zaten te bidden. En op het water van de Ganges dreven honderden bloemen en brandende kaarsjes. Het waren offers voor de goden. Op de treden en de platte stukken van de ghats stonden heilige koeien en boven sprongen apen van het ene gebouw naar het andere. Ze kwamen langs een plek waar vuren brandden. Even verderop werd hout op grote stapels gegooid om nog meer vuren te maken. De pup en Amrit snoven de geur op. De anderen zaten aan de zijkant van de boot om alles goed te kunnen zien.

'Dat zijn rituele vuren om de doden te verbranden,' legde Ojas uit. 'Straks zien we vast een lijkstoet.'

Even later zagen ze inderdaad een groep mensen door de straatjes boven de ghats lopen. Zes van hen droegen een lichaam dat in gele stof was gewikkeld. Ze liepen naar de vuren aan de kant van het water en legden het lichaam neer.

'Gecremeerd worden is een erg mooie manier om te gaan,' ging Ojas verder. 'Vergeet niet dat het alleen het lichaam is. Dood als een pier. Het verbrandt en de rook stijgt op naar de hemel. Als het lichaam in gele stof is gewikkeld, is het een man. Een lichaam in witte stof is een vrouw.'

Zeven mannen in witte kleren roeiden met een kleine boot over het water. Ze hadden een lichaam aan boord dat in doeken was gewikkeld en dat verzwaard was. Ze duwden het lichaam het water in. Even bleef het drijven en toen verdween het onder water.

'Ah... dat moet het lichaam van een heel, heel, heel heilige sadhoe of priester geweest zijn. Alleen zij mogen zo in de Ganges begraven worden!' Ojas boog zich voorover, haalde zijn kopje door het groene water en nam een slok.

'Jakkes,' zei Rocky. 'Hoe kun je dat doen? Heb je er weleens bij stilgestaan hoeveel bacteriën er in dit water moeten zitten?'

'Ik weet niet wat bacteriën zijn,' lachte Ojas, 'maar ik weet wel dat jullie een heel zwak afweersysteem hebben. Mijn maag is van staal. Ik ben nooit ziek.'

Toen zag Molly iets anders drijven. Het was in een doek gewikkeld en dobberde op de stroming hun kant op.

'En wat is dat?' vroeg ze aan Ojas. Het brandende pakketje was niet groter dan een hond of een kat.

Ojas keek naar het dobberende ding. Hij tuurde rond en kneep zijn ogen een beetje toe. 'Er is niemand die een begrafenisceremonie houdt.'

'Worden dode huisdieren altijd op het water verbrand?' vroeg Molly.

'Dit...' Ojas vond het moeilijk om de juiste woorden te vinden. 'Dit is niet normaal, Mollee.'

Molly dacht aan de brandende poppen die ze in het water in Agra hadden gezien en plotseling wist ze wat dit brandende pakketje was.

'Het kan Petula niet zijn! Dat kan niet!' Molly keek in de oranje vlammen die aan de witte stof likten en haar zwart blakerden. Toen het verpakte lichaam dichterbij dreef, werden er zes bruine letters zichtbaar die op de zwachtels waren geschilderd. PETULA, lazen ze. Ojas knielde en begon een gebed te prevelen.

'Dat is afschuwelijk,' zei Rocky. Zijn adem stokte in zijn keel.

Molly's hoofd tolde en een ellendig gevoel maakte zich van haar meester. Haar huid tintelde toen het verdriet beslag nam van haar lichaam. Zonder Petula was haar leven niet compleet. Petula, die altijd bij haar was geweest, met wie ze haar leven had gedeeld. Het was gewoon niet mogelijk dat haar lichaam nu in het water lag te branden. Maar het was wel zo. Ze voelde een steek in haar hart, die zich vervolgens door haar hele lichaam verspreidde en haar deed trillen. Ze hoorde zichzelf schreeuwen: 'WAQT! MOORDENAAR! GESTOORDE MOORDENAAR.' Toen kromp ze in elkaar.

Terwijl ze lag te snikken, voelde ze een nat neusje tegen haar wang drukken. Het was de kleine Petula en het was alsof ze wilde zeggen: maak je geen zorgen, Molly. Ik ben er nog. Molly knuffelde de pup, maar dat hielp niet. Ze wist dat als ze ooit terug naar de toekomst zouden gaan, deze pup ook naar de

274

juiste tijd moest terugkeren. De Petula die Molly kende was dood. Molly verborg haar gezicht in de vacht van de kleine hond.

De boot bracht hen verder langs de oever van Benares tot ze voorbij de brandende ghats waren. Molly was nog nooit zo verdrietig geweest. Ze wist nu zekerder dan ooit dat Waqt heel goed in staat was om de jongere Molly's te vermoorden. Ze ging rechtop zitten en probeerde zichzelf bij elkaar te rapen. En op dat moment drong het tot haar door dat de jongere Molly's, terwijl zij om Petula had zitten huilen, verder van deze tijd verwijderd waren geraakt. En wat erger was: de verbondenheid die ze tot nu toe steeds met hen had gevoeld, werd vager en vager, alsof ze in een trein zaten die uit het station wegreed: ze verloor ze langzaam uit het oog. Alleen zaten ze niet in een trein. Waqt nam haar jongere ikken mee, mee naar de toekomst.

'Waqt neemt de andere Molly's mee naar de toekomst,' wist ze uit te brengen. 'Ze waren hier, maar hij neemt ze mee vooruit in de tijd.'

'Op dít moment?' vroeg Rocky.

'Ja. Het voelt alsof ze al maanden vooruit zijn. Ze zijn een paar maanden vooruitgegaan. En ik kan niet vooruit in de tijd reizen. Dat betekent dat we hier maanden moeten wachten totdat we weer in dezelfde tijdzone zijn als zij! En dan nog, Waqt kan daarna weer vooruit gaan. Maar het kan me niets meer schelen. Het doet er allemaal niets meer toe, nu Petula dood is.' Molly hield haar handen voor haar gezicht en masseerde haar voorhoofd. Ze was plotseling bekaf, als een uitgeputte bergbeklimmer die vastzit tegen de wand van een steile berg.

275

'Ik wou dat ik iets kon doen,' zei Bos vol medelijden. Hij was even stil, en toen zei hij: 'Misschien kán ik iets doen.'

Molly schudde haar hoofd. Ze betwijfelde het.

Even luisterde iedereen naar de geluiden van Benares. Het holle geluid van de koperen tempelklokken dreef over het water naar hen toe en de houten koeienbellen van de dieren die over de treden van de ghats liepen, maakten een *klong-klong*-geluid. Pelgrims zongen, ergens hakte iemand hout, wasvrouwen kletsten en roeispanen spetterden in de rivier.

'Weet je, dat reizen door de tijd heeft me aan het denken gezet,' zei Bos. 'Ik moest denken aan de jaren dat ik bij boeddhistische monniken ben geweest. Zij gebruiken het woord *kalachakra*. Het betekent "het wiel van de tijd". Een hindoepriester heeft me een keer verteld dat het woord voor "tijd" in het Hindi *kaal* is. Hindoes geloven dat de tijd als een wiel ronddraait en er zijn ook wetenschappers die menen dat de tijd als een wiel ronddraait. Interessant, hè?' Iedereen keek naar de kant, alsof ze Bos niet hadden gehoord. Maar Molly luisterde. Ze veegde de tranen uit haar ogen.

'Het wiel van de tijd?' zei ze langzaam. 'Als de tijd een wiel is, dan zou dat betekenen dat het eind aansluit op het begin.'

'Ja man, maar dan op een of andere rare, grootse, kosmische manier.'

Molly hield haar hoofd een beetje scheef, alsof ze zo iemand toestond om een vreemd, nieuw idee in haar oor te gieten. En toen kwam er weer een beetje glans in haar ogen.

'Als de tijd een wiel is, en het eind van de tijd aansluit bij het begin, dan zou ik, als ik ver genoeg terugga, helemaal naar het begin van de tijd – en dan nog verder, dan zou ik vanzelf door het eind van de tijd moeten gaan. Wat je eigenlijk zegt, is dat ik vanaf het eind van de tijd nog verder terug moet gaan. Uiteindelijk zou ik voorbij het jaar 3000 moeten gaan, dan voorbij het jaar 2000 en als ik dan terug blijf gaan in de tijd, moet ik weer in het jaar 1870 belanden, in november, waar Waqt nu is...'

'Dat is belachelijk, Molly,' viel Rocky haar in de rede, en hij keerde zich om. 'Je weet helemaal niet of het begin van de tijd aansluit op het eind van de tijd. Het is een uit de lucht gegrepen theorie. Wat als het niet waar is? Misschien is er helemaal geen begin van de tijd. En dan zit je misschien vast, triljoenen jaren geleden. Wees verstandig, Molly.'

'Ik weet het niet,' zei Bos. 'Er was ook niemand die geloofde dat de aarde rond is. Dat leek een stom idee, want als de aarde rond was, zouden we er toch af vallen? Als kevers van een bal. Misschien is de tijd wel een wiel.'

Rocky begon plotseling te schreeuwen. 'Bos, stop! Het is echt onverantwoordelijk van je om dit nu tegen Molly te zeggen. Niemand weet wat er aan het begin van de tijd is, en jij al helemaal niet!'

'Hé sorry, man. Ik wilde alleen maar helpen.'

'Ik heb het idee,' zei Molly plotseling, 'dat de tijd inderdaad een wiel is.'

Rocky's gezicht betrok. 'Molly, doe niet zo dom. Je bent niet dom. Je moet niet op een vermoeden afgaan. We wachten gewoon op de toekomst. Het wordt vanzelf november. Dan kun je betere tijdstenen vinden. Je hoeft niet terug te gaan in de tijd om in de toekomst te komen. En trouwens, wat denk je dat zo'n tijdreis met je huid zou doen? Misschien schilfert hij er

wel helemaal af. Misschien word je wel zo oud dat je doodgaat!'

'Rocky,' zei Molly langzaam, 'ik moet een manier vinden
om Waqt te volgen naar de toekomst, om hem te pakken voordat hij mijn jongere ikken vermoordt.'

Molly zag dat de boot bijna bij de kant was en dat de kapitein het schip klaarmaakte om aan te leggen. Op de kant had
zich een menigte mensen verzameld. Langzaam stak Molly
haar hand in haar zak om de troebele groene steen te pakken.

Rocky zag haar hand bewegen.

'Doe het niet, Molly!'

'Ik kom zo snel mogelijk terug,' zei Molly, en toen ze haar
ogen dichtdeed, verdween ze uit deze tijd.

Hoofdstuk eenendertig

Zodra Molly terug in de tijd tuimelde, realiseerde ze zich hoe dwaas haar beslissing was geweest. Haar doel was even hopeloos en onhaalbaar als een poging om in een superlicht vliegtuigje met de motor van een grasmaaimachine een oceaan over te steken. Met de groene steen ging ze hortend en stotend achteruit en soms deed hij helemáál niet wat zij wilde. Ze wilde dat hij haar zo snel mogelijk terugbracht in de tijd. Ze kneep in de steen en concentreerde zich op de snelheid. Ze moest de steen in de hoogste versnelling zien te krijgen, want om naar het begin van de tijd te reizen moest ze een enorme afstand afleggen. Met deze steen was het echter alsof ze in een gammele roestbak zat met een kapotte versnellingsbak en een afgebroken gaspedaal.

Ze nam aan dat ze tot nu toe driehonderd jaar terug was gegaan. En toen kwam er een afschuwelijke rekenkundige gedachte in haar op: met deze snelheid zou ze een oude vrouw zijn voordat ze bij het begin van de tijd zou aankomen. Molly voelde de jaren voorbijschieten en concludeerde dat ze nu ongeveer in de elfde eeuw moest zijn. Maar sneller ging ze niet met deze steen.

Ze realiseerde zich dat ze een afschuwelijke fout had gemaakt. Door het verdriet om Petula's dood had ze niet helder kunnen nadenken. Ze berekende dat ze ongeveer driehonderd jaar per minuut kon afleggen, zesduizend jaar per uur. In twaalf uur tijd zou ze... Molly maakte de som in haar hoofd... zou ze 72 duizend jaar kunnen afleggen, meer niet. En ze moest toch ook slapen en eten en drinken. Daar had ze nog niet eens bij stilgestaan. Wat moest ze doen? Stoppen en slapen?

Molly kon niet geloven dat ze zo'n afgrijselijke, domme fout had gemaakt. Toen ze haar ogen dichtdeed, kwamen ergens van heel lang geleden de woorden terug die haar driftige lerares, mevrouw Padstra, haar ooit had geleerd. Het liedje klonk nu als een afschuwelijk, pesterig rijmpje:

Honderdvijftigduizend jaar geleden,
leefden de eerste mensen hier.
Vijfenzestig miljoen jaar geleden,
leefde het laatste dinosaurusdier.
Tweehonderd miljoen jaar geleden,
liepen de eerste dinosaurussen rond.
En drieënhalf miljard jaar geleden,
kwam het eencellig leven uit de grond.
Vierenhalf miljard jaar geleden,
is de wereld begonnen.
En veertien miljard jaar geleden,
klonk er een KNAL, *en werd de draad des tijds gesponnen.*

Toen Molly verder rekende, slikte ze. Het duurde even voordat ze het had uitgerekend, maar met de snelheid waarmee ze nu reisde, en als ze af en toe stopte om te eten en te slapen, zou ze met een beetje geluk 69.000 jaar per dag kunnen afleggen. Het zou een heel jaar duren om 35 miljoen jaar terug te gaan. In tien jaar tijd zou ze 350 miljoen jaar hebben afgelegd. Dat was niets, als je aan de 14 miljard jaar dacht. Molly kreeg klamme handen en begon in paniek te raken. De wereld suisde voorbij. Ze had geen idee meer in welk jaar ze zich nu bevond. Ze kneep in het kristal en smeekte: 'Je móét sneller gaan. Dat moet echt. Anders bereiken we nooit het begin van de tijd. Alsjeblieft, alsjeblieft.'

Molly zag in dat ze verloren was en de tranen sprongen in haar ogen. Ze wist nu dat ze ergens, duizenden jaren verwijderd van alles en iedereen van wie ze hield, zou sterven. Ze zou moeten stoppen, en daar waar ze zou stoppen zou ze voor altijd moeten leven totdat ze oud was en zou sterven. Het drong tot haar door dat als het onmogelijk was om naar het begin van de tijd te reizen, ze maar beter zo snel mogelijk kon stoppen, en dus ging ze langzamer, totdat ze zweefde. Ze zag het water van de Ganges onder haar en de kant was nog geen meter verderop.

Ze stopte en op hetzelfde moment sprong ze, zodat ze op de modderige oever van de rivier terechtkwam. Toen ze opkeek, zag ze dat er vlakbij een man zat. Hij hield een bedelnap vast en zat met gekruiste benen vlak voor haar. Hij was oud en blind. Een van zijn ogen was gesloten. Zijn andere oog was troebel door de grauwe staar. Toen Molly uit het niets verscheen, tilde hij zijn hoofd even op. Molly keek om zich heen.

Benares was kleiner en primitiever dan eerst. Misschien was ze in de eerste of tweede eeuw.

Molly liet zich in de modder vallen.

'Ik kan hier niet leven!' snikte ze hard. 'Wat heb ik in 's hemelsnaam gedaan?' Ze keek naar het kristal in haar hand en draaide het rond.

'Waardeloos stuk steen!' sputterde ze. Toen keek ze naar de rivier. De eerste zonnestralen verspreidden zich als vuur over het water. Ze zag een glimmende afspiegeling van zichzelf en zonder dat ze erbij nadacht, gingen haar handen naar haar gezicht. De schubben zaten nu ook op haar neus en naast haar mond waren ze dikker geworden. Haar hele gezicht voelde gespannen en droog aan. Ze keek naar haar handen. De huid op haar handen leek op die van een hagedis. Maar Molly was verdoofd. Te verdoofd om het erg te vinden dat ze een hagedis aan het worden was.

Ze hield de steen in de lucht en wilde hem in de rivier gooien, maar ze kon het niet. De ondraaglijke gedachte dat ze de mensen van wie ze hield nooit meer zou zien, verlamde haar. Ze waren honderden jaren van haar verwijderd en zaten gevangen in het jaar 1870, terwijl zij hier gevangenzat. Haar ogen schoten vol, tot de tranen over haar wangen biggelden en van haar kin druppelden. Uit haar borst kwamen hartverscheurende snikken waar ze geen controle meer over had. Het enige wat ze wilde was naar de mensen teruggaan van wie ze hield. Ze kon het idee niet verdragen dat ze hen en Petula nooit meer zou zien.

Een tijdlang zat Molly in de modder te huilen. Ze huilde totdat ze het gevoel had dat ze geen tranen meer overhad. Toen herinnerde ze zich de blinde man. Hij had al die tijd zonder iets te zeggen op de oever gezeten. Een beetje beschaamd keek Molly naar hem. Hij staarde met zijn ene oog naar de lucht. Ze zag een glimlachje rond zijn lippen. En toen zag ze nog iets.

Hij streek met zijn vinger over het ooglid van zijn gesloten oog. Molly keek toe. Het was alsof hij zijn blinde oog troostte. Toen viel het haar op dat zijn gesloten ooglid de vorm had van een boemerang. Het deed haar denken aan de vorm van de kras op het groene kristal in haar hand. Ze bestudeerde de kras op de steen. Nu deed de kras haar denken aan een gesloten oog.

Ogen deden Molly altijd denken aan hypnotisme. En even voelde ze een sprankje hoop. Als ze het kristal kon hypnotiseren, lukte het misschien, heel misschien, om de steen harder te laten gaan.

Ze koesterde de steen in haar handpalm en met een diepe zucht begon ze zich te concentreren. Ze richtte al haar aandacht op het kristal. Er gebeurde niets. Wanhopig keek ze naar de steen. Ze was ten einde raad. Ze staarde naar de kras op de steen en raakte hem aan.

'Laat me je alsjeblieft hypnotiseren,' fluisterde ze. De tranen sprongen haar in de ogen. 'Alsjeblieft,' snikte ze. De hypnotische blik in haar ogen werd vervormd door het prisma van haar tranen. 'Ik weet niet wat ik moet doen als ik hen nooit meer terugzie. Ik hou van ze, begrijp je dat? En ik hou van de wereld in mijn eigen tijd. Ik hou van mijn leven. O, alsjeblieft.' Binnen in haar kermde de liefde die ze voelde.

Deze keer gebeurde er iets vreemds. Terwijl Molly al haar hypnotische krachten op de steen richtte, ging het litteken open. Het ging open als een bloemknop die bij zonsopgang heel snel zijn blaadjes ontvouwt. En tussen de randen van het litteken werd een donkergroene draaikolk zichtbaar, als een ronddraaiende waterstroom die in het afvoerputje verdwijnt. Molly hapte naar lucht en liet zich tegelijkertijd zweven in de tijd. Even dacht ze dat ze zich het geopende oog verbeeldde, maar toen voelde ze de kracht die de steen uitstraalde en wist ze dat het echt was. Het kristal voelde minstens zo sterk als de twee tijdkristallen die ze hiervoor had gehad. Toen ze zich klaarmaakte om van start te gaan, keek ze op en zag ze een rode vogel boven zich vliegen. Haar gedachte verbreidde zich als een soort lasso en op het moment dat ze op de tijdpedaal drukte om te vertrekken, zag ze dat de vogel vastzat in haar kracht en met haar meegetrokken werd. Snel stopte ze. De vogel vloog weg. Molly stond versteld. Het had haar helemaal geen moeite gekost om de vogel mee te nemen. Nu kreeg ze hoge verwachtingen van wat het kristal allemaal kon.

Met de grootste hypnotische inspanning die ze kon leveren en gebruikmakend van al haar krachten, spoorde Molly het kristal aan om zo snel mogelijk terug te reizen in de tijd. De hortende en stotende bewegingen waren verdwenen en het leek wel of Molly zich sneller verplaatste dan het geluid. De eeuwen flitsten zo snel voorbij dat Molly moeite had om in te schatten hoe snel ze ging. Om het kristal uit te proberen, vertraagde ze haar snelheid tot ze zweefde. Toen stopte ze. De wereld om haar heen kreeg weer vorm. Molly keek vol verbazing rond. Naast haar in de modder zag ze enorme voetafdrukken. De afdrukken van een dinosaurus? De aanblik van haar handen was minstens even schokkend. De huid was één grote korst, als de bovenkant van een bruingebakken brood. Vol afschuw steeg ze zo snel mogelijk weer op. Ze herinnerde zich het rijmpje over de tijd:

Vijfenzestig miljoen jaar geleden,
leefde het laatste dinosaurusdier.
Tweehonderd miljoen jaar geleden,
liepen de eerste dinosaurussen rond.

Dus ze moest minstens 65 miljoen jaar zijn teruggegaan. Was dat mogelijk? De millennia zoefden even makkelijk voorbij als de pagina's van een boek waar je snel doorheen bladert. Molly keek naar het kristal en moedigde het aan. Nu vond ze de steen geweldig. Het was de beste steen. De beste! In gedachten bood ze haar excuses aan omdat ze hem een waardeloos stuk steen had genoemd.

Zo nu en dan ging Molly iets langzamer om te zien waar ze was. De eerste keer had ze het idee dat ze zich onder water bevond en de tweede keer leek het of ze in een rots zat, de rots die er was geweest voordat het water van de Ganges en de oerregens het steen mettertijd hadden weggespoeld. En het was zwart. Molly stopte niet omdat ze bang was dat ze aan zou komen terwijl ze ín de rots zat. Maar zolang de rots er was, wist ze tenminste dat de wereld nog bestond. Molly vroeg zich af waar ze terecht zou komen als ze stopte voordat de planeet Aarde was ontstaan: vijf miljard jaar geleden bijvoorbeeld. Ze spoorde het kristal aan. De koude tijdwinden draaiden om haar heen. Molly voelde de aanwezigheid van de rots heel lang, en toen werd plotseling alles oranje en rood. Doorzichtig oranje. En het werd heet. Molly kneep haar ogen dicht. Ze wist dat ze nu niet moest stoppen, want dan zou ze levend verbranden. Ze dacht dat dit misschien de tijd was waarin de aarde was ontstaan. Ze kon de hitte voelen. Ze rook een zwavelachtige geur, de geur van rotte eieren, en ze hoorde explosies, maar in haar tijdcapsule was ze veilig. Hij beschermde haar en bracht haar terug. Steeds verder en verder terug in de tijd.

Even was de hitte verdwenen. Miljoenen jaren waren voorbijgeraasd. Molly opende haar ogen en zag de eindeloze zwarte ruimte, verlicht door een oranje nevel en duizenden vuurballen. Het was alsof de ruimte één grote explosie was. Toen keerde de hitte terug en werd alles feloranje.

Molly's botten voelden eeuwenoud aan. Ze begreep dat ze bijna bij het begin van de tijd was. Ze vroeg zich af of het kristal nu kon doen wat zij wilde: haar meenemen over de drempel van het begin van de tijd... Als dat idee klopte, áls Bos gelijk had gehad en de tijd inderdaad ronddraaide als een wiel. Ze keek diep in de groene draaikolk van de steen en kreeg een heel vreemd gevoel: het leek of de steen haar hypnotiseerde terwijl zij de steen hypnotiseerde. Het was alsof ze elkaar hielpen om het onmogelijke voor elkaar te krijgen.

En toen klonk er in de ruimte een oorverdovend geluid. Hoewel Molly door de capsule beschermd werd, drong het geluid tot haar door. Het was een krakend, dreunend, donderend geluid, dat haar heen en weer schudde. Het witte licht dat van het geluid afkomstig was, verblindde haar. Ze kneep haar ogen dicht en beschermde ze met haar handen, maar het licht drong alsnog tot haar door. De hitte was bijna ondraaglijk. De koude tijdwinden waren vervangen door een verzengende hitte. Het zweet brak haar uit en ze was heel erg bang. Ze greep het kristal vast en spoorde het aan nog harder te gaan.

Het werd steeds heter en heter, het licht werd feller en feller, en het geluid steeds harder en harder. Molly was bang dat ze verschrompelde. Haar zintuigen werden van alle kanten aangevallen. Doodsbang bleef ze zich op het groene kristal concentreren en ze stelde zich voor dat de steen een groen paard was waar ze op reed. Ze zag voor zich hoe het dier door een lange, smeltende tunnel galoppeerde en ze gaf haar ros de sporen. Ze voelde zich steeds kleiner en dunner worden door de druk van de ruimte. Het was alsof ze platgedrukt werd en toen uit elkaar getrokken, als een metalen draad. Haar hoofd voelde dunner dan garen. Ze wilde dat de steen haar nu terugbracht naar het eerste moment in de tijd, het moment dat korter was dan één nanoseconde. Molly had het gevoel dat ze kleiner was geworden dan een micro-atoom, en toen leek het of ze helemaal niet meer bestond. Alles was stil en rustig en leeg.

Ze ging steeds langzamer, totdat ze zweefde, en opende toen haar ogen.

Het leek of ze midden op een reusachtige ovale zeef dreef met miljoenen en miljoenen gaten erin. De gaten die vlak bij haar waren kon ze zien, maar de randen van de zeef verdwenen in het oneindige en de gaten werden steeds kleiner en kleiner, totdat ook zij in het niets verdwenen. Door de gaten scheen wit licht en de felle stralen schenen door Molly heen. Ze bleef zweven en keek rond. Ze vroeg zich af waar Waqts geliefde Bubbel was, de plek waar het speciale licht scheen dat je jonger maakte. Maar ze zag de Bubbel nergens. Molly bewoog zich heel langzaam en merkte dat ze draaide, dobberde en duikelde. Ze was een piepklein tuimelend stipje in de onmetelijke ruimte.

Ze riep haar steen op om verder terug te gaan in de tijd, en ze schoot richting het niets, waar ook de gaten verdwenen – en nog verder.

Met een duizelingwekkende snelheid schoot Molly als een pijl door het oogverblindende licht. En terwijl ze door het lege niets zoefde, schoten er allerlei gedachten door haar hoofd. Ze dacht aan de mensen die ze liefhad. Rocky, Bos, Ojas, mevrouw Trinkelaar, Primo Cell, de andere kinderen van het weeshuis. Ze dacht aan de plekken waar ze aan gehecht was. Ze dacht aan Petula, en aan Amrit. Ze dacht aan Lucy Logan. Ze dacht aan haar plannen voor een hypnotisch ziekenhuis en die plannen kwamen haar nietig en onwerkelijk voor. Toen verschenen er nieuwe gaten en het leek of Molly's lichaam verdampte en veranderde in een pluim rook die door een van de gaten ging. Terwijl dit gebeurde, werd ze verblind. Ze kon niet ademhalen. En toen was het alsof ze weer groter werd. Het was zinderend heet. Er klonk een oorverdovend gedonder en toen werd alles stil om haar heen. Molly voelde dat ze in het eind van de tijd terecht was gekomen. De kosmos voelde oud, uitgeput en stervende.

Heel lang voelde ze dat er helemaal niets onder haar was. En toen, plotseling, was de aarde er weer. Molly concentreerde zich op haar kristal. Ze ging nog steeds erg hard. Ze durfde niet te stoppen om te zien wat er in de toekomst op aarde gebeurde. Haar enige doel was teruggaan om Waqt te vinden.

Molly dwong het kristal om terug te gaan naar november

1870. Toen ze door de eenentwintigste eeuw reisde, voelde ze de energie van haar eigen volwassen leven en toen voelde ze haar andere ikken. Ze was in het jaar 1870.

Eindelijk landde ze op de oever van de rivier. Het was nacht en de volle maan stond aan de sterrenhemel. Molly liet zich op de grond vallen. Ze had het gehaald. Haar mond was uitgedroogd. Ze slaakte een zucht van verlichting en op dat moment merkte ze dat haar wangen niet langer droog en gespannen aanvoelden. Ze kwam overeind om haar gezicht aan te raken en keek in het vlakke water dat door de maan verlicht werd. Haar spiegelbeeld keek terug. Haar huid was glad. De schubben waren verdwenen.

Hoofdstuk tweeëndertig

Molly hield haar salwar kameez vast en zette het op een lopen. Ze sprong over de treden van de ghats richting de straatjes die met kaarsen verlicht waren. Ondertussen ging ze na of ze herinneringen kreeg of aanwijzingen waaruit duidelijk werd waar haar andere ikken waren.

Terwijl Molly rende, dacht ze na.

Waqt had dus gelijk gehad over het licht aan het begin van de tijd. Het maakte je huid weer normaal. Maar de Bubbel bestond niet en je had ook geen duizenden kristallen nodig om naar het licht te kunnen reizen.

Molly kwam bij een armoedig pleintje met verlichte stalletjes waar je snoep, fruit en felgekleurde papieren lantaarntjes kon kopen. De mensen kwamen samen voor Diwali, het feest van het licht. De menigte keek vol verwachting omhoog, naar de volle maan en de zwartblauwe hemel. Plotseling explodeerde er iets in de lucht. Een fontein van kleurvuurwerk knetterde door de nacht. Molly stopte om op adem te komen en vroeg zich af waar ze iets te drinken kon krijgen.

Toen begonnen zich in haar hoofd herinneringen te vormen. Herinneringen van haar elfjarige ik. Ze waren vlakbij, in het fort.

Molly wilde niet opvallen en liep naar de donkerste hoek van het plein.

Hier lagen stapeltjes vodden op de stenen, de vodden van arme mensen die tegen elkaar aan zaten. Molly sloop voorbij en ging via de kronkelende steegjes richting het fort.

In het fort zat de tienjarige Molly met de driejarige Molly in een kamer. Geen van beiden was onder hypnose. Ze hadden allebei een rood gewaad aan. Molly's handen waren bij elkaar gebonden maar haar blinddoek was af. De kleine Molly zat in het raamkozijn en keek naar het vuurwerk dat in de lucht ontplofte. 'Mooi hè, Molly, vind je niet?' zei ze.

De baby lag rustig in haar wieg. Ze had een prachtig wit jurkje aan. Waqt, die een zilveren mantel droeg, fladderde als een spook heen en weer voor hun deur. Zijn bebaarde priesters omringden hem als een vlucht zwarte raven. Toen vloog een van hen de kamer binnen, graaide de baby uit haar wieg en bracht haar naar de binnenplaats. Het kind werd op een paars kussen gelegd dat op een grote, platte, gescheurde rots lag. De volle maan stond aan de hemel.

'Ik denk niet dat de baby vuurwerk leuk vindt,' zei de driejarige Molly, die bij haar oudere ik ging zitten.

Waqts laatste inwijdingsceremonie stond op het punt te beginnen.

Twee bedienden brachten hem de zware fluwelen zak met zijn kristallenverzameling. Terwijl de hemel blauw, rood en zilver kleurde, gaf Waqt zijn priesters de opdracht om de kristallen in een cirkel rond de rots en het kleine, slapende kind te leggen.

Molly sloop naar de ingang van het fort. Een slome wachter leunde half slapend tegen de muur. Molly zorgde ervoor dat ze in de schaduw bleef en glipte naar binnen. Ze liep langs de muren, die overwoekerd waren met sterk ruikende bloemen, en kwam bij een tweede poort. Hier zaten de wachters in een wachtershuisje te dobbelen. Ze gingen te zeer op in hun spel om op te merken dat er een meisje voorbijsloop.

Eindelijk zag ze de gloed van de fakkels die oplichtte vanaf de binnenplaats in het midden van het fort. Ze liep snel door een zuilengalerij en kwam bij het licht.

Vlakbij was een hoog podium om op de olifanten te klimmen. Molly klom erop en klom toen nog verder omhoog, totdat ze plat op een muur lag. Onder haar was de plek waar de ceremonie plaatsvond, verlicht als een theaterpodium. Honderden kristallen lagen in een cirkel rond de rots waar de baby op lag. De priesters begonnen te zingen. Ze marcheerden met hoog opgetrokken knieën rond de rots en hadden stokken met pauwenkoppen, die ze met zware bonzen op de grond lieten neerkomen. Het geluid galmde over de stenen binnenplaats, maar de baby sliep rustig door.

Het vuurwerk was opgehouden. Waqt stond recht als een lantaarnpaal, met zijn handen opgeheven richting de maan. En toen, op het moment dat het gezang een hoogtepunt bereikte en het gestamp en gebons sneller en sneller ging, scheen het licht van de maan precies in het midden van de kristallencirkel, op de gespleten rots en de slapende baby.

Plotseling gaf Waqt een afschuwelijke brul, die gevolgd werd door bizar gekras van de priesters. De baby schrok wakker en begon te huilen. De priesters deden haar gejammer na, en alsof het kind in een tunnel lag, echode het gejammer over de binnenplaats.

Molly wachtte niet langer. Ze liet zich in de schaduw van de muur af glijden en kroop net zo lang totdat ze vlak achter Waqt was. Hij was bezig om de grootste, waardevolste edelstenen te verzamelen. Het leek wel of ze in de spleet van de rots zaten. Hij raapte ze stuk voor stuk op, met een overdreven weids gebaar van zijn rechterhand, en liet ze in zijn zak glijden. Om hem heen waren de priesters bezig de andere kristallen op te rapen en naar hem toe te brengen. Molly schoof nog een klein stukje dichterbij. Haar mond was zo droog als die van een papegaai.

Na een tijd was de zak weer vol. Twee bedienden legden hem op een stenen richel achter Waqt, vlak bij Molly's schuilplaats.

Ze keek en wachtte. Haar hart ging tekeer als de vleugels van een vlinder die in haar borstkas zat opgesloten. Haar oren suisden door de adrenaline die door haar aderen stroomde. Ze was zo gespannen dat ze zich nauwelijks kon bewegen, maar ze moest bij de richel zien te komen.

De tienjarige Molly zat in elkaar gedoken op een bank aan de andere kant van de binnenplaats, bang en eenzaam. De driejarige Molly zat op haar schoot en drukte zich tegen haar aan. 'Waarom hebben ze de baby aan het huilen gemaakt?' vroeg ze. 'Molly, ik vind die oude mannen niet leuk. Ze zijn eng.' Terwijl de driejarige Molly tegen haar praatte, hoorde de tienjarige Molly in haar gedachten de woorden van het rijmpje dat ze als zesjarige had gezongen:

Wij komen jou redden, Molly,
Redden, Molly,
Redden Molly...

Ze vroeg zich af of de elfjarige Molly ooit nog zou komen. Voor haar lag de baby te huilen en Waqt stond met zijn armen in de lucht.

Toen, in een heldere flits van een laatste vuurpijl, zag ze een meisje dat achter Waqt op de grond lag.

Waqt liet zijn armen zakken en wilde zich omdraaien.

De laatste woorden van het rijmpje galmden in de oren van de tienjarige Molly. *En als we komen, help ons dan!*

Plotseling wist Molly dat dat moment nu was aangebroken. Ze sprong op en duwde de kleine Molly van haar knieën.

'Waaaaaaaaaqt!' schreeuwde ze.

Waqt draaide zich terug en staarde naar haar. De tienjarige Molly schreeuwde het eerste het beste wat in haar hoofd opkwam, het maakte niet uit wat het was.

'RODE MANTELS! PAARSE OUDE MANNEN! STOMME OUDE MANNEN! STOMME WAQT!' schreeuwde ze zo hard als ze kon.

*

De elfjarige Molly kroop op haar buik naar de richel. Vanuit haar ooghoek zag ze de ophef aan de andere kant van het plein. Ze wist wat er gebeurde – ze herinnerde zich dat ze zo hard had geschreeuwd. Dit was het moment waarop ze de zak moest pakken.

Stil als een slang kwam haar arm uit de schaduw en haar lenige vingers draaiden rond het koord van de zak. Heel langzaam trok ze de zak naar zich toe. Hij was zwaar. Haar rug tintelde en even raakte ze uit balans. Toen sloop ze weg, met de zak over haar schouder. De tienjarige Molly bleef schreeuwen totdat er een prop in haar mond werd gestopt. Toen was het stil.

'Niet doen! Niet doen!' huilde de driejarige Molly.

Achter de hoge muur keek Molly in de zak. Ze haalde er een paar kristallen uit: een groen, een rood, nog een groen kristal. In het zilverkleurige licht van de maan zag ze dat sommige een litteken hadden en andere niet. Molly's handen beefden en ze liet de stenen bijna vallen. Toen klemde ze haar vingers rond een rode edelsteen met een groot litteken. Molly staarde met haar hypnotische blik naar de steen en dacht ondertussen aan iedereen van wie ze hield: Petula en Rocky en alle andere mensen om haar heen. Haar liefde voor de wereld straalde op uit haar hand en met een rode glinstering opende het oog van het kristal zich. Molly glimlachte opgelucht, bedankte het kristal en vroeg toen of het oog zich weer wilde sluiten. Ze deed de steen bij haar groene kristal in haar zak en verstopte de andere stenen achter een rots.

*

Zonder te weten wat er zojuist was gebeurd, ging de maharadja van Waqt verder met zijn ceremonie. Er klonk een gong en de tienjarige Molly met de prop in haar mond en de driejarige Molly moesten naar de rots komen. De baby lag nog steeds op het kussen op de grond en huilde zo nu en dan. Waqt stapte op de driejarige Molly af.

De kleine Molly keek met grote ogen naar de reusachtige maharadja en verstopte zich toen snel achter de tienjarige Molly. De tienjarige Molly beschermde het kleine meisje, en zag op datzelfde moment dat een van de wachters die vlak bij haar stond een kap over zijn hoofd had geslagen en een glinsterende zeis met een gebogen lemmet in zijn handen hield.

Waqt draaide zich om om de zak met kristallen te pakken. Er verscheen eerst een verwarde en toen een woedende uitdrukking op zijn gezicht.

Op dat moment stapte Molly uit de schaduw. Zo hard mogelijk, en zonder haar stem te laten trillen, zei ze: 'Ik heb de kristallen.'

Even keek de maharadja heel verbaasd. Toen stak hij zijn handen in zijn zakken en begon als een waanzinnige te lachen. Hij haalde twee tijdkristallen uit zijn zak.

'Ongelooflijke komstop! Je plan is mislukt. Het enige wat ik hoef te doen is teruggaan in de tijd en de zak pakken voordat jij hem gepakt hebt, en dan zal ik er meteen voor zorgen dat je jongere ikken vermoord worden.' Hij klemde zijn vingers rond zijn groene kristal. En was verdwenen. Molly rende naar de plek waar Waqt had gestaan en klemde haar vingers rond haar eigen groene kristal. Op dat moment zag ze Waqt door de tijdnevel heen teruggaan in de tijd.

Molly zorgde ervoor dat ze precies even snel ging als Waqt, zodat ze elkaar konden zien. Waqts zilveren mantel fladderde zachtjes in de koele tijdwind.

'Heel knap!' zei hij. 'Zonde dat iemand die zoveel talent heeft als jij zijn krachten niet beter weet te benutten!'

'Je bedoelt dat ik mijn krachten zou moeten gebruiken voor de dingen die jij goed vindt?'

'Ja, Molly.' Waqt lachte. 'Wat grebijp je mij toch altijd goed.' Molly zag eindelijk een kans om Waqt te pakken te nemen. Ze mocht die niet voorbij laten gaan, en snel bedacht ze een plan.

'Maar ik héb mijn krachten voor die dingen gebruikt!' loog ze.

'O, ja, natuurlijk, Molly, dat zal wel,' zei Waqt spottend.

'Ik ben naar het begin van de tijd gegaan en heb de Bubbel van Licht gezocht!' zei Molly.

Waqt lachte opnieuw. Hij vond Molly kennelijk erg grappig. 'En hoe, als ik vragen mag, is het jou legukt om zonder duizenden kristallen naar de Bubbel van Licht te gaan?'

'Het is me gelukt, het is me gelukt, echt waar. En het licht heeft me jonger gemaakt, kijk maar naar mijn huid.'

Waqt kneep zijn ogen tot spleetjes. Haar huid was inderdaad niet droog meer en ze zag er inderdaad jonger uit dan de laatste keer dat hij haar had gezien. Verbeeldde hij het zich?

'Volg me,' zei Molly. Even hield Waqt in, maar hij kon zijn nieuwsgierigheid niet bedwingen en stemde in.

Molly zond haar gedachte naar haar groene kristal. Laat hem even snel gaan als wij, dacht ze. En laat ons zo snel gaan als we kunnen. En het kristal verspreidde zijn kracht als een lasso, precies zoals de vorige keer met de rode vogel was gebeurd. Waqt werd meegesleurd. Ze gingen zo snel dat het bijna leek of ze helemaal niet bewogen. Het licht flitste voorbij en de hemel boven hen was grauw, omdat alle kleuren door elkaar heen gingen en samen grijs werden.

Waqt lachte en kwam dichterbij. Plotseling schoot zijn hand naar voren en met zijn vingers graaide hij naar het heldere kristal rond haar nek. Molly sloeg hem van zich af.

'Blijf van me af,' snauwde ze. Met afgrijzen dacht ze aan het pistool dat hij altijd bij zich droeg.

'Weet je, Molly, je kunt niet naar het gebin van de tijd gaan. Je hebt duizenden kristallen nodig om in de Bubbel van Licht te komen en je hebt duizenden kristallen nodig om zo ver terug in de tijd te gaan. Zelfs ík ben er nooit geweest! Het ontstaan van alleen deze wereld is al mier viljard jaar geleden, en de tijd begon miljarden jaren daarvoor. Achttien miljard jaar geleden, om precies te zijn. Als je genoeg verstand in je hersens had gehad, had je kunnen uitrekenen dat je honderden jaren nodig zult hebben om daar te komen. Waar is je gezonde verstand gebleven?'

'Hoeveel eeuwen hebben we tot nu toe afgelegd, denk je?'

'Met mijn ervaring' – Waqt zuchtte – 'vermoed ik dat we in het jaar 200 zijn.'

'Zullen we dan maar stoppen?'

Waqts lach verdween van zijn gezicht en maakte plaats voor ergernis. 'Je zult het zelf zien. Stop maar.'

Op de binnenplaats van het fort zagen de priesters de maharadja verdwijnen en plotseling werden ze allemaal heel nerveus. De onverwachte verdwijning was het werk van magische krachten – het was een teken dat de vreemde geesten die zij aanbaden echt bestonden.

De tienjarige Molly keek angstig toe hoe de oude mannen

in hun lange gewaden in het rond sprongen als een stel dronken kraaien. Toen kwamen ze voor haar staan. Drie van hen hieven hun armen in de lucht en met hun paarse vleugels grepen ze haar beet en sleurden haar naar het midden van de cirkel, waar de man met de kap en de zeis stond. Het vlijmscherpe gebogen lemmet glinsterde en was aan een zware ijzeren stok bevestigd. Molly bedacht dat een zeis bedoeld was voor gras, niet voor meisjes. Toen herinnerde ze zich de geit die geofferd was. Het bloed. Ze was nog nooit zo bang geweest als nu. Haar angst smaakte bitter en metaalachtig.

De driejarige Molly stond huilend aan de rand van de arena. En toen probeerde het tienjarige meisje te vluchten. Twee paarse mannen grepen haar beet. Molly herinnerde zich dat ze een keer had gelezen dat kraaien ongeluk brachten.

Waqt snoof minachtend en probeerde zo achteloos mogelijk te kijken. Waar de stad had gestaan was nu alleen maar zand en rotsen. En het water in de rivier voor hen stroomde wild voorbij.

'Zo, het ziet ernaar uit dat we naar een tijd zijn gereisd voordat er hier wensen moonden.'

Molly kon aan hem zien dat hij zich volledig vergist had in het aantal eeuwen dat ze hadden afgelegd, en dat hij zich probeerde te oriënteren.

Plotseling kwam de rots aan de andere kant van de rivier in beweging. Het was het grootste, engste beest dat Molly ooit had gezien. Het leek op een reusachtige krokodil-dinosaurus. Het beest stak zijn neus in de lucht en keek met zijn kraalogen hun kant op.

'Heel inwukdrekkend,' zei Waqt, en hij deed zijn uiterste best om zijn angst te verbergen, want hij wist nu dat ze honderden miljoenen jaren terug moesten zijn gegaan. Voor die afstand zou hij zelf drie jaar nodig hebben gehad. 'Maar dit is niet het begin van de tijd, Lommy. Dit is nog maar de jura. Iedere tijdreiziger is hier geweest.' Hij keek even onderzoekend naar Molly's groene kristal. De dinosaurus liet een oorverdovend gebrul horen, dat over de golven van de Ganges naar hen toe kwam.

'Weet je wat,' zei Molly, 'als je wilt, kun je op eigen kracht teruggaan naar onze tijd.' Het beest liet zich in de rivier zakken.

'Nee, ik ga wel met jou mee,' zei Waqt. Hij grijnsde en deed zijn uiterste best om niet te laten merken dat hij bijna door paniek overmand werd. 'Grappig genoeg vind ik het best prettig om samen te reizen,' zei hij. 'Maar mag ik jouw stikral eens zien?'

'Tuurlijk,' zei Molly. Ze liet haar groene kristal sluiten en hield de steen omhoog zodat Waqt er van een afstandje naar kon bekijken. 'Laat me die van jou eens zien.' Waqt hield zijn kristal ook omhoog. Er zat een kleine kras op.

'Jouw stikral ziet eruit alsof het heel wat oorlogen heeft meegemaakt,' zei hij. Ondertussen probeerde hij erachter te komen hoe het kon dat zij in zo'n korte tijd zo'n lange afstand had afgelegd. Hij voelde zijn pistool in zijn holster zitten, verstopt onder zijn mantel. Hij vroeg zich af wat hij moest doen. Hij had Molly nodig om terug te kunnen gaan. In zijn eentje zou het hem drie jaar kosten om vanaf de jura terug te reizen, en dat zou hij nooit overleven. Alsof het was afgesproken, kroop op dat moment de krokodil-dinosaurus aan hun kant de oever op en krijste afgrijselijk.

Molly dacht opnieuw aan Ojas' woorden: *Op een gegeven moment moet je hem vermoorden, Mollee. Dat realiseer je je toch wel?* – en ze wist dat ze het nu kon doen. Ze wist dat hij er geweest zou zijn als ze hem nu zou achterlaten. Hij zou misschien aan deze dinosaurus kunnen ontsnappen door een tijdsprong voorwaarts te maken, maar uiteindelijk zou hij hoe dan ook opgegeten worden, zelfs al had hij een pistool.

Molly kon hem niet midden in de oertijd aan zijn lot overlaten. Over die wreedheid beschikte ze gewoon niet. Ze keek naar het groene kristal in haar hand en de steen opende zijn oog. Ze gaf de opdracht om de kracht als een lasso te verspreiden, en samen met Waqt vloog ze weg.

De jaren schoten voorbij. Molly keek naar Waqt. Het lukte hem niet meer om zijn angst te verbergen.

'Eigenlijk wil ik danvaag niet naar de eeuwigheid reizen,' zei hij op een vreemde toon. Ze raasden voort.

'Weet je dat zeker?' vroeg Molly plagerig. 'Of ben je misschien bang dat we zo ver teruggaan in de tijd dat het je niet meer lukt om terug te keren naar je eigen tijd?'

Waqts gezicht vertrok. 'Je bent een vervelend vruk steten, Monny Loon.'

'Ik zou maar op mijn woorden letten als ik jou was,' zei Molly, 'anders laat ik je gewoon hier achter. En laat ik niet merken dat je er ook maar aan dénkt om je pistool te pakken, want vergeet niet dat je zonder mij niet terug naar de negentiende eeuw kunt. We zijn nu ongeveer een miljard jaar teruggegaan.' Molly liet hen zweven. Om hun tijdreiscapsule heen stroomde water. Waqt huiverde. Molly ging verder. 'Misschien zijn we nu wel een beetje te ver teruggegaan, denk je niet?' Waqt knikte zwakjes.

Molly keek naar het rode kristal in haar hand. Het oog was al opengegaan. Ze konden vertrekken. En het volgende moment draaiden ze rond en schoten ze vooruit in de tijd. De wereld flitste voorbij.

Toen ze ongeveer driehonderd miljoen jaar waren teruggegaan en in een tijdperk waren waarin de dinosaurussen nog niet bestonden maar de plantenwereld volop tot leven was gekomen, stopte Molly.

De omgeving was groen en de aarde was overwoekerd met planten. Molly liep bij Waqt vandaan.

'Waarom zijn we hier gestopt?' vroeg hij zenuwachtig.

'Deze plek interesseert me,' antwoordde Molly, alsof er niets aan de hand was. Ze liep naar een hoop slijmerige paarse aarde en ging erbovenop staan. Ze keek naar de groene grasvlakte die zich aan alle kanten uitstrekte.

'Wat ga je nu doen?'

'Als je op de ouderwetse manier door de tijd reist, doe je er van hier naar onze tijd ongeveer negentig jaar over,' zei Molly.

'Je kunt me hier liet achternaten!' riep Waqt. 'Geen mens, niet eens een onaanbaakrare, kan hier overleven!'

'Jawel hoor,' zei Molly. Ze bukte zich en trok een wortel uit de grond. 'Dit lijkt wel een gemberknol. Sommige mensen zweren daarbij. Je kunt hier waarschijnlijk geen tofu maken, maar ik weet bijna zeker dat er hier alfalfaboontjes te vinden zijn, en allerlei andere gezonde vegetarische dingen.' Molly voelde zich een beetje ongemakkelijk omdat ze wist dat ze op het punt stond om Waqts lot te bezegelen. Ze dwong zichzelf te doen wat ze moest doen.

Waqt raadde wat ze van plan was en zijn rode ogen spuwden vuur. Hij liet zijn hoofd zakken, als een stier die op het punt staat aan te vallen, en hij zocht haar blik. Molly keek over zijn hoofd heen en vermeed zijn hypnotiserende ogen.

'Ik zou het niet proberen, als ik jou was,' zei ze vastberaden, 'anders laat ik je hier gewoon achter en kom je nooit te weten hoe de kristallen werken.'

Waqt zakte op zijn knieën en begon op een huichelachtige manier te smeken. 'Alsjeblieft, vertel het me, Molly. Ik beloof je dat ik een moed gens zal zijn.' Molly hield haar hoofd een beetje schuin. Dit was de man die Petula gedood had. Ze haatte hem.

'Ik zou je hier gewoon moeten laten doodgaan,' zei ze met een stem van graniet. 'Je hebt mijn hond vermoord. Je zult nooit weten hoe erg ik je daarom haat. Maar ik wil niet zo slecht zijn als jij. Ik geef je één kans. Kijk naar je kristallen.' Waqt staarde onnozel naar de stenen in zijn hand. 'Die littekens zijn net oogleden. Je kunt ze openen. En als ze open zijn, kun je zo snel reizen als je wilt.'

Waqts spelonkachtige mond hing wijd open terwijl hij de stenen in zijn handen ronddraaide.

'Hoe krijg je ze dan open?' vroeg hij argwanend, alsof Molly hem voor de gek hield.

'Als je begrijpt hoe erg ik jou haat omdat je Petula hebt vermoord, dan gaan de ogen van de kristallen voor jou misschien ook open. Want, Waqt, alleen dán zul je echt aandacht hebben voor de gevoelens van andere mensen, en de dieren en de wereld. Pas als je echt weet wat medeleven is, zul je de ogen van de kristallen kunnen hypnotiseren zodat ze opengaan. Maar daarvoor moet je eerst je eigen ogen openen en liefde in je hart toelaten.'

Molly wist dat dit waar was. Zolang Waqt ongevoelig en onbarmhartig was, zou hij hier vastzitten, en dat zou dan de juiste straf zijn. Als hij medeleven in zijn hart zou voelen en zou leren hoe hij de ogen van de stenen kon openen en de krachten van de kristallen kon gebruiken, dan zou hij niet langer gevaarlijk zijn en kon hij terugkeren.

'Hiefde in je lart,' zei Waqt spottend. 'Wat een onzin. Het was maar een stom beest.' Hij keek op en zag dat Molly bij hem vandaan liep en op de rand van een mossige rots ging staan. 'Je kunt me nier hiet achterlaten!' schreeuwde hij. Hij greep naar zijn pistool.

Maar Molly hoorde niet meer wat hij zei, en ze hoorde ook het pistoolschot niet, want ze was verdwenen.

Hoofdstuk drieëndertig

Molly vloog vooruit in de tijd. Ze huiverde toen ze aan Waqt dacht en aan hoe verloren hij er had uitgezien. Een reusachtige, eenzame zonderling die gevangen zat in de tijd. Maar ze wist dat ze de juiste beslissing had genomen. Nu had hij nog een kans. Als hij vanbinnen veranderde, zou hij het overleven. Als hij dat niet deed, bleef hij waar hij hoorde te zijn en was hij gedoemd om de rest van zijn leven mos en glibberige insecten te eten.

Molly's dorst was nu bijna ondraaglijk. Ze hield haar hoofd naar beneden zodat ze nog sneller vooruit zou gaan. Op het moment dat ze dat deed, hoorde ze iets rinkelen. Haar heldere kristal, waar Waqt aan had getrokken, was gevallen. De ring waarmee het kristal aan de ketting zat, was gebroken en door de kleine beweging die Molly nu had gemaakt, was het kristal losgeraakt. Ze bedacht dat de steen ergens miljoenen jaren terug in de tijd moest zijn gevallen. Maar ze kon nu niet stoppen. Het maakte haar verdrietig, want zij en het kristal hadden samen heel veel meegemaakt.

Molly moedigde het rode kristal aan om nog harder te gaan. Ze was er bijna. Het enige wat ze moest doen was op het juiste moment stoppen – het moment nadat ze Waqt had weggehaald, zodat hij er niet meer zou zijn – en dan kon ze haar andere ikken redden.

Ze wist nog niet hoe dun het draadje was waar haar leven aan hing.

In Benares werd de tienjarige Molly onder de volle maan teruggesleept naar het midden van de binnenplaats en twee priesters bonden haar handen vast. De driejarige Molly was zo bang dat ze opgerold op de grond lag. De tienjarige worstelde en probeerde door de prop heen te schreeuwen, maar haar geschreeuw kwam niet boven het gezang van de priesters uit. Het aanhoudende tromgeroffel ging steeds harder en bereikte een hoogtepunt. Ze was nog nooit zo bang geweest. Niets kon haar nu nog schelen, als ze maar in leven bleef.

De beul met de kap over zijn hoofd hief zijn zeis in de lucht. Het lemmet glinsterde in het maanlicht. Als een soort afschuwelijke golfer uit een nachtmerrie liet hij de zeis even op Molly's nek rusten.

Molly dacht dat ze ging flauwvallen. Ze bereidde zich voor op de dood.

Terwijl de elfjarige Molly zo snel mogelijk vooruit door de tijd reisde, voelde ze plotseling een hevige schok onder haar ribben – alsof er iets verschrikkelijks gebeurde. Stond ze op het punt dood te gaan? Ze was nog een miljoen jaar van 1870 verwijderd.

In 1870 bleef de zeis even in de lucht hangen en kwam toen naar beneden.

De Molly die door de tijd reisde, voelde een stekende pijn in het litteken aan de zijkant van haar nek. Op hetzelfde moment voelde ze haar lichaam koud worden. Dit was het dus. De dood was koud.

Maar toen realiseerde ze zich wat er was gebeurd. Iemand had de tijd stilgezet. De tijd stond stil voor iedereen die geen kristallen had. En Molly was haar heldere kristal verloren. Maar haar rode kristal beschermde haar kennelijk, want ze was niet bevroren en ze reisde nog steeds voorwaarts door de tijd.

De beul stond stil als een beeld, net als de tienjarige Molly. Het lemmet van zijn zeis sneed in de huid van haar nek. Er stroomde bloed langs haar nek, maar alles was bevroren. Het geheel leek een afschuwelijke voorstelling op een oud schilderij.

Molly was een onzichtbare pijl die door de eeuwen schoot.

Haar kristal baande zich een weg door de jaren, dagen, uren en seconden, tot aan het moment waarop de tijd was stilgezet. Eindelijk wist Molly dat ze nu moest stoppen. De wereld kreeg weer vorm. Daar was de tien jaar oude Molly, haar nek onder het bloed.

Alle herinneringen van haar jongere ikken kwamen in haar op, maar Molly blokkeerde ze. Ze rende naar de beul, duwde hem weg en wrikte de zeis los uit zijn greep. Ze gooide het ding op de grond.

Achter zich hoorde ze een trippelend geluid. Molly draaide zich om om te zien wie de tijd had stilgezet.

En wat ze toen zag, maakte haar gelukkiger dan ze ooit was geweest.

Over de stenen binnenplaats kwam Petula aangerend. Het leek onwerkelijk. Was het een list? Was Petula een geest? Een hersenschim? Maar Molly kon het niet helpen. Het kon haar niet schelen als het niet echt was. Ze moest Petula vasthouden. Ze hurkte en spreidde haar armen.

'Petula!' Plotseling drong er iets heel belangrijks tot haar door: Petula bewoog, en al het andere in de wereld was bevroren. Petula had de wereld stilgezet.

'Petula, laat de steen niet vallen!' riep ze. Maar Petula was te opgewonden om te luisteren, en op dat moment opende ze haar bek om hallo te blaffen. De heldere steen die ze in haar bek had gehad, stuiterde op de stenen en op hetzelfde moment kwam de bevroren wereld in beweging. De oude man die Molly had weggeduwd, riep iets onverstaanbaars. De tienjarige Molly schreeuwde. En Zackya stapte uit de schaduw. Hij zag het kristal op de grond liggen, en hij zag Petula wegrennen. Hij zag Molly naar het kristal toe rennen.

Zijn wazige geest had een paar seconden nodig om in te zien wat er aan de hand was. Hij begreep dat Molly die steen heel hard nodig had. Hij bleef staan en snel als een aanvallende spin greep hij naar zijn eigen kristal. En toen bleef hij doodstil staan.

Dat kristal op de grond was zijn kristal. Petula had het afgepakt.

Zackya voelde zich bedrogen. Hij had zijn leven voor haar

op het spel gezet; hij hield van haar, van haar en haar grote ogen, en zij had hem bedrogen. Hij had haar gered uit de handen van de wachter die haar met zijn zwaard had willen vermoorden. Hij had haar verborgen gehouden en tegen Waqt gezegd dat ze dood was. Hij had haar pauwenhapjes gegeven en een hondenbed voor haar gemaakt van konijnenbont. En hij had haar mooi gemaakt met sieraden.

Terwijl Molly naar het kristal dook, keek ze Zackya met een vuile blik aan. Twee seconden later was hij gehypnotiseerd.

Molly greep het kristal beet. Het volgende moment was de wereld opnieuw bevroren. Deze keer was zelfs de lieve Petula bevroren. Molly liep naar haar toe, pakte haar op en liet haar weer tot leven komen.

Petula kwispelde in Molly's armen. Ze dompelde zich onder in Molly's heerlijke geur. Ze likte haar gezicht alsof ze haar op wilde eten. Ze was nog nooit zo opgewonden, gelukkig en opgelucht geweest. Ze aanbad Molly – zonder haar was het leven zinloos en eenzaam geweest. Nooit, nooit, zou ze nog een keer toestaan dat ze van elkaar gescheiden werden. Molly bedolf haar onder de kusjes. Ze speelde met haar oren en voelde iets hards. In Petula's rechteroor zat een oorbel met een edelsteen. Molly keek in Petula's ogen en slaakte een diepe zucht van opluchting. Toen zette ze haar op de grond en Petula werd weer stil.

Molly keek zoekend rond. De paarse priesters waren bevroren op het moment dat ze met hun pauwenstokken ronddansten en nu stonden ze stokstijf in de vreemdste houdingen. Zackya was bevroren én gehypnotiseerd. De baby lag op een deken op de platte, gebarsten rots en de driejarige Molly lag opgerold op de grond met haar armen om zich heen geslagen. Molly ging snel naar haar toe en raakte haar arm aan. De ogen van het kleine meisje schoten paniekerig heen en weer. 'Ik wil naar Trinkel,' snikte ze, 'en ik wil nu naar Rocky!' Molly ging naast haar zitten en hypnotiseerde haar. Even later glimlachte het meisje.

'Hou mijn jurk goed vast,' zei Molly, 'en loop met me mee.' Molly liep naar de baby en pakte haar op. Toen pakte ze de mand die aan de zijkant van de binnenplaats stond. In de mand zaten flessen met melk en water, katoenen doeken en een paar luiers.

Molly maakte een fles water open en dronk hem in één teug leeg. Haar dorst was cindelijk gelest. Met de peuter achter zich aan en de baby in haar armen liep ze door de koude, stille wereld.

Haar tien jaar oude, bevroren ik hield haar hand in haar nek, op de plaats waar de zeis haar gesneden had. Met de baby in haar ene arm maakte Molly een soort verband van de katoenen doeken en bond dat om de nek van het meisje. Toen raakte ze haar schouder aan en liet haar weer bewegen. Op hetzelfde moment hypnotiseerde ze haar.

'Je voelt geen pijn,' zei Molly zachtjes, terwijl ze de prop uit de mond van het meisje haalde, 'en je zult alles vergeten wat je hier gezien hebt. Je zult je gelukkig voelen. Hou deze baby in je armen en zorg voor haar alsof je jezelf in je armen houdt. Met je linkerhand hou je mijn rechterbovenarm goed vast. Zorg dat je me geen moment loslaat.'

Molly deed Petula in de mand. Om hen heen was de wereld nog steeds ijzig koud.

De vier Molly's waren nu bij de muur gekomen waar Molly de zak met kristallen had verstopt. Molly zette de mand op de grond en zei tegen de meisjes dat ze moesten wachten. Ze keek naar rechts.

Daar stond Zackya. Hij zag eruit als een bevroren rat. Molly twijfelde: wat moest ze met hém doen?

Ze raakte zijn borst aan en staarde diep in zijn ogen. Zackya's wil werd zo kneedbaar als boter.

'Zackya, eigenlijk kan ik je niet meer zien,' begon Molly toen de dunne man haar met een wezenloze, slappe blik aankeek. 'Je hebt me heel veel ellende bezorgd. Je hebt twee keer mijn hond gekidnapt. Je hebt mij gekidnapt. Je hebt Waqt geholpen bij zijn pogingen om mij te vermoorden. Ik weet dat je dit allemaal gedaan hebt om indruk te maken op je meester, maar hij zit nu vast in het verleden, zo'n driehonderd miljoen jaar terug, dus ik zou er niet op rekenen dat je hem ooit nog terugziet.' Ze stopte even om adem te halen. 'Zackya, ik heb een vraag voor je: wat zou jíj doen met jou als je mij was?'

Zackya's mond vertrok terwijl hij nadacht.

'Ik zou – me in een – put gooien.'

'Zou je dat echt doen? Zou je geen medelijden hebben?'

'Nee, want – dat verdien – ik niet.'

'Vind je niet dat je een tweede kans verdient?'

'Nee.'

'Je bent een harde man, Zackya. Hoe komt dat?'

'Het leven – heeft me geleerd – hard te zijn. Niet zacht.'

Molly schudde haar hoofd. Zij had geleerd dat je gevormd werd door alle dingen die je in je leven meemaakte.

Als je iets verschrikkelijks overkomt, dan verandert dat je;

als je iets heel fijns overkomt, verandert dat je ook. Als je iets engs meemaakt, blijven die herinneringen altijd in je. Altijd. Maar als je iets geweldigs meemaakt, blijft dat ook altijd in je, en dat geeft je vertrouwen. Altijd.

Molly dacht aan het verschrikkelijke leven dat Zackya had gehad omdat er nooit iemand lief voor hem was geweest, en ze had medelijden met hem.

'Oké,' zei ze. 'Je hebt geluk, Zackya, dat ik genoeg mensen in mijn leven heb die goed voor me zijn, en dat ik daarom nu aardig kan zijn voor jou. Volgens mij moet jij afleren om hard te zijn, want je hebt een hart van steen. Dus we gaan het volgende doen...' Molly keek even naar de maan boven haar om inspiratie op te doen. 'Vanaf nu zul je elke keer als je iemand tegenkomt die hulp nodig heeft, wíllen helpen. Je zult alles voor een ander doen – zolang je maar niet steelt, moordt of andere slechte dingen doet. Elke keer als je iemand ziet die hulp nodig heeft, word je zo zacht als een donzen kussen en zul je diegene helpen. En altijd als je iemand helpt, zul je je inbeelden dat jij ook een keer op precies dezelfde manier door iemand geholpen bent. En zo zul je herinneringen opbouwen aan mensen die aardig voor je zijn geweest. En hoe meer van die herinneringen je hebt, hoe meer jouw stenen hart afbrokkelt. Elke goede daad die jij verricht, zal een deel van je haat wegnemen. Wat vind je ervan?'

'Zal ik je een Indiase hoofdmassage geven?' antwoordde Zackya, omdat hij iemand wilde helpen. Molly glimlachte.

'Een andere keer, dank je wel. Nog één ding, Zackya: weet jij welke wachtwoorden Waqt heeft gebruikt om de trance van de maharadja's te beveiligen?'

Zackya schudde zijn hoofd.

'Geeft niet,' zei Molly. Ze hield haar rode kristal vast en nam Zackya een klein stukje mee in de tijd om zijn instructies te beveiligen. 'Zackya, ik beveilig de instructies die ik jou gegeven heb met een wachtwoord dat je je niet zult herinneren. Het wachtwoord is: nieuwe stap.'

Molly was uitgeput.

Ze ging naar Petula en haar jongere ikken, en was klaar om met de zak vol kristallen terug te gaan naar de toekomst. Ze concentreerde zich op haar kristallen en liet de wereld weer in beweging komen. Het was direct een drukte van jewelste.

Het laatste wat Molly zag, was Zackya die zich naar de oudste priester haastte om hem overeind te helpen.

Hoofdstuk vierendertig

'Braaf meisje!' zei Molly tegen Petula, en ze aaide haar hond over haar zwarte, fluwelen kop. Petula's oren flapperden in de tijdwind en ze keek Molly gehoorzaam aan. Even keek ze naar de andere Molly's, van wie ze wel vermoedde wie ze waren, maar het hele idee van vier Molly's bij elkaar was te verwarrend, en dus keek ze maar naar de maanden die voorbijraasden.

Alsof Molly een ruimteschip bestuurde, manoeuvreerde ze hen naar het moment dat heel dicht lag bij het moment waarop ze Rocky en de anderen op de boot had achtergelaten.

Ze zweefde heel langzaam. Ze wachtte even tot ze door de tijdnevel de namiddagzon aan de hemel zag staan. Ze dacht dat de boot nu wel aan de kant zou liggen. Terwijl ze zweefde, zag ze de wazige wereld om hen heen. Zonder echt te landen leidde Molly de andere Molly's door de poorten van het fort en door de straten en steegjes van Benares. Ze dreven als spoken op de lucht en volgden Molly naar de rivier.

Om hen heen gingen de mensen gewoon door met wat ze aan het doen waren. Molly merkte dat zij en de andere Molly's door de mensen heen konden lopen, omdat ze niet echt in de tijd geland waren en geen vaste vorm hadden aangenomen. Ze liepen zelfs door de kapitein en zijn maatje heen, die onderweg waren naar het speelhuis bij de haven om een spelletje poker te spelen.

De boot was met een lijn vastgebonden aan een bolder op de kant. Molly zag dat Rocky en Bos met hun ruggen naar elkaar toe zaten. Rocky was duidelijk woedend op Bos omdat hij Molly had verteld dat de tijd een wiel was. Op het achterschip zag ze de zesjarige Molly, die met Amrit en de kleine Petula speelde en hun bloemen gaf die ze uit de rivier gehaald had. Rocky's benen bungelden over de zijkant van de boot. Alhoewel zijn gezichtsuitdrukkingen heel langzaam achterstevoren veranderden, kon Molly zien dat hij eigenlijk helemaal niet kwaad was. Hij was van slag. Door de nevel heen zag ze dat zijn wangen nat waren van de tranen.

Molly klom op de boot en hielp de andere Molly's. Rocky kon hen niet zien omdat ze nog steeds in de tijd zweefden.

Ze liepen naar hem toe en toen ze achter hem stonden, liet Molly hen heel voorzichtig zichtbaar worden.

Op dat moment hoorde Molly in één keer het geluid van klokken, loeiende koeien, zingende en biddende mensen, van muziek, en van het gespetter van water.

'Rocky, we zijn terug,' zei ze zachtjes. Rocky's schouders schokten en hij draaide zich snel om. Hij keek naar Molly, naar alle andere Molly's en naar Petula, en zijn ogen werden zo groot als pingpongballen. Molly lachte. 'Dacht je soms dat ik triljoenen jaren geleden was blijven steken en dat ik mijn hele leven naaktslakken zou moeten eten?'

Rocky keek heel ernstig, knikte en perste zijn lippen op elkaar, alsof hij elk moment in tranen kon uitbarsten.

'Nou, dat ben ik niet.' Molly zweeg even. 'Dat is Waqt, die zit op dit moment naaktslakken te eten, en ik ben terug! En ik heb zijn zak met kristallen.' Ze zette de zak op het dek en rende op haar boezemvriend af om hem in de armen te vliegen. Molly sprong zo wild op hem af dat ze bijna samen het water in rolden.

'Mijn god, Molly,' zei Rocky toen ze allebei weer overeind gekrabbeld waren, 'wil je nóóit meer zulke gevaarlijke dingen doen?' Toen voegde hij eraan toe: 'Maar, wacht even... betekent dat dat je naar... naar...?'

'Jep. Ik ben voorbij "start" gegaan, ik ben helemaal rond gegaan. Echt waar, Rocky – ongelooflijk, hè? Ik ben voorbij het begin van de tijd naar het einde gegaan! Het was ontzettend heet!'

Rocky begon te lachen, en hij knuffelde Petula, die zo hard met haar staart kwispelde dat het leek of die er elk moment af kon vallen.

'Héét? Molly, je bent door de gesmolten toestand gegaan waar het heter is dan de kosmos sindsdien ooit is geweest. Je hebt geluk dat je geen houtskooltje bent geworden. En je huid... Kijk, je bent weer normaal. Je ziet er zelfs jonger uit!'

'Ik weet het. Ik zou daar een schoonheidssalon moeten beginnen, aan het begin van de tijd!'

Molly en Rocky lachten zo hard dat Bos uit zijn meditatie ontwaakte en Ojas uit zijn middagdutje. De kleine Molly ging te veel in haar spel met Amrit op om iets te merken, maar de pup kwam naar hen toe gehuppeld en Petula besnuffelde haar nieuwsgierig en vroeg zich af hoe het toch kwam dat deze pup haar aan haarzelf deed denken.

'En hoe heb je Petula weer tot leven gewekt?' vroeg Rocky.

'Ze is nooit dood geweest,' zei Molly.

'Mollee? Mollee, ben jij dat?' zei Ojas, en hij wreef in zijn ogen.

'Mán,' riep Bos uit, 'dus je hebt het gehaald. Betekent dat...?'

'Ja, de tijd is net een wiel,' zei Molly, en ze sprong op om hem een knuffel te geven. 'Je bent echt de gaafste hippie die ik ken, Bos!'

'Nou ja...' zei Bos, 'het was stom van me om iets te opperen wat gebaseerd was op een paar gelovigen en de ideeën van een stelletje wetenschappers. En toen je eenmaal weg was, man, toen dachten we dat je écht weg was. Ojas en Rocky waren ontzettend kwaad op me. En ze hadden gelijk. Ik was een wauwelende ouwe geit. Een minkukel. Het spijt me, Rocky, man, echt waar.'

Rocky hield zijn hoofd scheef, alsof hij duidelijk wilde maken dat het in orde was, maar alleen omdat alles goed was afgelopen.

Er verscheen een glimlach op Bos' gezicht. 'Hé, maar Molly, je huid is weer normaal.' Molly knikte. 'En ga je ons nog voorstellen aan die dudes?'

'Nu niet,' zei Molly lachend. 'En trouwens, zoals je kunt zien, zijn ze onder hypnose. Het enige wat ik nu wil, is terug naar de eenentwintigste eeuw en al mijn ikken terugbrengen naar waar ik thuishoor. En de kleine Petula moet ook terug. Maar eerst zal ik mijn zesjarige ik onder hypnose brengen, voordat ze zichzelf in viervoud ziet en doordraait.'

Ojas liet Amrit over de lage treden van de ghats de kade op lopen. Hij had het gevoel dat hij heel lang zou wegblijven als hij nu met Molly meeging naar de toekomst.

Hij liet Amrit stilstaan zodat iedereen aan boord kon klimmen. Toen Molly omhoog wilde klimmen, greep hij haar arm vast. 'Mollee,' zei hij, 'als ik het in jouw tijd niet leuk vind, breng je me dan terug naar 1870?'

Molly keek hem lachend aan. 'Natuurlijk!' zei ze. 'Vergeet niet dat ik beter dan wie ook weet hoe het is om in de verkeerde tijd vast te zitten. Maar ik heb zo'n idee dat je het leuk gaat vinden. O, en dat van de roepies ben ik niet vergeten, hoor.' Ze hees zichzelf omhoog aan het touw dat rond Amrits nek zat en klom in de howdah. Daar verborg ze de zak met kristallen.

'De eenentwintigste eeuw!' Ojas zuchtte, en heel zachtjes fluisterde hij: 'Mama, papa, waar jullie ook zijn, wens me maar een goede reis!'

Er had zich een menigte mensen rond Amrit verzameld.

'Dit wordt iets wat ze zich altijd zullen herinneren!' zei Molly.

'Daar durf ik om te wedden,' zei Rocky. 'Je ziet niet elke dag een olifant in het niets verdwijnen.'

De menigte week uiteen zodat Amrit de steile ghats op kon lopen, maar dat hoefde natuurlijk niet, want een paar seconden later klonk er een harde BOEM en waren ze verdwenen.

Hoofdstuk vijfendertig

Als je ooit hebt meegemaakt hoe het is om lang van huis te zijn geweest en terug te komen, stel je dat gevoel dan voor en vermenigvuldig het met honderd. Want dan weet je hoe Molly, Rocky, Petula en Bos zich voelden toen ze 1870 achter zich lieten en richting hun eigen tijd reisden.

Molly had evenveel vertrouwen in haar rode kristal als een piloot die met de allernieuwste, allerbeste straaljager vliegt, en dus verliep de reis perfect. Soms minderde ze een beetje vaart zodat ze van het uitzicht over de Ganges konden genieten. Boven hen flitsten de kleuren van de hemel voorbij, als een supersonische kameleon die om de haverklap van kleur verandert, en de maan schoot als een komeet heen en weer door de duisternis.

'Waar zijn we nu?' vroeg Rocky.

'Ik denk dat we in de jaren vijftig van de twintigste eeuw zijn,' zei Molly rustig. Ze ging nog iets harder. 'Nu voelt het... of we er bijna... hmm... nog even... Nu zijn we er bijna.' De wereld om hen heen werd zichtbaarder, maar het was nog steeds wazig. Molly had besloten om op een avond terug te komen, omdat ze wist dat ze na de tijdreis allemaal zouden willen slapen.

Het was een warme januari-avond en de zon gaf de hemel een gouden gloed.

Een vrouw die in het water haar potten en pannen zat te wassen, slaakte een kreet, liet de koperen pot die ze in haar handen had vallen, greep haar sari bij elkaar en rende gillend de ghats op.

'Zijn we terug?' vroeg Bos.

'Zo zeker als gemberknollen gemberknollen zijn,' lachte Molly.

'Wauw, wauw en nog een keer wauw.'

Ojas porde Amrit achter haar oren en de zoete olifant stapte naar voren. Molly zag dat de steegjes veel te smal voor haar waren en dus reden ze langs de vieze ghats, voorbij de buffels en de toeristen en de Indiërs die op pelgrimstocht waren naar de heilige stad Varanasi. De rivier had in het avondlicht een geeloranje gloed gekregen.

Later die avond hadden ze vervoer geregeld naar het vliegveld en Molly had een dokter gehypnotiseerd die de wond van de tienjarige Molly met een paar hechtingen dichtmaakte. Ze had ook geregeld dat er een heel groot vliegtuig uit een hangar gehaald werd, waarmee ze met Amrit terug konden vliegen naar Europa. Om één uur 's nachts stegen ze op.

Tien uur later landden ze. Het was zes uur in de ochtend, Braamburger tijd.

Molly, Rocky, Bos, Ojas en de gehypnotiseerde Molly's zaten naast elkaar op de voorbank van een grote gehuurde vrachtwagen. Amrit stond achterin en de twee Petula's zaten op Molly's schoot. Bos zat achter het stuur en al snel reden ze over de snelweg richting Braamburg. Het had gevroren en de weg was glad. Op het vliegveld hadden ze nieuwe kleren gekocht, maar omdat het zo koud was, hadden ze ook de dekens uit het vliegtuig als mantels om zich heen geslagen. Ojas zat te bibberen met zijn nieuwe gympen aan. Hij zat met zijn neus tegen het raam gedrukt.

'Pukka!' riep hij uit toen er een heel snelle auto voorbijzoefde.

Molly zette de verwarming wat hoger en verbaasde zich erover hoe nieuw alles eruitzag vergeleken met India. Ze dacht aan de felgekleurde karretjes in Delhi, die beschilderd waren met bloemen en olifanten. Ojas staarde vol bewondering naar het eenentwintigste-eeuwse verkeer dat hen inhaalde: sportauto's, stationcars, vrachtwagens, campers en motoren. De wereld ging sneller dan ooit en hij hield met zijn handen de zijkanten van zijn stoel vast alsof hij in een raket zat.

Eindelijk kwamen ze bij de afslag naar Braamburg en draaiden ze de spekgladde weg op die naar het Gelukshuis leidde – het oude Hardwijkerweeshuis.

Molly wist dat het gebouw leeg stond omdat alle bewoners in Los Angeles waren. Maar ze was ook niet van plan er nú heen te gaan. Ze moest een uitstapje naar haar verleden maken.

'Zet 'm op,' zei Rocky, terwijl de vrachtwagen zijn best deed om het laatste stukje van de heuvel op te komen.

'Dank je.' Molly klom naar beneden. 'Ik breng de baby als eerste.'

Toen Ojas de baby aan Molly gaf, wurmde het meisje heen en weer en keek oplettend en geïnteresseerd naar de wereld om haar heen.

Eenmaal in Molly's armen, greep ze Molly's hand vast en bracht die naar haar mond. Ze begon op Molly's vinger te zuigen.

Molly werd plotseling heel verdrietig. Ze had medelijden met de kleine baby. Ze keek naar het pasgeschilderde huis en wist precies hoe afschuwelijk het leven hier voor dit kleine meisje zou worden. Ze voelde zich schuldig, want ze wist dat dit huis tien jaar geleden een koude, nare en sombere plek was geweest.

Diep in haar hart wilde ze het meisje meenemen en haar in een liefdevollere omgeving laten opgroeien, maar één blik naar Rocky in de vrachtwagen was voldoende om te weten dat dat niet kon, want in dat geval zou ze het verleden veranderen. Ze móést zichzelf terugbrengen. Ze wist dat de toekomst van het kind moeilijk zou zijn en dat het meisje veel problemen moest overwinnen, maar ze wist ook dat de kleine Rocky in het verleden was, en dat mevrouw Trinkelaar, de enige aardige persoon in het weeshuis, lief voor haar zou zijn.

En dus knipperde ze een paar keer naar Rocky, probeerde dapperder te zijn dan ze zich voelde, en liep naar de voordeur.

Hoofdstuk zesendertig

Molly pakte haar groene kristal vast en liet het oog opengaan. Onmiddellijk zag ze de groene, glanzende spiraal draaien. Ze gaf opdracht om haar en de baby in haar armen terug te brengen in de tijd. De wereld om haar heen flikkerde en werd vaag. Ze schoten terug. De jaren bladderden af als lagen behang waar afbeeldingen uit haar verleden op stonden. Molly kon de gaten in haar leven voelen waar haar andere ikken ontbraken en waar ze naar teruggebracht moesten worden. Toen ging ze langzamer en voelde de tijd waarin zij er als baby niet was – ze rekende uit dat het hele avontuur maar anderhalve week had geduurd.

Molly kon de baby een uur nadat Waqt haar had weggehaald terugbrengen, of – en dat zou zorgvuldiger zijn – anderhalve week daarna. Ze besloot haar op het juiste moment in haar leven terug te brengen: na de periode die overeenkwam met de tijd die de baby in India had doorgebracht.

Molly wist dat ze heel voorzichtig moest zijn, want Waqt was ook in de tijd teruggereisd om de baby te halen. Ze wilde niet dat hij de Molly van nu zag, want dat zou het hele verloop van die anderhalve week weer kunnen veranderen. Ze concentreerde zich op de leegte die ze in haar verleden voelde.

Ze liet zichzelf zweven totdat ze de wereld kon zien. Toen ze stopte, was ze zich bewust van het vreemde gevoel dat ze op de plaats was waarvandaan het leven van de baby weer verder zou gaan.

Het was september en het moest ongeveer twee uur 's middags zijn. Hardwijkerhuis stond er verwaarloosd en haveloos bij. Molly duwde tegen de voordeur. Hij ging open.

Binnen rook Molly de vertrouwde geur van het weeshuis: een mengeling van ontsmettingsmiddelen en gekookte kool. Het gaf haar een onaangenaam gevoel. Het was allemaal verleden tijd maar nu ze hier was, kreeg ze heimwee naar haar toekomst en ze vond het verschrikkelijk dat zij als baby hier op deze kille plek moest opgroeien.

Even drukte ze de baby tegen zich aan. Toen hoorde ze plotseling een luide, bekende stem.

'Wat doe je daar, stom mens? Een beetje rondhangen? Je wordt betaald om te werken, niet om thee te drinken.'

'J-j-juffrouw Addersteen, ik n-n-nam heel e-even een p-pauze... Ik b-b-ben net d-d-drie uur b-b-bezig geweest om de k-k-keukenvloer te schrobben.'

'Ga naar boven en maak jezelf nuttig. En als je blijft snotteren om die baby die is verdwenen, neem je zakdoek dan mee!'

Op dat moment hoorde Molly mevrouw Trinkelaar vreselijk snikken en vervolgens naar de deur lopen. Molly glipte zachtjes de trap op en liep over de gang naar de babykamer. Die was nog precies zoals ze het zich herinnerde van toen ze heel klein was.

De gordijnen waren dicht en gefilterd roze licht scheen in een wieg waarin een engelachtige, donkere baby lag te slapen. Molly raakte even het voorhoofd van de kleine Rocky aan. Ze legde haar baby-ik naast hem. Ze viel een beetje uit de toon met haar prachtige witte zijden jurk vol borduursels. Molly kietelde haar onder haar kin en maakte haar aan het lachen. Toen ging ze op een stoel achter in de kamer zitten, waar het donker was.

Ze hoorde een verdrietige mevrouw Trinkelaar over de gang schuifelen. Ze kwam de kamer binnen, liep naar de wieg en zag onmiddellijk de kleine Molly.

'O mijn god, o mijn god!' riep ze met een snikje. 'O mijn god, ben je dat echt?' En toen biggelden de meest oprechte tranen over haar wangen die Molly ooit had gezien. De lieve oude stotterende vrouw huilde en lachte en knuffelde de baby in haar armen, en de baby kirde van blijdschap omdat ze weer samen waren.

Diep vanbinnen voelde Molly deze blijdschap, als een herinnering. Ze kwam langzaam uit de schaduw en liep naar mevrouw Trinkelaar toe. Ze tikte haar op haar schouder. Toen de mollige vrouw zich omdraaide, staarde Molly in haar zachte, grote ogen. Het volgende moment was mevrouw Trinkelaar in trance. Molly legde haar hand op het hoofd van mevrouw Trinkelaar en zei: 'U zult vergeten dat dit kind weg was. U zult de hele gebeurtenis vergeten. Als iemand erover begint, zult u geen idee hebben waarover het gaat. Wat u betreft is het nooit gebeurd. Is dat duidelijk?' Mevrouw Trinkelaar knikte.

'En vanaf nu zult u zich niet meer zoveel van juffrouw Addersteen aantrekken. Als ze naar tegen u doet, bedenkt u maar dat ze een triest oud kreng is. Als ik weg ben, ontwaakt u uit deze hypnose en vergeet u dat u me hebt gezien.' Molly boog naar voren en gaf haar een zoen op haar wang. 'Vergeet nooit, mevrouw Trinkelaar, dat Molly en Rocky en alle andere kinderen verschrikkelijk veel van u houden.' Molly nam mevrouw Trinkelaar mee en bleef tussen twee tijdzones in zweven. 'En ik beveilig deze instructies met het wachtwoord sprookjestaart.'

Toen ze weer terug waren in de juiste tijd, verliet Molly de kamer. Achter zich hoorde ze mevrouw Trinkelaar lachen.

'Ooo, wat ben je toch een schatje,' zei ze. 'Als ik jou zie, smelt ik helemaal. Kijk, ik huil zelfs! En ik weet niet eens waarom!'

Molly liep via de hoofdtrap naar de hal. Ze hoorde de harde stem van juffrouw Addersteen in de keuken. Ze opende de klapdeuren en sloop de keukentrap af. Hoe dichterbij ze kwam, hoe sterker de misselijkmakende geur van gestoofde aal werd.

'Hoe kan een kind zomaar verdwijnen? Dat zou ik nou weleens willen weten,' hoorde Molly Addersteen met dubbele tong zeggen.

'Misschien is ze niet zo dom als ze eruitziet,' zei iemand anders met volle mond. Molly herkende de stem. Het was Edna. Edna de mammoet, de chagrijnige kok van het weeshuis. 'Ik denk nog steeds dat ze dat rotkind verkocht heeft. Ik vraag me af hoeveel ze voor haar gekregen heeft. Waarschijnlijk verkoopt ze die chocoladejongen ook nog.'

'Daar doet ze ons alleen maar een plezier mee,' zei juffrouw Addersteen, en ze kraste met haar vork over haar bord om in de glibberige aal te prikken. 'Ik zal blij zijn als we van die twee snotterige, stinkende koters af zijn. De ene is zo bleek als een misselijke modderwurm en de andere zo zwart als de modder zelf!'

Molly loerde door het matglas van de keukendeur naar de twee gemene oude vrijsters, die allebei aan één kant van de keukentafel zaten. Juffrouw Addersteen had een fles sherry voor zich staan. Er speelde een vals glimlachje om haar smalle lippen toen ze een slok nam. Edna rookte een sigaret en tikte haar as op de roze roompudding die voor de kinderen van het weeshuis was bestemd.

Molly stapte naar binnen. De twee vrouwen keken verbaasd op.

'Sorry,' zei Molly, 'maar ik ben verdwaald. Is dit het huis van de lelijke heks en haar kok, een enge, akelige vrouw met een trollengezicht?'

Juffrouw Addersteen verslikte zich in haar sherry en Edna stotterde: 'Wat is dit in godsnaam!'

Op dat moment staarde Molly de twee vrouwen met een krachtige, hypnotische blik aan.

Als twee dikke kalkoenen zaten ze plotseling suf voor zich uit te kijken. Ze waren aan Molly overgeleverd.

Natuurlijk wilde Molly deze twee vrouwen het liefst straffen. Ze zou ze kunnen veranderen, zodat ze nooit meer naar tegen haar of Rocky of tegen een van de andere kinderen zouden doen. Ze kon het probleem voorgoed uit de weg ruimen. Ze kon ze veranderen. Maar haar rustige, verstandige kant hield haar tegen. Want Molly wist dat als ze deze twee vrouwen zou veranderen, haar verleden ook zou veranderen. Als deze twee vrouwen plotseling engeltjes zouden worden, dan zou haar leven ook veranderen en zou ze een ander karakter krijgen.

Tot nu toe had ze het met dat karakter weten te redden en het had haar gebracht waar ze nu was, en daar was ze niet ontevreden over. Dus ze moest nergens in gaan zitten rommelen. Als ze iets zou veranderen, zou ze misschien nooit het hypnoseboek vinden. Misschien zou ze dan nooit zijn weggelopen. Ze zou niet meer weten hoe het was om in haar eentje in New York te zijn, en daarna samen met Rocky in Los Angeles. Haar avonturen zouden worden uitgewist. En Petula? Als juffrouw Addersteen aardiger zou zijn, zou ze misschien wel een kat hebben aangeschaft. Ze zou misschien nooit een mopshondje kopen. Molly kon zich niet voorstellen dat ze ooit zoveel van een ander dier zou kunnen houden. De liefde tussen haar en Petula zou misschien verdwijnen als zij haar verleden zou veranderen. Misschien zou de liefde tussen haar en mevrouw Trinkelaar er ook niet zijn. En Rocky? Als Addersteen een lieve vrouw zou zijn, zou ze misschien ook aardige vrienden hebben die Rocky als baby zouden adopteren. Misschien zou ze in haar nieuwe, zelfgeschapen leven lang niet zoveel liefde tegenkomen als nu. Ze kon er niet zeker van zijn dat haar nieuwe leven beter en liefdevoller zou zijn.

Molly dacht aan Rocky en Bos en Ojas, die in de vrachtwagen zaten te wachten. Ze hield meer van hen dan ze onder woorden kon brengen. En ze was benieuwd naar haar toekomst. En dat was toch belangrijker dan het verleden, of niet? De toekomst. Molly keek ernaar uit.

Ze keek naar de twee verschrikkelijke vrouwen die voor haar zaten en ze wist dat ze niet met haar verleden kon rommelen. Alhoewel ze aan het begin van haar leven een heel kort strootje had getrokken, had ze het overleefd. Ze was trots op wie ze was. Sterker nog: ze hield van haar leven.

En dus zei ze alleen tegen de twee heksen: 'Als ik deze kamer uit loop, vergeten jullie dat ik hier was. Jullie vergeten ook dat de baby die nu boven in haar wiegje ligt, ooit verdwenen was. Als iemand erover begint, ontkennen jullie dat het ooit is gebeurd. En als Molly nog een keer weg is, als ze drie en zes en tien jaar oud is, zullen jullie dat ook vergeten. Als ik weg ben, ontwaken jullie uit jullie hypnose en... en...' Molly kon het niet laten om de dingen toch een heel klein beetje te veranderen. 'En jullie gaan naar boven en bieden je excuses aan aan mevrouw Trinkelaar, voor al die keren dat jullie onaardig tegen haar zijn geweest. Jullie zullen zeggen dat, ondanks het feit dat jullie in de toekomst opnieuw onaardig tegen haar zullen zijn, zij niet moet vergeten dat zij een veel lievere, betere en vro lijkere vrouw is dan jullie. Omdat jullie een stelletje bittere, slechte, chagrijnige varkens zijn. En...' De verleiding was te groot, '...vanaf nu zullen jullie heel veel scheten en boeren laten als er mensen op bezoek zijn in het weeshuis.' Toen legde Molly haar handen op hun schouders en zweefde met de vrouwen tussen twee tijdzones in. 'En ik beveilig deze instructies met het woord "stoofaal".'

Molly bracht de twee vrouwen terug naar de goede tijd en verliet de keuken. Bij de voordeur stak ze haar hand in haar zak, pakte haar rode kristal en verdween.

In de eenentwintigste eeuw zaten Rocky, Bos, Ojas en de gehypnotiseerde kleine Molly's op elkaar geperst op de bank van de vrachtwagen. De twee Petula's lagen te slapen op Rocky's schoot.

'En de twee gehypnotiseerde maharadja's,' zei Bos, terwijl hij een man met gekruiste benen en een tulband op de beslagen voorruit tekende, 'wat gaat ze eigenlijk met hen doen?'

'O, dat lost ze later wel op,' zei Rocky. 'Ze zal terug moeten gaan naar India en naar het verleden om het op te kunnen lossen. Of ze dat deze week doet of volgende week maakt niets uit, want het is toch al gebeurd. Ze moet erachter zien te komen wat het wachtwoord is.'

'Dan krijgt ze weer schubben,' zei Ojas. Hij speelde met de mooie enkelband die diep weggestoken zat in zijn zak.

'Ik weet het niet,' zei Rocky, en hij maakte het handschoenenkastje open. 'Volgens mij heeft ze toch iets te lang in dat begin-van-de-tijd-licht gezeten. Volgens mij zag ze er daarna echt jonger uit. Misschien komen de schubben nu niet meer zo snel terug als ze door de tijd reist. Iemand een toffee?' Ze namen allemaal een toffee en begonnen te kauwen.

'Hé, jongens, hebben jullie ook van die, eh... schubben?' vroeg Bos.

'Ja, een beetje,' zei Rocky. 'In mijn knieholtes. En de ellebogen van de kleine Molly's zijn een beetje schilferig.'

'Mijn enkels zijn heel droog,' zei Ojas.

'Ik denk dat alleen de echte tijdreiziger er veel last van heeft,' zei Rocky. Ojas en Bos knikten. Ze kauwden weer verder.

'En jij, Bos?' vroeg Ojas.

'En ik wát?' Bos deed zijn bril af en begon de glazen te poetsen.

'Heb jij ergens schilfers?'

'Eh... nou...' Bos hield zijn mond.

'Of is het ergens heel droog?' ging Ojas verder.

Bos twijfelde. Toen zei hij heel snel: 'Eh, nou mijn ehm... kont is dus, eh... zit dus onder de schilfers.'

Ojas en Rocky wisten niet goed wat ze moesten zeggen. Ojas kauwde. Bos kauwde. Rocky kauwde.

'O, wat vervelend voor je, Bos.'

'Geeft niet hoor, Rocky.'

Hoofdstuk zevenendertig

'Babymissie voltooid!' verklaarde Molly toen ze achter de vracht-wagen vandaan kwam en het portier van de cabine opendeed. 'Dit is echt heel raar, hoor. Rocky, weet je wel hoe lief en klein jij vroeger was?'

Rocky glimlachte en hielp de driejarige Molly om uit de vrachtwagen te klimmen.

Molly gaf haar driejarige ik een hand en liep richting het Gelukshuis.

'Ik vertel het allemaal wel als ik terug ben,' riep ze. Ze zwaai-de naar haar vrienden en verdween.

Opnieuw vloog Molly achteruit door de jaren. Met het groene kristal in haar hand zocht ze naar het moment waarop het leven van de driejarige Molly hervat moest worden. Ze reisde door het jaar dat ze vier was en Molly kon haar aanwe-zigheid in het weeshuis voelen. Molly was zich ervan bewust dat ze door eindeloos veel momenten ging die allemaal bij el-kaar haar leven vormden. Elk moment was als een stilstaand beeld van de duizenden beelden waar een tekenfilm van wordt gemaakt, alleen was dit geen tekenfilm; dit was haar leven dat teruggespoeld werd. Haar leven bestond uit talloze momenten van verschillende Molly's die samengebracht werden door het continuüm van de tijd.

En toen voelde Molly dat ze dicht bij het moment waren dat ze er niet was. De tijd waarin het driejarige meisje naast haar thuishoorde. Molly stopte.

Het was een koude, grijze ochtend en de mist hing boven het gras. Molly tilde het kleine meisje op en deed zachtjes de voordeur van het Hardwijkerweeshuis open. Ze liep snel de trap op en ging de gang door. De kinderen in de slaapzalen waren in diepe rust. Molly hoorde hier en daar iemand snurken. Op de gang hing de geur van slapende kinderen. Toen hoorde Molly een klein kind zingen.

'Vergeef, vogeltjes, het koekoeksjong!'

Molly opende de deur. De driejarige Rocky zat rechtop in zijn bedje.

'Wie is daar? Wie is dat?' zei hij.

'Ik kom je vriendinnetje terugbrengen!' zei Molly. Ze staarde in de ogen van de gehypnotiseerde Molly, dacht aan haar rode kristal en liet zich met de kleine Molly tussen twee tijdzones in zweven.

'Kleine Molly, jij zult alle enge dingen vergeten die je hebt meegemaakt vanaf het moment dat die nare reus je kwam halen. En je zult hem ook vergeten. Begrijp je dat?' Het kleine meisje knikte. Molly ging verder. 'En deze opdracht beveilig ik met de woorden: kleine kwal.' Molly nam het meisje mee terug en knipte met haar vingers.

Zodra de driejarige Molly uit haar trance kwam, zag ze

Rocky. Ze begon te lachen en riep: 'Rocky! Wat ben je aan het doen?'

Molly zette haar naast Rocky in het bedje. De kinderen knuffelden elkaar zo onhandig dat ze omrolden. Dat was het moment waarop Molly besloot te verdwijnen. Ze besloot niets te doen aan Molly's andere herinneringen aan India, want die zouden al snel veranderen in dromen, en als ze ooit zou zeggen dat ze op een olifant had gereden, dan zou mevrouw Trinkelaar zeggen: 'Tuurlijk, liefje.'

Terwijl Molly terugschoot naar de toekomst, vroeg ze zich af of Lucy Logan wel blij geweest zou zijn als ze Molly als driejarig meisje had teruggevonden. De kleine Molly was zo ontzettend lief dat ze waarschijnlijk wel van haar gehouden had. Met die gedachte in haar hoofd kwam ze terug bij de vrachtwagen.

'Driejarige-Molly-missie voltooid,' zei ze lachend. 'Nu de zesjarige Molly en de kleine Petula.'

Rocky hielp de jongere Molly om uit de vrachtwagen te klimmen. Molly nam Petula. Samen gingen ze terug in de tijd. Het was een herfstdag en de bladeren aan de bomen waren bruinoranje. Molly leidde het gehypnotiseerde meisje langs de zijkant van het huis. Binnen zagen ze de lelijke juffrouw Addersteen van de ene naar de andere kamer lopen.

Snel begon Molly tegen het kleine meisje te praten. 'Molly, jij en Petula zijn weer terug. Maar ik wil niet dat je tegen iemand zegt dat je in India bent geweest. Sterker nog: je zult vergeten dat je er ooit bent geweest. Je zult alleen af en toe een fijne droom hebben over alle mooie dingen die je er hebt gezien. Je kunt je herinneren dat je heel hard moest lachen tijdens het wandelen. Maar alle enge dingen zul je helemaal vergeten. En je denkt helemaal nooit meer aan die grote man. Maar op een dag, als je elf bent en je weer naar India gaat, keren al je herinneringen terug.' Molly nam haar mee en bleef tussen twee tijdzones in zweven. 'En ik beveilig deze instructies met de woorden: harige hippie.' Toen keerden ze terug. De kleine Petula sabbelde op een steen. Molly nam aan dat kleine hondjes zich niet zoveel herinneren, dus om haar maakte ze zich geen zorgen.

Juffrouw Addersteen kwam via de achterdeur naar buiten en keek zo zuur als wat.

'Weten jullie wel dat dit privéterrein is?' begon ze. Toen ze de zesjarige Molly zag, slaakte ze een kreet van afschuw. 'O! Dát kind! Bent jij soms van een familie die haar wil adopteren?' En toen zei ze: 'En hoe vaak heb ik je niet gezegd dat je niet met mijn hond mag spelen? En wat een belachelijke kleren heb je aan!' Molly bedacht dat Addersteen natuurlijk vergeten was dat de zesjarige Molly anderhalve week was weg geweest, want die instructie had ze haar al gegeven.

'Vandaag geen adopties, dank u,' antwoordde Molly. Ze keek naar het lieve, zachte gezicht van haar jongere ik en opnieuw kreeg ze dat vreemde gevoel van heimwee naar haar eigen toekomst. Molly kon haar gewoon niet achterlaten zonder iets te veranderen aan het verleden zoals dat geweest was. Ze móest iets doen, al was het maar iets kleins, om het leven van al deze weeskinderen leuker te maken. Ze staarde in de geniepige ogen van de oude vrouw en Addersteen raakte onmiddellijk in de ban van Molly.

'Juffrouw Addersteen,' zei ze. 'Vandaag zult u aardig zijn

voor dit kind, en de komende jaren zult u elke keer als u dronken bent aardig zijn voor de kinderen. Is dat duidelijk?'

'Ja. Ik ben nu maar een klein beetje dronken,' antwoordde de oude vrijster.

Molly boog voorover en fluisterde in het oor van het meisje: 'En jij, kleine Molly, zult, hoe verschrikkelijk je leven hier ook is, nooit vergeten dat het op een dag anders wordt.'

Toen bracht ze haar naar binnen, naar een kamer waar ze Rocky's stem hoorde.

'Straks, Molly, zul je Rocky zien. Als je hem ziet, zul je niet langer in trance zijn. Als hij vraagt waar je geweest bent, zeg je dat je je niets kunt herinneren. Je zult vergeten dat je mij ooit hebt gezien.' Het kind knikte en Molly gaf haar een duwtje richting de kamer.

Molly keerde terug naar juffrouw Addersteen en knipte met haar vingers voor haar ogen, zodat ze uit haar trance ontwaakte.

'Waar is dat kind gebleven?' vroeg ze, en ze strekte met schokkerige bewegingen haar nek uit, als een verwarde struisvogel.

'Ze is binnen.'

BUUURRPP! Juffrouw Addersteen liet een enorme boer. 'Wilt u misschien binnenkomen, voor een kopje thee?' Ze hield haar hand voor haar mond en op hetzelfde moment kwam er door de stof van haar geruite rok een hard *pfff*-geluid. Onmiddellijk verspreidde zich een walgelijke stank van rot vlees en kool dat veel te lang in haar oude, gerimpelde spijsverteringskanaal had gezeten. Molly deed een stap achteruit. De stank was ondraaglijk. Toch moest Molly lachen, omdat haar instructie om te boeren en winden te laten als er visite was werkte.

'Ik ga nu.' En na die woorden klonk er een BOEM en was Molly verdwenen. Het enige wat er nog was, waren de voetafdrukken op het natte gras.

Juffrouw Addersteen was met stomheid geslagen. Ze keek om zich heen, zag de voetafdrukken op het gras en zakte op haar knieën.

'GEESTEN!' schreeuwde ze, terwijl ze met haar handen op de grond sloeg. En toen zei ze, tegen zichzelf: 'Nee, Agnes, het komt door de drank!'

Molly vloog weer door de tijd. Ze had haar tienjarige ik opgehaald en nam haar nu mee naar de tijd waarin ze thuishoorde.

Ze kwamen aan op een koude nacht in november. De voordeur was op slot. Molly duwde het raam van de zitkamer open. 'Als ik weg ben, sluip je naar boven en kruip je in je bed. Als iemand vraagt waar je geweest bent, zeg je dat je ziek bent geweest en dat je er niet over wilt praten. En je zult er ook niet over kunnen praten. Je denkt dat je in het ziekenhuis bent geweest en dat je heel veel hebt geslapen. Je denkt dat je een dik boek over India hebt gelezen, maar dat je je niet alles meer kunt herinneren omdat je ziek was. Op een dag, als je elf bent, en als je terug bent in India, zullen je herinneringen terugkeren, maar tot die tijd herinner je je niets. En, Molly... blijf naar de bibliotheek gaan.' Molly beet op haar lip. Ze moest nu stoppen met zichzelf aanwijzingen geven, want anders zou ze misschien juist voorkomen dat ze op haar tiende het hypnoseboek zou vinden. 'Je gaat nu naar bed en als je morgenochtend wakker wordt, heb je geen idee hoe je daar gekomen bent. Je zult mij vergeten en je zult ook niet meer weten dat je onder hypnose bent geweest. En alles wat ik nu gezegd heb, beveilig ik met...' Molly nam haar jongere ik mee en bleef tussen twee tijdzones in zweven, '... met de wachtwoorden: het wiel van de tijd.' Molly bracht hen terug naar de juiste tijd. 'En, Molly, vergeet niet dat er binnenkort iets bijzonders gebeurt.'

Molly keek nog één keer naar haar jongere ik en vroeg zich af of Lucy haar leuk gevonden zou hebben. Waarschijnlijk niet, dacht Molly. Misschien had Lucy moeite met oudere kinderen. Ze zuchtte en probeerde ergens anders aan te denken, maar dat was niet makkelijk. Want ze wist dat ze Lucy vandaag weer zou zien en ze wist zeker dat de teleurstelling met grote letters op haar moeders voorhoofd te lezen zou zijn.

Hoofdstuk achtendertig

'Zo, dus je hebt nog een paar dingen veranderd?' zei Rocky toen Molly weer te voorschijn kwam. 'Ik heb een paar nieuwe herinneringen,' zei hij. 'Ik herinner me plotseling dat juffrouw Addersteen ons mee naar de bioscoop nam toen ze dronken was, en dat ze popcorn door de lucht gooide.'

'Ik kon het niet laten,' zei Molly toen ze in de vrachtwagen sprong. Ze gaf Rocky een dikke knuffel. '*Jiehaaa*, Rocky, ik kan het niet geloven, maar het is gelukt! MISSIE VOLTOOID!'

'Jiehaaa!' echode Ojas.

'*Groovy*,' zei Bos.

'Groovy, Bos?' zei Molly, en ze keerde zich naar hem om. 'Is dat alles?'

'Oké, oké... het is psychedelisch, kosmisch, gigantisch gaaf!'

Waaaaararf! blafte Petula. En Amrit stak haar slurf in de cabine van de vrachtwagen om te kijken of ze een paar toffees kon pikken terwijl iedereen zat te juichen.

De vrachtwagen glibberde over de gladde weg terug naar de Braamburgerweg. 'Oké, en nu kijken hoe het met die twee oude donuts is.' Molly wist niet precies waarom ze haar vader en moeder zo noemde. Misschien zei ze het omdat ze zich er diep vanbinnen net zo op verheugde als op het eten van twee oude donuts. Rocky begreep haar.

'Maak je niet druk,' zei hij, en hij tikte op haar hand. 'Je hoeft echt niet direct de ideale dochter te zijn. Je hebt het volste recht om gewoon vrienden met ze te worden, als je dat wilt.'

'Ik weet niet eens zeker of ik wel vrienden wil zijn met Lucy Logan,' zei Molly. Bos moest remmen voor een overstekende fazant. 'Ze was niet zo blij toen ze erachter kwam dat ik haar dochter ben. Ik was een teleurstelling. Maar weet je, Rocky, ik kan er ook niets aan doen dat ik niet direct aardig kan zijn, zoals jij.'

'Molly, je moet het allemaal niet te zwaar nemen. Waarschijnlijk is er een reden voor dat ze zo reageert.'

'Ja, de reden was dat ze me niet leuk genoeg vond.'

Bos reed over de hoofdweg die door Braamburg zelf liep.

'Het is raar dat de kleine Molly's niet meer bij ons zijn. Ik zal ze missen. Ik hoop dat het goed met ze gaat,' zei Molly.

'Man, dat is het raarste wat je ooit hebt gezegd.' Bos begon te lachen als een hyena. 'Natuurlijk gaat het goed met ze. Ze zijn ín jou, Molly!'

'Ja, je hebt gelijk.'

Ojas zat nog steeds met zijn neus tegen het glas gedrukt.

'Dus dit is de toekomst!' Hij keek met open mond naar een boerderij met grote stallen van golfplaat op het erf.

'Dat is gewoon een boerderij,' zei Rocky. 'Wacht maar tot je een computerspelletje speelt. Dan flip je pas echt!'

'Dan flip ik echt...' Ojas probeerde de nieuwe woorden uit.

Petula was rechtop gaan zitten en probeerde naar buiten te kijken. Ze rook de lama's van Braamburgpark. Ze begon te kwispelen van opwinding. Ze kon niet wachten tot ze daar weer rond kon rennen. Ze was benieuwd of al haar speciale stenen nog steeds veilig verstopt lagen op de plekken waar ze ze had achtergelaten.

Ze huiverde en dacht even aan de heerlijke warmte in India. Het was wel een bijzondere reis geweest, dacht ze. Die pauwentaart was heerlijk en die schoonheidsspecialistes in het paleis waren ontzettend aardig. Op de nagels van haar poten zat nog steeds roze nagellak. Toch kon ze niet wachten tot ze weer achter de konijnen aan kon rennen.

'En je ouders? Wat voor mensen zijn dat?' vroeg Ojas.

'Het zijn niet echt mijn ouders,' zei Molly.

'Nee?'

'Nee. Ik bedoel, hun ouders zijn mijn grootouders, maar ik ken ze nog niet zo lang. Ik weet niet goed wie zij zijn en zij weten niet goed wie ik ben.'

'Vind je ze aardig?'

Molly dacht na. 'Nou, ze zijn een beetje raar. Je zult het wel zien. Ze zijn een beetje in de war. Denk ik. Maar ze zijn niet eng of zo, hoor.'

De vrachtwagen ratelde over de bevroren lanen en kwam uiteindelijk bij de zwarte hekken van Braamburgpark. Even later reden ze over de lange, kronkelende oprijlaan, voorbij de grazende lama's en de siersnoeibeesten.

'O, maar ik weet zeker dat ze Amrit leuk vinden,' zei Ojas, en hij wees naar een siersnoei-olifant.

'Nou,' legde Molly uit, 'die siersnoeibeesten zijn eigenlijk van mijn oom. Hij heet Cornelius. Hij denkt op dit moment trouwens dat hij een lam is. Kijk, daar heb je hem!' Bos minderde vaart.

Cornelius Logan stond, in een dik skipak, tussen een groepje schapen in de wei.

'Ik neem aan,' zei Rocky, 'dat Waqt Cornelius heeft gehypnotiseerd, zodat hij deed wat Waqt wilde.'

'Arme Cornelius.' Molly knikte. 'Waqt moet hem al heel, heel lang geleden gehypnotiseerd hebben. Ik kan me herinneren dat Cornelius zei dat hij zijn héle leven al jaloers was op zijn tweelingzus. Waqt moet hem dus gehypnotiseerd hebben toen hij nog een klein kind was. Arme, arme Cornelius. Ik bedoel, als je je héle leven gehypnotiseerd bent, vanaf je derde of zo... dat is echt eng. Als ik Waqts hypnose ophef, dan schrikt Cornelius zich waarschijnlijk dood. Misschien draait hij wel door. Hij ziet er nu heel gelukkig uit, grazend tussen die andere schapen.'

'Ja, maar hij zit in een gevangenis. Hij zit in een hypnotische gevangenis,' zei Rocky. 'Hij heeft recht op een eigen leven.' De motor van de vrachtwagen gromde terwijl hij in z'n vrij stond.

'Op een dag kom je wel achter Waqts wachtwoord,' zei Bos. Hij schakelde en trok weer op. 'Dan kun je teruggaan en Cornelius en die maharadja's bevrijden.'

'Ik ga het... waarschijnlijk volgende week doen,' zei Molly.

'Maar dat wachtwoord wordt nog een probleem. "Houwen" en "paan" werkten niet en "koude paan" ook niet. Het is bijna onmogelijk om het te raden.'

Bos reed over het grind naar het bordes van Braamburgpark. Terwijl hij dat deed, kroop Ojas naar achteren om Amrit klaar te maken voor hun aankomst.

De hoge mahoniehouten deuren gingen wijd open. Primo Cell bracht zijn hand naar zijn voorhoofd en tuurde in het koude zonlicht om te zien waarom er een enorme vrachtwagen voor het huis stopte.

'Molly, Rocky, Bos,' riep hij bezorgd, 'zijn jullie dat?'

Petula sprong uit de cabine. Ze was ontzettend blij om terug te zijn. Terwijl ze de trappen op denderde, stapten Molly, Rocky en Bos uit de vrachtwagen.

'Lucy!' riep Primo. 'Ze zijn terug! Ze zijn allemaal terug.' Hij rende de trappen af en greep Molly en Rocky beet. 'God, we dachten dat we jullie nooit meer zouden terugzien!' zei hij, en hij omarmde ze, allebei met één arm. 'We dachten dat jullie... dat jullie...'

'Dood waren? *No way*, man. De dood zat ons op de hielen, maar we hadden geen afspraak,' grapte Bos.

'O, godzijdank.' Primo Cell begroef zijn gezicht tussen de schouders van Molly en Rocky. Rocky keek Molly even aan alsof hij wilde zeggen: ik denk dat hij ons aardig vindt.

En toen kwam Lucy het huis uit gerend. Even bleef ze boven aan de trap staan, maar toen haastte ze zich de treden af. Ze omarmde Molly en Rocky niet. In plaats daarvan bleef ze maar glimlachen en glimlachen, en haar voorhoofd zat vol verbaasde horizontale streepjes. Molly vermeed haar blik.

Primo lachte. 'Maar waar waren jullie dan?'

'Dat is een lang verhaal,' begon Molly. Een beetje ongemakkelijk keek ze naar Lucy. Primo zag het.

'Het gaat nu veel beter met Lucy,' zei hij. 'We hebben veel gepraat en uitgeplozen waarom ze zo verdrietig was.'

Molly voelde een steek in haar hart. Vond hij het echt nodig om nu te gaan uitleggen waarom zij teleurgesteld was in Molly?

'O, Molly!' zei Lucy. Haar adem stokte in haar keel toen ze zag hoe nerveus haar dochter was. 'Je zag er vast tegen op om me weer te zien!' Ze sloeg haar handen in elkaar en smeekte haar: 'Maak je geen zorgen. Ik beloof je dat ik niet meer die waardeloze vrouw zal zijn die ik was.' Toen kon ze zich niet langer beheersen. 'Het spijt me zo, Molly. Ik was een treurig, nat biscuitje! Toen we elkaar gevonden hadden, had ik gelukkig moeten zijn, maar ik kon het niet helpen dat ik steeds maar bleef denken aan wat ik verloren had. Ik kon mijn verleden niet accepteren. Ik bleef maar denken hoe het zou zijn geweest als alles anders was gegaan. Ik bleef me maar afvragen hoe het was geweest als jij en... en... niet van me afgenomen waren.'

Molly luisterde maar half. Ze maakte zich te druk om wat Lucy nu zou gaan zeggen en ze was bij voorbaat boos en bang tegelijkertijd.

'Lucy,' zei Primo, met een onhandig glimlachje, 'ik denk niet dat we het nu aan Molly moeten vertellen. Ze zal net zo schrikken als ik. Hier op de oprijlaan... Misschien kunnen we beter...'

'Ja, sorry. Het was eruit voordat ik er erg in had. Straks.'

'Straks wát?' vroeg Molly. Petula sprong tegen haar op maar ze negeerde haar. In gedachten herhaalde ze wat Lucy zojuist had gezegd. 'Hoe het was geweest als ik en wát niet van je af-genomen waren?' vroeg ze.

'Nou, ik bleef me afvragen hoe het was geweest als jij en... en...'

'Cornelius?' opperde Molly. 'We weten dat Waqt hem heeft meegenomen. Dat is niks nieuws. Dat weten we.'

'Waqt? Wie is dat?'

'Ken je Waqt niet?'

Lucy schudde haar hoofd.

'Hij is degene die Petula liet meenemen,' zei Molly.

'Een man die Waqt heet, heeft Cornelius meegenomen? Wat bedoel je? Hoe dan, Molly?'

Molly bevond zich nu in een lastige situatie. Ze had beslo-ten dat ze Lucy niet zou vertellen dat Waqt Cornelius als klein jongetje had gehypnotiseerd. Ze keek even naar Bos en Rocky. Ze stonden er allebei heel ongemakkelijk bij en staarden naar de neuzen van hun schoenen. Ze vonden allemaal dat het geen goed idee was om het nu tegen Lucy te zeggen, want het nieuws zou haar waarschijnlijk van slag brengen. Maar nu had Molly de helft van het verhaal al verteld. Ze had het eruit geflapt voordat ze er erg in had gehad. Precies zoals Lucy dus.

Molly probeerde van onderwerp te veranderen. 'Jij eerst. Vertel jij eerst wat je nog meer is afgenomen,' zei ze om tijd te winnen.

Lucy schudde haar hoofd en keek vragend naar Primo.

'Vertel het haar,' zei Primo.

Het duurde heel lang voordat Lucy genoeg moed had ver-zameld om Molly te vertellen waarom ze zo ontzettend ver-drietig was geweest. Molly begon te begrijpen dat 'dat andere'

345

iets ontzettend belangrijks moest zijn. En nu begon ze zich echt af te vragen wat het was.

'Molly, je weet dat Cornelius en ik een tweeling zijn,' begon Lucy. De tranen sprongen in haar blauwe ogen.

'Ja,' zei Molly fronsend. Ze probeerde te raden waar Lucy heen wilde.

'Nou, goed, en zoals je weet, was ik een tweeling, en dus, eh... dat zit dus in de familie... ik was een tweeling en... en... en dus...' Lucy sloeg haar handen voor haar gezicht.

'En dat was jij dus ook. Dat probeert ze te zeggen,' zei Primo. 'Dat was jij ook.'

'Wát was ik ook?'

'Een tweeling.'

'Wát? Ben ik een tweeling?' zei Molly stomverbaasd. 'Een tweelingzus? Maar waar is ze dan?'

'Hij.'

'Hij? Hij? Waar is hij?'

'Dat weten we niet, Molly,' zei Primo. Lucy stond naast hem en veegde met een zakdoek haar tranen weg.

'Het spijt me,' zei ze. 'Ik dacht dat ik genoeg gehuild had, maar het is moeilijk om... om erover te praten zonder... zonder...' Ze snikte. '...zonder in huilen uit te barsten!'

Molly staarde haar aan. 'Een broer?' was het enige wat ze kon uitbrengen.

Plotseling zag ze een jongen voor zich, iets groter dan zij, die naast haar stond. Ze keek naar Rocky. 'Heb je hem ooit gezien?' vroeg Molly aan Lucy.

'Ja, voordat... voordat er iemand kwam die hem meenam.'

'Cornelius heeft echt geen idee wat er met het kind gebeurd

346

is,' zei Primo. 'Het is voor ons allebei een verschrikkelijke klap dat we niet weten waar hij is, en of hij nog leeft of niet. We hebben geen idee wat er gebeurd is.' Primo keek ernstiger dan Molly hem tot nu toe ooit had zien kijken. Zijn onderlip trilde. 'O jee, dit was echt het verkeerde moment en de verkeerde plek om het je te vertellen,' zei hij, en hij schoof met zijn voet over de stoep.

'Helemaal niet!' zei Molly. Haar angst dat ze niet goed genoeg was, was in één klap verdwenen en in plaats daarvan had ze meer zelfvertrouwen gekregen. Het slechte nieuws was bij Molly goed aangekomen, omdat zij nu inzag dat Lucy niet teleurgesteld was geweest dat zij haar dochter was. Haar verdriet had een heel andere oorzaak. Molly had er helemaal niets aan kunnen doen. Maar nu kon ze wel iets doen. Opnieuw was ze in de positie dat zij heel rustig was terwijl haar verwarde ouders in een achtbaan van emoties zaten. Ze probeerde hen gerust te stellen. 'Jullie moeten je geen zorgen maken. Ik heb iets geleerd waardoor ik erachter kan komen wat er met hem is gebeurd. Dat kan ik echt! Niet vandaag,' zei ze snel, 'want ik ben echt heel, heel erg moe en ik wil heel erg graag ten minste één dag in mijn eigen hier-en-nu zijn voordat ik weer naar een andere tijd zoef.'

'Wat bedoel je?' vroeg Primo.

'Ze is een tijdreiziger, man,' legde Bos uit. 'Molly kan door de tijd vliegen. Ze zal jullie zoon zoeken.'

'Ja, dat zal ik doen,' zei Molly. Ze liep naar Lucy en kneep in haar hand. 'Niet verdrietig zijn, Lucy. Er is nog hoop.' Molly vroeg zich af waar haar broer kon zijn. Was hij in een ander land, in een andere tijd? Of was hij in het weeshuis, in de eerstvolgende stad verderop? 'Ik spoor hem wel op. En ik doe mijn best om hem terug te brengen.'

'Kun je dat echt, Molly?' Lucy kneep in haar wang. 'O jee, droom ik soms?'

Op dat moment stapte Ojas achter de vrachtwagen vandaan, met drie dekens om zich heen geslagen.

'U droomt niet, memsahib,' zei hij klappertandend. 'Mollee is een heel goede tijdreiziger.'

'Dit is Ojas,' zei Molly. Lucy keek verbijsterd en schudde zijn hand. Toen schudde Ojas Primo's hand.

'Het is me een waar genoegen u te ontmoeten,' zei hij. 'En het is een hele eer om in uw eeuw te zijn!'

Primo en Lucy keken naar Ojas. Primo vroeg: 'Dus, ehm... uit welke tijd kom jij?'

'O, uit 1870. Ik kom uit Delhi, India, 1870. Het is nooit zo koud in Delhi! Amrit komt er ook vandaan. Als ze hier blijft wonen, moeten we een jas voor haar maken!'

'Amrit?'

Rocky was al bezig om de grendels van de vrachtwagen open te maken. Hij deed de laadklep naar beneden. Amrit hoefde niet gelokt te worden. Ze wilde haar nieuwe omgeving verkennen en begon met haar grote lichaam achteruit de metalen loopplank af te lopen. Toen liep ze naar Primo en Lucy en snoof met haar lange slurf de geur op.

'O mijn god!' riep Lucy uit. 'Ik ben altijd dol geweest op olifanten. O, wat fantastisch – ze kan in het paviljoen bij het zwembad wonen.'

'Dat vindt ze vast leuk,' zei Ojas, en hij klopte Amrit op haar slurf. 'Ze is dol op zwemmen.'

'Wil je een ritje maken?'

'Op haar? O, dat lijkt me geweldig!' zei Lucy. En eindelijk hoorde Molly iets waar ze lang op had gewacht: ze hoorde Lucy lachen.

Ojas gaf Amrit opdracht om op haar knieën te zakken en even later zat Lucy boven op haar. Maar voordat ze wegreden deed Ojas nog iets. Hij liet Amrit iets met haar slurf uit zijn hand pakken en floot een bepaald deuntje. Amrits slurf volgde gehoorzaam zijn commando op.

'Wat is dit?' vroeg Lucy toen de slurf haar een pakje gaf. Ze haalde het papier eraf en er kwam een prachtige enkelband te voorschijn, ingelegd met edelstenen.

'Het is een geschenk voor u,' zei Ojas. 'U kunt hem een tijdje dragen. Volgende week moet hij naar de rechtmatige eigenaar terug, maar tot die tijd mag u hem zo vaak dragen als u wilt.' Hij glimlachte brutaal naar Molly.

'O, dank je, Ojas,' zei Lucy, en ze deed de enkelband om haar arm. Hij was veel te groot. 'Hij is vast van een heel dikke vrouw geweest!'

Iedereen lachte.

'O nee, Lucy, hij hoort niet om je arm. Hij hoort om je enkel!'

Primo gaf Ojas zijn gevoerde jas.

'Waarom gaan we niet kijken wat Amrit van haar nieuwe huis vindt?' zei hij met een brede grijns op zijn gezicht.

En zo liepen ze, eindelijk weer samen, met z'n allen over het pad naar het zwembad.

'Jullie moeten heel wat wonderbaarlijke avonturen hebben beleefd,' zei Primo, en hij sloeg Molly en Rocky vriendschappelijk op hun schouders. 'We hebben ons vreselijk veel zorgen gemaakt nadat jullie zomaar waren verdwenen. Als jullie wat hebben gegeten en geslapen, wil ik ontzettend graag horen wat er is gebeurd, en ik wil ook weten hoe dat reizen door de tijd in z'n werk gaat.'

'O, we hebben alle tijd,' zei Molly, en ze keek lachend naar hem op.

Amrit slenterde rustig met haar schommelende kont achter Ojas aan.

'Ik moet zeggen dat nu Amrit hier is,' zei Primo, 'ik besef dat dat nou precies was wat er hier nog ontbrak. Een huis is pas compleet als er kinderen en olifanten zijn!'

'En gekke volwassenen,' zei Rocky, en hij lachte om Bos, die een radslag maakte. Petula rende hun voorbij.

'En huisdieren!' voegde Molly eraan toe. 'Helemaal als ze op Petula lijken!' Ze bukte om haar veter vast te maken. 'Ik haal jullie zo wel in,' zei ze.

De grond voor haar was vochtig van de dauw en Molly zag allemaal voetafdrukken: die van Amrit, Ojas, Rocky, Primo en Petula. Molly keek achter zich naar die van haar.

Het verleden bestond uit sporen en indrukken van het leven, dacht Molly. Ze vroeg zich af waar haar leven haar nu zou brengen. Ze was van plan om een hypnotisch ziekenhuis op te richten, maar het zag er opnieuw naar uit dat er iets tussen kwam. Nu moest ze op zoek naar haar tweelingbroer. Aan de ene kant was ze er niet zeker van of ze wel een broer wilde hebben; aan de andere kant brandde ze van verlangen om hem te leren kennen.

Voor haar floot Rocky een liedje. Het was een liedje dat hij

een keer verzonnen had. Molly kende de woorden heel goed,
en in haar hoofd zong ze mee.

'De tijd is nu, en nergens anders,
en er is geen groter geschenk dan de tijd,
want het leven kan over zijn in de ruimte van dit rijm.
En er is geen groter geschenk dan mijn vriendschap.
Geef me jouw liefde en ik koester die voor altijd.'

Molly lachte. Ze hield van haar vrienden en van haar leven.
Of ze nu in het begin van de tijd was of aan het eind, of ergens
middenin, vanaf nu zou ze van elk moment genieten.

Ondertussen, een paar duizend kilometer verderop, aan de rand van Jaipur, op een stuk land dat als rioolput diende, glibberde er een lange regenworm door het slijm. Iemand die net zo glibberig was, kroop door de drek.

Zackya's zilveren apparaatje stond aan. Hij hield een doek voor zijn mond en probeerde niet op de stank te letten.

'Ik zal haar vinden, waar ze ook is,' mompelde hij wezenloos. Hij hield het piepende apparaatje dicht bij de grond. Het bruine water maakte een zompend geluid tussen zijn tenen. 'IK WEET DAT JE DAAR ERGENS BENT, MOLLY MOON!' brulde hij als een waanzinnige. 'IK ZAL JE HELPEN!'

Hij gooide het zilveren apparaatje op de oever en begon met zijn blote handen te graven.

Hij ging de hele nacht door en de maan en de sterren kwamen te voorschijn om naar hem te kijken. Helemaal onderop in de drek zond een gedeukte paarse metalen capsule een laatste signaal uit. Toen viel hij stil en begon te roesten.